「ところでどうして私に『様』をつける？
別に私は偉くない。
とても可愛らしいだけだ」
クラリス
グローリア
「クラリス様は賢いんだなぁ」
心の底から感心した、とばかりにモンテゴは頷く。
私は頭髪のないオークの頭を無意味にぺちぺちと叩きながら、続けた。
モンテゴ

血のように赤い唇。六本の、白い尾。
「我は守人、妖狐セレナ。此処ここより以降は獣の国、
此処ここより以前は黄泉の国。塵は塵に、灰は灰に、
亡者は黄泉の国に――疾く早く、帰り候へ」
セレナ

ねえ、キリナ。こんなところでうじうじしてるのを、
クラリス様に見せるつもり？　クラリス様になんて言われるか
考えてみなさい。きっと優しくしてくれるわ。
慰めてくれる。喝を入れてくれるかも知れない。
だけど、キリナはそれでいいの？
キリナ
カタリナ
あの人たちがなにをしたいのかなんて、
わたしは知らない。それに、あの人たちは、
わたしのことなんて、きっとどうでもいいんだと思う。
なのに、どうしてわたしが掠われて、
こんなところに押し込められて……
セレナに会いたいよう……

ユーノスは口端を思いっきり持ち上げて笑ってやった。
「どうしてそんな必要がある？　なにを勘違いしているか知らんが、
俺たちは栄光を掴む者ではない。
俺たちが『栄光《グロリアス》』だ」
ユーノス

悪徳令嬢クラリス・グローリアの永久没落①

モモンガ・アイリス　著
イラスト　よろづ

IZUMI
いずみノベルズ

装丁/デザイン　浅子いずみ

キャラクター紹介

クラリス・グローリア

「なにせ私は可愛らしいだけの、
非力な、ただの女の子だからな」

ユーノス・ユーノフェリザ

「我々こそが――『栄光』だ」

セレナ

「我は守人、妖狐セレナ。
此処より以降は獣の国」

モンテゴ

「んだべ。
クラリス様は賢いんだなぁ」

キリナ

「だから……
判らなくなっちゃった」

カタリナ・ユーノフェリザ

「私はそんなの、死んでも嫌よ」

クラリス・グローリア

「なにせ私は可愛らしいだけの、非力な、ただの女の子だからな」
ロイス王国グローリア伯爵家の次女。魔法の才能に欠けており『無才のクラリス』と呼ばれるほど。政略結婚の道具としてミュラー伯爵家の次男エックハルトと婚約するが、ミュラー家がより優れた相手を見つけたため、婚約破棄される。のみならず、ついでのように貴族的謀略によって火刑に処されることになる。

ユーノス・ユーノフェリザ

「我々こそが――『栄光』だ」
魔族の中で魔人種と呼ばれる長寿の種族。ユーノフェリザ氏族長の息子。魔族の会合における決議で謀られ、人族の領域を攻めるよう命令されるが、これは「おまえたちの氏族は人族に殺されてこい」という意味合い。戦場となったロイス王国エスカード領の森で、自分たちを決定的に変える運命に出会う。

セレナ

「我は守人、妖狐セレナ。此処より以降は獣の国」

ロイス王国に隣接する獣人の領域、その辺境に暮らす狐の獣人。かつて他の獣人族との揉め事があり、獣王による裁定で狐獣人たちは獣人の領域の中を散り散りにさせられた。セレナは辺境の守りを命じられ、以来十年以上も辺境の森を守り続けていたが……。

キリナ

「だから……判らなくなっちゃった」

妖狐セレナの義娘。狐人は獣王の裁定によって獣人の領域で散り散りにされ、互いの居場所も知らされていなかったはずが、十年ほど前にかつての友人である狐人がセレナの元を訪れ、まだ赤ん坊だったキリナを預けていった。以来、セレナに育てられる。

カタリナ・ユーノフェリザ

「私はそんなの、死んでも嫌よ」

ユーノフェリザ氏族の子供。氏族の最年少で、寡黙な者が多いユーノフェリザの中では活発な性格。人族の領域を攻めることに使命を感じておらず、出会ってしまった運命に惹かれていく。

モンテゴ

「んだべ。クラリス様は賢いんだなぁ」

獣人の領域において、辺境に近い位置に農村を構えているオークたちの一員。かつてオークは欲に忠実な乱暴者と牧歌的なのんびり屋に分かれていたが、前者はとっくに絶滅している。

エックハルト・ミュラー

「俺は彼女のなにを知っていたのだろうか……」

クラリスの生家であるグローリア伯爵家の隣領、ミュラー伯爵領の領主次男。政略によってクラリスの婚約者となっていたが、ある人物を見初《みそ》め、クラリスとの婚約を破棄することになる。

レオポルド・イルリウス

「せいぜい死ぬ気で学べ――『無才のクラリス』」

ロイス王国イルリウス侯爵家、現当主。カメレオンのようなギョロ目の、冷血な男。

ミゼッタ

「それは――どういう意味ですか？」

癒やしの聖女。ミュラー伯爵家は領地の農村で治癒術士として生活していた彼女を見出し、クラリス・グローリアとエックハルトの婚約を破棄してミゼッタを取り込もうと決めた。

悪徳令嬢
クラリス・グローリアの永久没落 1

モモンガ・アイリス　著

イラスト　よろづ

IZUMI
いずみノベルズ

第一章　火刑

一　無才の少女

私の名は、クラリス・グローリア。

グローリア伯爵家の次女。今年で十六歳。

腰まで届くさらさら金髪の持ち主で、背は低く、ちょっと身体のメリハリが足りない。あと、かなり童顔だ。十六歳といったが、ここにマイナス二歳しても気づく者は少ないのではないか。

私は——クラリス・グローリアだ。

ほんの一瞬前までの私とは、だいぶ違ってしまったようだが。

というのも、私は前世の記憶を取り戻したのである。

西暦二千年あたりの日本に暮らす、アラフォーの独身男性の記憶が……私の中に突如として芽生え、ついさっきまでの私との乖離《かいり》を生んでいる。

伯爵家の令嬢としての私。現代日本で生きていたおっさんとしての『私』。

このふたつが混ざり合って、どちらでもないモノになってしまった。

しかし……とにかく私はクラリス・グローリアだ。グローリア家の次女であり、十六歳であり、金髪美少女で、童顔で——。

そして今、十字に組まれた丸太に括《くく》りつけられ、火炙《ひあぶ》りにされている。

◇　◇　◇

私について、少し話そう。

伯爵家の次女に生まれたクラリス・グローリアは――つまり私のことだ――溺れそうなほどの愛情を注がれて育った。父も母も兄弟姉妹も家人たちも、実に私を可愛がったものだ。

なにしろ私は可愛らしかった。

クラリス・めっちゃキュート・グローリアである。

そんな私の扱いが変わったのは、八歳の時分。

この世界は地球と異なる、いわば『剣と魔法の世界』だ。魔物や亜人が存在する中世ファンタジー風の、おそらくは地球と物理法則やなんかも異なっているであろう世界。

異世界転生、というやつだ。

さておき。私が生まれ育ったロイス王国の貴族には、八歳の時点で『魔法の才』を計測される義務があった。なんだかよく判らない水晶玉に手を当てて、色がどうだ、光の強さがどうだ、そんな感じで子供を格づけする非人道的な行いがまかり通っているわけだ。

そして、話の流れから判るように、私の『魔法の才』はゴミクソだった。

それ以降の私の扱いは、まさに急転直下……とまでは、いかない。

確かに扱いはかなり悪くなったし、親兄弟家人たちが気まずそうにしていることは幼い私にも判ったが、なにしろ私はキュートだった。他人の記憶が混じった今なら、明確にそう言える。

そんな私を、無才だからとゴミクソ扱いするのは、さすがに憚《はばか》られたのであろう。

ただし周囲からの評判は散々なものだった。

この剣と魔法の世界において、離れた土地の人間を知る術は、概ね口コミである。この世界には私が知っている限り、印刷技術はまだ存在していない。本も手書きの写本だ。辛うじて植物紙は存在するようだが、錬金術師が技術を独占しているという。

いや、話が逸《そ》れた。

とにかく私の容姿を知らない者にとって、クラリス・グローリアは『無才の無能』であり、それはグローリア家の評判を貶《おとし》めるのに有用だったわけだ。

細かい事情は省くが、グローリア家に敵対的な派閥とそうでない派閥があり、グローリア家と親密だったミュラー家との間で、私の婚約が決められた。

魔法の才ある者同士をかけ合わせて血脈を深めていくのが、この国の貴族である。

故に、私の父とミュラー家の当主はこう考えた。

──クラリス自身に価値はないが、その血に価値がある──と。

当時の私はどう思っていただろうか？　正直あまり思い出せない。自分が無才のゴミクソであることに強いショックを受けたのは覚えているが、その後はしばらく呆然《ぼうぜん》としていた気がする。

そもそも貴族の次女ともなれば才の有無など関係なく政略結婚させられるのだから、婚約が決まったときも「ああそうか」くらいの感想しかなかったような覚えがある。激しい拒否感はなかったように思う。父上もほっとしただろうな、とか、そんな感じ。

婚約者──エックハルト・ミュラーの方は、どうだったのだろうか？

彼と初めて会ったときのことも、実を言うとあまり覚えていない。貴族の次男坊といえば真面目クン・高慢ちき・お山の大将のどれかだと相場が決まっているが、エックハルトは真面目寄りの男だったように記憶している。ちょっと気遣いが下手な好青年……だった気がする。

我々の関係は、熱くも冷たくもなく、それなりに良好だった。

グローリア伯爵領とミュラー伯爵領は隣り合っており、頻繁《ひんぱん》に行き来もあったから、なにかの折にはよくエックハルトと逢っていた。

何度でも繰り返すが、なにしろ私はキュートだった。クラリス・キューテスト・グローリアである。そんな私を前にしては、エックハルトも絆《ほだ》されないわけにはいかなかったのだろう。グローリア家の血を引いているのは確かなのだから、四人くらい子を産ませればたぶん一人くらいは『才』を発現させるだろう。前世の知識でいうならサラブレッドみたいなものか。

彼は逢うたびに頬を赤く染め、緊張しながら私をもてなしてくれた。

それを恋だとは思わないが、そこに少しの情と義務があったのは間違いない。それは私にもあったし、我々に必要なのはそのふたつだけだった。

それでよしとしなかったのは、私じゃない。

◇　◇　◇

ロイス王国の貴族子女は、十四歳からロイス本領の学園に通うことが義務づけられている。

いわゆる学園編が始まる流れだが、別に始まらない。

私に限っていうなら、大したイベントもなかった。

いくらクラリス・グローリアが無才であっても、とびきりの美少女であっても、国中のクソガキを掻《か》き集めた場所ではそこまで目立つ存在でもなかったからだ。

私ほどの無才はさすがにいなかったが、あまり才能のない子女もいた。

ましてそれが上級貴族の息子だったりすれば、表立って蔑《さげす》むわけにもいくまい。

ようするに、才能を理由に他者を貶《おとし》めてしまえば、うっかり上級貴族の子息や子女までもを貶《けな》す可能性が生まれるわけだ。国中のクソガキが集まっているとはいえ、そこは貴族の子供だ。貴族社会での処世というやつは、貴族であればナイフやフォークの扱いより先に叩き込まれている。

とはいえ――エックハルトの価値観は大きく揺さぶられたのではないか。

はたしてどのような影響を受けたのかは、知りようもないが。

当時の私にとっても学園生活は驚きの連続だった。世の中には実に奇妙な連中がいるものだ。貴族の子女だからという理由なのか、ただそのように生まれたのかは知る由《よし》もないが、私以上に『おかしな』人間もたくさんいたのだ。一日で十冊くらいの本を読むやつもいれば、学園に通いながら貴族相手の商売を始めて商会を起こすような女もいたし、訓練の際に全身鎧《よろい》を身に着けて走り回るやつもいた。まだ十六なのに行きつけの娼館があるようなやつもいた。

あるいは――そう、ギレット姉弟という双子がいた。

彼女らはとにかく魔法の才に秀でており、自分たちの魔法の研鑽《けんさん》に余念がなく、それ以外のことには全く無頓着《むとんちゃく》だった。

砂場で砂山をつくり続ける子供、とでも評すべきか。彼女たちは砂場を荒らされることにひどく敏感で、容赦《ようしゃ》がなく、私の知る限り三人の学園生の四肢を欠損させていた。学園で交友関係を築くことのできなかったクラリス・グローリアの元にさえ、彼女たちの噂は届くほどだった。

そんなギレット姉弟が許されたのは、ひとえに『魔法の才がある』から。

ただそれだけの理由で貴族としては正しい。

何故なら、貴族とは『戦場における戦術兵器』だから。

強力な魔法を使える者が一人いる——たったそれだけで戦術的勝敗が決する場面があり、そのことを貴族たちは深く理解している。

貴族が競走馬みたいに血をかけ合わせるのは、クラシックレースで一等賞を取るためではなく、戦術兵器を確保するためだ。優れた魔法使いを一人確保することの意味を、貴族たちは理解している。

強力な魔術師を保有していると示威《じい》する意味を、知っている。

ロイス王国の貴族は、単に為政者《いせいしゃ》や権力者というだけではなく、戦術兵器を生み出す可能性の持ち主でもあるのだ。今は保有しておらずとも、かつては保有していた。であれば、今後生まれる可能性がある。なにしろこの世界には魔物や魔獣、魔族や魔王なんてものが存在するのだ。そしてそれ以上に、他家が強力な魔法使いを保有しているかも知れないのだ。

他者がミサイルを持っているのだから自分も持っておくべし、という理屈だ。自分もまたミサイルを持っていると示すことで結果的に撃ち合いは避けられる。

なんだか現代のアレみたいで気持ちのいい話ではないが、世界が違えど、人は自衛のためであればどこまでも残酷になれる生き物なのだ、とでも言っておこう。

その残酷さを、エックハルトもまた持ち合わせていた。

学園の長期休みに帰省したエックハルトは、ある少女と出会うことになった。

ミゼッタ、という。

家名はない。ただのミゼッタ。ミュラー伯爵領の農村に生まれ育った村娘で、どういうわけか村で治癒魔法を使っていたという。

ごく稀にいる、貴族ではないが異常に魔法の才を持つ者だ。

重ねた血脈の帰結ではなく、突然変異的に現れる——天賦《てんぷ》の才。

そしてエックハルトは私ではなくミゼッタを選び、ミュラー家もまた私を切り捨ててミゼッタを取ることにした。クラリス・グローリアでよしとしてしまうには、あまりにもミゼッタという少女の才覚は突出していた。突出しすぎていた。

――こっちよりあっちがいい。

そういうわけで、私は火炙りに処されることになったのである。

二　破棄の少女

さて、クラリス・グローリアはいかにして火刑に処されることになったのか。

ぶっとい丸太を十字に交差させたものを大地に突き立て、そこに鉄の鎖で私を括りつけ、足元にはたっぷりの燃え種をばら撒《ま》いて、火をつける。

というのはプロセスの問題だが、実際やられてみると酷いものだった。

最初は少し煙たくて、ちょっと熱い。しかしすぐに冗談では済まないレベルの火勢になり、足元から自分の肉が焼けていくのが判った。衣服にも引火し、ほどなくして文字通りの火だるまだ。

なのにどういうわけか私は前世の記憶を取り戻し、こうして過去を回想している。

ともあれ。

詳しいところはよく知らないが、ミゼッタという少女は農家の娘でありながら村の癒やし手として活躍していたところをミュラー家の人間に見つけられたそうだ。

癒やし手というのは、おそらく村医の助手だかなんだかをやっている最中、持ち前の才能で無理矢理に回復魔法を発現させたりしたのだろう。

まさに『異常な才』だ。治癒系の魔法は、魔法の中でも圧倒的に難しいのである。それを誰の教えもなく才能だけでやってのけるとなれば、泥中の宝石どころの騒ぎではない。

そんなわけで、ミュラーの家に招待されたミゼッタはエックハルトと出会い、エックハルトは彼女を見初《みそ》めてしまったというわけだ。

私、クラリス・キュートで仕方がない・グローリアよりもミゼッタを選んだ……そのことについては、それほどショックでもない。血脈を重ねた『無才』と、血の背景を持たぬ『天才』を天秤にかけて、後者に振れたとしても驚くことではないからだ。

そういう判断をしたのだな、と、むしろ納得すらしてしまった。

衝撃というならミュラー家の判断だ。単に婚約破棄をしてエックハルトとクラリスの縁を切る、という道を彼らは選ばなかった。

「グローリア家の次女クラリスは、実はグローリア家の血を引いていない。これはミュラー家に対する裏切りのみならず、ロイス王国貴族としての重大な犯罪行為である。よってミュラー伯爵家は公式にグローリア家を告発する」

これがミュラー家の言い分だった。

対する我がグローリア家の回答は、こう。

「当家としても今回の告発は青天の霹靂《へきれき》である。クラリスがグローリアの血を引いていないのであれば、彼女は当家の人間ではない。エックハルト殿との婚約は解消し、彼女の身柄は引き渡そう」

これはつまり、我がグローリア家はイモを引かされたわけだ。

全面的にミュラー家と対立するよりも、私を引き渡して今回のことはなかったことにし、この件についてはミュラー家への貸しにしてしまえという政治的な判断をした……のだろうか。

これには私もびっくりした。

無才ではあったが、私はそれでもグレることなく真面目に生きてきたのだ。エックハルトに対しても、愛こそなかったがそれなりの情は感じていた。それなのに……なんだか、簡単な足し引き算の解答みたいな結果として、火炙りにされることが決定してしまった。

私は暴れることすらできなかった。なにしろ美しくはあるが発育不良気味の少女であるし、魔法の才はなく、戦力としてのクラリスはそこらの農民一人分にも劣るほどだ。

身柄の引き渡しが決まった後は流れ作業のように拘束《こうそく》され、目隠しされていたので判然としないが数日かけておそらくミュラー伯爵領へ移送され、地下牢に押し込められて三日過ごし、街の広場まで連行されたかと思えば丸太の十字に括られて、王国直属の裁判官がやって来て形式的に判決を言い渡した後はマジであっさりと火をつけられた。

ここまで来てようやく、クラリス・グローリアは逃れえぬ自身の死を実感し、自らをそう追いやった全てに絶望し、魂に決定的な亀裂が走るのを自覚した。

そして私は前世の記憶を取り戻したのだ。

アラフォーのおっさんだった『私』の記憶を。

◇◇◇

人間を火炙りにして、どれくらい経てば死ぬのだろう?

私は火刑の専門家ではないので詳しく知らないが、そもそも焼け死ぬより先に酸欠だったり一酸化炭素中毒だったりで意識を失うのではないだろうか。

だって、足元から燃やしていって、炎と煙に巻かれているのだ、死よりも先に意識不明になり、その後、肉体が損傷して生命活動が停止するはずだ。哲学をするつもりはないので死とはなにかを論じたりはしないが、いずれにせよ必ず死ぬ。

だというのに――未だに意識も失わず、眼を開いて炎ゆらめく先の見物人たちを眺めている。

火刑を見物しに来た野次馬たちは二百人くらいだろうか。広場で『貴族のニセモノ』を見せしめにしているのだから、まあそんなものか。誰もが火刑に注目しているわけではなく、世間話をしているおばさんなんかも見える。よくもまあ人が焼かれているのを眺めながらいつもの調子で世間話なんかできるものだ。まったく、どいつもこいつもどうかしている。

いや、どうかしているのは私の方か。

さっきから全然死なないし、意識も失わない。

火で炙られている感じはするのに、強烈な痛みも苦痛も感じない。

どう考えてもおかしい。

おかしいのだが――だったらそれを受け入れよう。

私が処刑されることだって、私にとってはどう考えてもおかしいことだった。

それを、私は受け入れざるをえなかった。私を取り巻く世界がそのように動いたのだ。

ならば……死なないことも、私は受け入れよう。

――だったらどうする？

私は視線の先を見物人から鎖巻かれる自分自身へ向ける。私を括っている鎖が緩み始めているのに気づいたからだ。正確に述べるなら鎖が緩んでいたわけではなく、丸太の方が燃えているせいで径が小さくなり、結果的に鎖に余裕ができているだけだ。

ちょっとじたばたしてみれば、あっさり鎖から抜け出せた。

というか、すっぽ抜けて落ちるような感じになった。

丸太の足元は最初に火がつけられた場所だけあり、もう火勢の中心とは言い難い。そこに落下した私は大量の灰と燃えかすを撒き散らしたが、やはり熱さも痛さも息苦しさも感じなかった。

まあ、衣服が燃え尽きているおかげですっぽんぽんなので、ちょっぴり恥ずかしくはあったが――アラフォーのおっさんだった記憶のおかげで、恥じらい死ぬほどではないにしても――正直、それどころではない。衣服は燃え尽きているのに、肉も骨も髪も燃えていないのだ。

いや……なんか熱いし、じりじり焼けている感じはするのだが……なんだろう、熱したフライパンでステーキを焼いていて、ばちばちと油が跳ねているのに、肉は赤いまま――みたいな。

見物人のざわめき。

燃やされていたはずの少女が火傷《やけど》ひとつ負わずに炎から抜けだし、自分たちの方へゆっくりと歩いて来るのだから、ざわめかないわけがない。

「どういうことだ――！」

誰かが怒鳴った。火刑の際に配置されていたミュラー家の兵だろうか。

野次馬たちが好き勝手に騒ぎ出すのを尻目に、彼らと私の間に数人が立ちはだかる。

しかし、どういうことだ――か。

「知るものか」

と私は呟き、足元に転がっている燃えた木片を拾い上げ、兵士にぶん投げてやった。もちろんクラリス・華奢でキュート・グローリアが木片を投げたところで兵士たちの痛手になるはずもないが、そうしないわけにもいかなかったのである。

案の定、兵士は片手で木片を払い除けてしまった。

そして別の兵が剣を抜き、私に突きつけてくる。

焼き殺すのに失敗したから、突き殺すつもりか。

それもいいだろう。

なんとなく、としか言いようのない投げ遣りな気分に従い、私は素足で焼けた灰を蹴散らし、素っ裸のまま、突きつけられた剣に向かって歩を進めてやった。

兵が戸惑うが、私は構わない。

兵が剣を引きそうになる。

私はそれを許さない。

——ずぶり、と。

剣先が自分の喉元に突き刺さる感触があった。

兵が怯《おび》えて剣を引く前に、歩みを早めて喉に突き立ててやったのだ。

「ひっ——」

悲鳴なのか息を呑む音だったのかは判らないが、兵は剣の柄から手を離してしまう。剣の先だけよりも他の部分の方が重いので、喉に突き刺さっていた剣が地面にこぼれ落ちてしまう。その際に重大な血管を傷つけたようで、私の首から鮮血が飛び散った。火刑の臭いに血の臭いが混ざる。

が、何故だか私は意識を失わない。痛みも、あまり感じない。

どうして生きている？

どうして死なない？

——知るものか。

私はそのまま歩を進めた。兵が怯えて道を空ける。すっぽんぽんなのでやはり恥ずかしいのだが、開き直って堂々と歩くことにした。

この状況で恥じらっていても、それはそれでなんかアレだ。

人垣が割れていく。

焼かれても刺されても死なない少女に怯えて、見物人が道を空けてくれる。

その先に、ミュラー家の人間が見えた。

当主とその妻、次期当主であろう長男、そしてエックハルト。

ミゼッタは……見当たらない。

まあ、別に彼女に恨みなどないので、構わないが。

なんだかよく判らないが――まあ、仕方ない。

受け入れよう。棄ててしまおう。

受け入れてもらおう。棄ててもらおう。

私にそうしたように。私にそうさせたように。

三　不死の少女

「あれは一体どういうことだ……？」

エックハルトの父、ミュラー伯爵が呟いた。

あの光景を見れば当然の問いであり、その問いに答えられる者が皆無であることもまた当然であった。そんなことは伯爵自身も理解していただろう。

炎の中から舞い降り、喉に剣を突き込まれても傷ひとつなく歩いている。

エックハルト自身も父と同じ問いを脳裏に浮かべていたが、やはり答えなど出るはずもなく、ただ無数の疑問符だけが頭蓋の内側を満たしていた。

あれは、なんだ？

エックハルト・ミュラーの知るクラリス・グローリアは、美しくはあるがそれだけの、毒にも薬にもならぬ少女でしかなかった。

花のような、という形容がよく似合う。誰かの手を借りなければ生存を許されない、ただ美しいだけの——そんな少女が、割れた人垣の中央を歩いて来る。

衣服は燃え尽きてしまったせいで素裸だというのに、今の今まで炎に巻かれていたというのに、つい一瞬前に喉を刺されたというのに。あまりにも堂々と、ただ歩を進めてくる。

「撃て」

ミュラー伯爵が告げる。

大きな声ではなかったが、確固たる命令であることは声音から伝わった。

ほぼ時差なく、控えていた弓兵が矢を射った。

どんっ、とクラリスが吹き飛ばされる。

訓練された弓の一射には、それだけの威力があるのだ。

狙いは正確で、クラリスの身体の中心——胸のあたりに矢が突き刺さるのがエックハルトにも目視できた。それだけ近づかれていたということだ。

ほんの数瞬、呼吸二回分ほどの時間が流れる。

たったそれだけの間に、クラリスがむくりと起き上がった。

彼女はまず地面に転がったせいで身体に付着した土埃《つちぼこり》をさっと手で払い、次に長い金髪に一度だけ手櫛《てぐし》を通した。そして、胸の真ん中に突き刺さっている矢を眺め、少しの間だけ首を傾げ——そのまま、歩いて来た。射られたことなど知らぬとばかりに。

「莫迦《ばか》な……」

畏怖と忘我が綯《な》い交ぜの声。それがエックハルト自身のものだったか、父ミュラー伯爵のものだったかは判然としない。あるいはその場の誰もが同じ言葉を吐き出していたのかも知れない。

クラリスが歩いて来る。もはや誰も彼女を止めようとしない。

花のような美しい少女の——胸の真ん中に矢が突き立ったままの少女の——その歩みを、誰も止められなかった。そうするのが畏《おそ》れ多いような……。

「ふぅん……なんとなく判ったぞ」

クラリスが言った。

これまで一度も聞いたことがないような、やわらかさに欠けた口調だった。さながら学者や芸術家が未知のものを目の当たりにし、それを自分の中で咀嚼《そしゃく》し終えたかのような、そういう言い方。

そして——そんな独り言が聞こえたということは、それほど近くにクラリスがいるということでもあった。いつの間にか、そんな距離まで。

クラリスはエックハルトには一瞥《いちべつ》すら向けず、ミュラー伯爵をじっと見つめたまま、おもむろに右手を動かした。胸に突き立ったままの矢を掴み、それをずぶずぶと引きずり出していく。

見ているだけで心臓が軋《きし》むような、痛々しい光景。

火刑に処されるクラリスを見ていたときは、そのようなことを思わなかったのに。

からん、と矢が落ちる。

その矢を引きずり出したクラリスの右手は、血に塗れている。否――いた。そのはずだった。胸に空いた穴からも、大量の血液が流れ出ていたはずだ。

なのにミュラー伯爵へ向けられた右手には血の跡がない。クラリス自身の慎ましやかな胸にも、傷ひとつ見当たらなかった。

誰も何も言えず、身動ぎひとつですら許されぬ異様な空間の中、クラリスだけが空気感など気に留めることもなく脚を動かし、歩を進めた。

一歩。二歩。

三歩。そして四歩。

「私はもっと怒った方がいいと思うんだ。でも、正直そこまで怒り狂ってもいないのが本音だな。でも――でもにでもを重ねて悪いが、こうしようと思った。私は受け入れたし、受け入れるしかなかった。だから、あんたもそうしろ」

温度に欠けたそんな呟きが聞こえた。

次の瞬間、

――ぱんっ、

という、破裂音がした。

火に放り込んだ薪が弾けるのによく似た、けれど、もっとどうしようもない、致命的な音。

なにか、どうしようもない手遅れを直感させる音。

クラリスはどんな表情も浮かべておらず、もうミュラー伯爵を見てすらいない。

エックハルトは多大な労力を払い、クラリスから視線を切った。そして彼女が話しかけていた父ミュラー伯爵を見て――やはり、なにが起きたのかは、理解できなかった。

ただ、結果だけは理解できた。

父の頭が破裂していたのだ。

◇◇◇

その後、クラリス・グローリアはそのまま歩き去ってしまった。

誰も彼女を追うことはできず、エックハルトは彼女の姿が見えなくなるまで父の死体に駆け寄ることすらできなかった。

四　流離の少女

私、クラリス・グローリアのような美少女が素っ裸で歩いていたら目立つに決まっている。いや、別に美少女でなくとも町中を女が裸で歩いていれば目立たないわけがない。

なのでミュラー伯爵の城下町を抜ける際、私はそこらの衣類店に押し入り、適当な服を拝借してしまった。強盗である。何故か店主はいなかったが、もしかすると私の火刑を見物に行ったのかも知れない。少々申し訳ない気はしたものの、私は一文無しだった。

仕方なくそのまま徒歩で城下町を抜け、歩き続けて街道へ。

そうして街道をぶらぶらと歩きながら、さすがに考えないわけにはいかなかった。

どこへ行く？

無論、判るわけがない。しかし、いずれにせよミュラー伯爵領からは出た方がいいはずだ。なにしろ私はミュラー伯爵殺害犯であり、グローリアの名を騙《かた》る犯罪者であり、焼いても突いても死なない少女である。どのくらい死なないかは私にも判らないし、わざわざ試そうとも思わないが。

とにかく私は街を出た。

街道を歩いた。

日が暮れて、何者かに囲まれた。

三段オチみたいで思わず笑ってしまった。

街道をのんびり進んでいた私の脇から、いきなり人影が現れていつの間にか囲まれているのだ。つい「追っ手か？」なんて思ったが、追われて当然なので無意味な疑問だった。

考えるべきは、誰の手の者かという点だ。

まあ、考えたところで答えは出ないのだが。

「クラリス・グローリア様ですね？」

追っ手の中の誰かが言う。

私はそれに否定も肯定も返さず、腰に手を当てて顎を突き出してみた。とても可愛らしい仕草だったはずだ。クラリス・キュートが過ぎる・グローリアは、可愛いのが取り柄なのである。

いや、取り柄だった、と過去形にするべきだろうか？

いずれにせよ追っ手には関係ない。

「我々はイルリウスの使いです。イルリウス卿はあの火刑を見ていました。貴女を匿《かくま》う用意がある、とのことですが……」

私は思いっきり首を傾げた。

とのことですが、などとつけ加えるからには、選ばせるつもりだろうか? 道の脇から現れたのは合計四人で、屈強な戦士といった風体の者は一人もいない。では、こいつらは何者なのかというと、一見してもよく判らない。軍人かも知れないし、違うかも知れない。

あの火刑を見たというのであれば、もしかすると私が無敵の美少女に生まれ変わったとでも思っているのか。追っ手を数人差し向けた程度ではクラリス・グローリアを捕らえることはできない、と考えているのであれば、武力ではなく選択肢を差し向けたのは合理的だ。

まあ、実を言えば全然そんなことはないのだけど。

あの火刑の場でなんとなく判ったのは、私はどうも『この私の肉体』を維持し続けるのではないか、ということだ。胸にぶち込まれた矢を抜いたときも、正直言ってめちゃめちゃ本気で力を入れて矢を引っこ抜いたのだ。普通なら「こんなに力入れたら筋肉とか痛めちゃうよ」というくらいに力を入れたが、別になんともなかったし疲れもしなかった。

どうやら私は『そういうモノ』になったのだ。

これはなんとなくそう思う、というだけの根拠のない実感だ。

なので現状、私は屈強な男性数人に取り押さえられたら、それはもうあっさり捕らえられてしまうのである。私に相手を殺す気がなければ。

「なるほど。招待を受けよう」

と、私は言った。

行くあてなどなかったし、イルリウスとかいうやつがなにを考えているのかも少し気になったし、状況が悪くなるのであれば、それはそれでいいやと思ったのだ。

やめておけばよかったが。

◇　◇　◇

イルリウスとはロイス王国の大貴族、レオポルド・イルリウス侯爵だった。

あの火刑を見ていたのもイルリウス本人だったようで、どうやら噂のミゼッタ嬢を自分の眼で見ようと考え、わざわざミュラー伯爵領まで赴《おもむ》いたのだという。

私はイルリウスの使いに案内されるまま馬車に乗り、貴族令嬢としてはいまいちだが地球の現代日本に住むアラフォーのおっさんからしてみれば上等な待遇で、十日ほど移送された。

旅路《たびじ》についてはは省略する。別になにもなかったからだ。

そうしてイルリウスの城へ——そう、イルリウス侯爵家は城持ちなのである——案内され、特別な場所でもなんでもなさそうな一室へ通された先に、レオポルド・イルリウスが待っていた。

第一印象は——不機嫌なカマキリ。

大貴族であるという先入観とは裏腹に、特注らしい衣服も威厳こそあれ動きやすい簡素な造りを好んでおり、かなり痩せていて、美醜でいうなら後者に大きく傾いた男だった。

カマキリとかバッタみたいな逆三角形な顔のつくりをしていて、カメレオンめいたぎょろりとした眼差しがこちらを撫《な》でるたび、尻でも触られたような気持ちになった。かなり人間味に欠けた雰囲気の持ち主で、下心は感じないのに不快感を覚える、そういう男なのだ。

これは互いにとって不幸な事例と言えよう。レオポルドは私の尻を触りたかったわけではないだろうし、私も尻を触られたいわけではなかったのだから。

さておき。

「貴様の生活を保障してやる代わりに、やつらの相手をしてもらいたい」

時候の挨拶もなく、レオポルドは入室した私を睨みつけてそんなことを言った。

私ごときに挨拶など無駄だと思っているのか、そもそも誰が相手だろうが挨拶なんぞ無駄だと思っているのかは判らなかったが、判ったところでさしたる意味もないだろう。

「やつら？」

と私は首を傾げた。そんな私に、レオポルドはわずかに眉を上げる。

「知らんのか？ そんなはずはない。『双子のギレット』は学園でもかなり有名だと聞いたがな」

その名前なら知っていた。

が――よく判らない。

双子のギレットの相手を、私が？

「断るなら断るで構わんぞ。もっとも、グローリアの名を騙る罪人である貴様に、行く場所があるのならな。だが、私であれば貴様の生活を保障してやれる。もし役に立つのであれば身分の保障もしてやろう。せいぜい死ぬ気で学べ――『無才のクラリス』」

第二章　魔の者たち

一　異才の双子

ギレット姉弟については、ロイスの学園でも有名だった。

姉、ローラ・ギレット。

弟、トレーノ・ギレット。

二人合わせて『双子のギレット』、あるいは『異才のギレット』である。

確かに彼女らは学園の有名人である。学園において人脈というものをまるで形成できなかったクラリス・グローリアでさえ知っているほどだ。しかしイルリウス侯爵の息がかかっていることまでは、私は知らなかった。人脈がなかったので。

彼女らの異様さは、魔法のみに特化している点である。

もっと言うなら、自分たちの魔法の研鑽にだけ、熱心なのだ。そしてそれを阻《はば》む者に対し、ひどく攻撃的だ。学園で三人の四肢を欠損させたのも、たしか彼女らに余計な絡み方をした莫迦の自業自得というふうに言われていた。

もちろんギレット姉弟がイルリウスの子飼いであることも理由のうちだろう。わざわざ大貴族の子飼いに触って火傷をするなど、誰もしたくはない。社交性にも社会性にも欠けた双子が野放しにされていたのは、彼女たちが積極的に他人へ関わろうとしなかったからだ。

レオポルド・イルリウスは私に「相手をしろ」と言った。

火傷をしろ、という意味合いである。

◇　◇　◇

イルリウスの城から馬車でおおよそ一時間ほど。郊外というには辺鄙《へんぴ》な森の手前に屋敷があり、そこがギレット姉弟の住まいらしかった。

規模としてはグローリア家が所有している別荘のうち、避暑で数日使うくらいのものか。現代日本なら気楽には泊まれない程度の温泉旅館といった大きさだ。もちろん外観は洋風の石造りだが。

ギレット姉弟は、屋敷の大広間で寛《くつろ》いでいる最中だった。

がらんとした石造りが剥き出しの、なんなら牢屋と見紛《みまが》うような広間だ。

そこに椅子がふたつ、テーブルがひとつ置かれてあり、人形のような容姿のグラマラスな女性がワイングラスを、似たような顔をした長身の男性が皿に盛られた炒り豆をぽりぽりと口に運んでいた。

「あら？ これは珍しい」「クラリスお嬢さまじゃないか」

「こんなところに」「どうやってこの場所に」

「来たのかしら？」「来たのだろうか？」

漫画のテンプレ双子キャラのような輪唱じみた科白《せりふ》を吐きながら、ギレット姉弟は首だけでこちらを振り返った。マネキンが首を動かしたような不気味さがあった。

言葉は疑問系だったのに、その表情には欠片《かけら》の興味も映されておらず、ああそういえばこいつらはこういうやつらだったな――と、学園でのことを思い出す。

とにかく、他人に興味がないのだ。

もしかしたら自分自身にさえ興味がないかも知れない。

「彼女のことは知っているな。クラリス・グローリア……今は故あってグローリアを名乗ることはできんが、おまえたちが欲しがっていた実験体に彼女がなってくれる。くれぐれも丁重に扱えよ」

私を案内した男がそんなことを言い、それ以上のことはなにも言わず踵《きびす》を返してしまった。

当然だが、私にはなにがなにやらである。

だというのに双子のギレットは首を追いかけるように身体ごとこちらへ向き直り、厭《いや》にギラギラした眼差しを向けて来るではないか。

「実験体？」

「実験体と言ったね」「言ったわね」

「確かに聞いた」「確かに聞いたわ」

私は言ってない。

と思ったが、口に出す間もありゃしない。

私は双子に両腕を掴まれ、屋敷の裏庭に連行されたのであった。

◇　◇　◇

実験体とは、モルモットのことである。以上。

と、そんなトートロジーで話を締めくくりたくなるような出来事が裏庭で繰り広げられた。具体的には双子の魔法を喰らいまくった。直撃で。

他人の四肢を簡単に欠損させるような魔法使いの実験的な魔法を。何度も。何度も何度も何度も。そりゃあもうひたすらに。

屋敷の裏手の森が、なんだかそこだけ地形が変わっているのもおかしいと思ったのだ。言うまでもなくギレット姉弟の魔法のせいだった。

「それじゃ、まずはそこに立ってくれるかな？」

なんて双子の弟、トレーノが言うものだから私は指示された場所に突っ立ってみる。

トレーノとローラは実に十メートルほどの距離を置き、朗々たる発声でこんなふうに言った。

「貴女、クラリスお嬢さま？　貴女は魔法というものがなんなのかを理解しているかしら？」

「魔法というものは実に不思議だ。しかし確実に言えることはふたつある」

「魔法に必要なもの」

「魔力」「魔法使い」

「魔術だ、魔導だ、魔法だ」

「魔術師だ、魔導師だ、魔法使いだ」

「言い方はいろいろあるけれど、結局のところ、同じことよ」

「では、魔法を使うとはどういうことか？」

「理解できるかしら、クラリスお嬢さま？」

私には彼女たちがなにを言っているのかさっぱり判らなかったが、彼女たちがなにをしようとしているのかは理解できた。十全に。

まずは弟のトレーノが、掌の上に火球を出現させた。まるで小さな太陽のようなそれを、掌から少し離れた場所に浮揚させ、ひどく楽しそうに私を見る。

「たとえばこれだ。普通の魔法は、魔法の発現が即ち攻撃になる。火球の投射、噴射、放出。しかしよくよく研究してみれば、こうして維持することもできる。これはね、簡単なことなんだよ」

理解不能な科白を吐き、ついでのように火球を投げつけてくる。

いや、投げるというよりは――放つ、というべきか。

避けようと思う間もなく、業火《ごうか》の塊が私の肩口あたりを焼失させた。

文字通りの焼失だ。

あまりにも温度が高すぎて、そしてあまりにも温度差が激しすぎて、火球の範囲外のなにも燃やさず、触れたモノだけを焼き消した。

一瞬、ぐらりと身体が傾《かし》ぐ。

右肩のあたりがぽっかりなくなっていて、そのせいで私は私の右腕が地面に落ちているのを見てしまい、ひどく嫌な気持ちになった……のだが、一瞬後には元通りに戻っている。

ただ、衣服は復元しない。肩口を抉《えぐ》られた斬新なファッションになってしまった。

「はー！　これはすごい！　すごいじゃないかクラリスお嬢さま！」

けたけたと笑い声を上げ、ついでのようにトレーノは腕を振った。

なにか透明なモノが飛んで来て、私の身体を腰のあたりから上下に両断する。

ぼとり、と私の上半身が地面に落ちる。

残された下半身は、まだその場に突っ立っていた……と思えば、きちんと倒れている私の上半身にくっついている。さっきまで突っ立っていた私の下半身はどこに行ったというのか。

「うふふ――度し難いわね。まったく度し難いわ。常軌《じょうき》を逸《いっ》している。ひどいじゃない。そんな才能を隠し持っていたなんて。どうして教えてくれなかったのかしら？」

姉のローラがうっとりと微笑みながら言った。

見ようによっては欲情しているような様子ですらあった。

そういうわけで、私はモルモットになった。

◇◇◇

ギレット姉弟について語ることは難しい。

姉のローラ・ギレットも、弟のトレーノ・ギレットも、自分たちのことを話さなかったからだ。なので彼女たちの過去からなにかを推察するのは不可能だったし、別にそこまで知りたくもない。

双子の屋敷に滞在していたのは、三ヶ月ほどだっただろうか。

おそらく百日前後だと思う。

その間で彼女たちについて判ったことは、あまり多くない。

ローラは魔法以外ではワインが好きで、イルリウスの部下がちょくちょくワインを運んできた。食事の好みは赤身の肉を好んで食べる。トレーノの方は炒り豆をいつもぽりぽり食べていたが、それは屋敷で姉といるときに限る。飲物に関しては、あまり酒は呑まないようだった。

二人とも人形めいた造形美の持ち主であり、姉のローラは加えて豊満な肉体を所有していた。弟のトレーノは痩せ気味の長身。どちらも性格さえまともであれば、異性に不自由しなかったはずだ。

まあ、彼女たちが異性を求めていたかといえば、全くの否なのだが。

私が思うに、『異才の双子』は、魔法という謎にただ取り憑《つ》かれていたのではないか。人間というやつはどんなものにだって夢中になれる。

彼女たちの場合、それがたまたま魔法であり、たまたま他の多くの者よりも強く深くのめり込んでいただけで、不幸にもそれが許されてしまった。

たとえば、こんな一幕があった。

滞在中の食事は、双子のテリトリーとなっている石剥き出しの広間で行うことが多く――私としては用意されている自室に運んでもらいたかったのだが――ギレット姉弟と食事を共にするという罰ゲームを何度も繰り返したわけだ。

「ところでクラリス嬢。きみには痛みというものはないのかい？　あれほど肉体を損傷して、即座に復元しているのは驚愕の一言だけどね、そこに魔力的作用がないのは判っている」

いつだったか忘れたが、ふと弟のトレーノが言った。

「つまり貴女の不死性は『不死の魔法』のようなものが原因ではない、ということね」

姉のローラが言う。

皿の上の肉を半分だけ残してワインをがばがば飲んでいたせいか、いつもの輪唱めいた話し方ではなかった。こいつらはたまに輪唱しないのだ。いや、当たり前だが。

「普通に考えれば、激痛で気が狂っていてもおかしくない」

「いくら復元するとはいえ、身体中を輪切りにされて正気を保っているだなんて、どうかしているとしか思えないわ。考えるだけで恐ろしいじゃない」

「気が知れないね」「気が知れないわ」

最後だけ輪唱された。

もちろん私としても「おまえらに言われたくないよっ」とか元気にツッコんでやりたい気持ちはあるのだが、こいつらとの意思疎通など出会って二日で諦めていた。

そもそも、いくら復元するとはいえ足の先から頭のてっぺんまでを魔法で微塵《アッシェ》切りにするような双子に、まともな倫理観を期待する方がどうかしている。

「痛みというものは、それ以上そうなると拙いから痛むんだ」

と、私は心情ではなく情報を口にした。

こいつらと意思の疎通は不可能だが、情報《データ》の遣り取りは可能なのだ。

「それ以上そうなると？」

案の定、表面上の会話が成立して、トレーノが疑問符を浮かべる。私は皿の上の肉をきちんと咀嚼してから頷き、右手で自分の左腕を叩いてみせる。

「なにか事故があって、腕が折れる。痛い。当然だな。痛いから、それ以上は動かさないようにする。だって痛いからな。もし痛くなかったら、腕を動かしてしまうだろう。痛くないんだから、当然に腕くらい動かすだろう。結果、骨折は悪化する」

だから、痛い。

痛みとは脳が意識へ送る危険信号だ――なんて知識は、わざわざ教えてやらないが。

「即座に復元するから、痛まない……か」

「バケモノじゃない。まったく気が知れないわね」

得心《とくしん》したふうな弟と、吐き捨てるような姉。

両者に共通するのは、どちらも私になぞ興味がないという点だろう。クラリス・グローリアの特異性にはやや興味を示しているが、私自身にはなんの興味もない。

「おまえたちは心を痛めるべきだな。こんな可愛らしい女の子を、毎日毎日飽きずに縊《くび》り殺して楽しそうに笑うだなんて、気が知れないバケモノはどっちだ」

なんとなく反駁《はんばく》してやったが、さしたる意味はなかった。

ギレット姉弟の深層心理が『そのままではヤバい』と認識していないから、心が痛まないのだ。脚が折れたら歩けないだろうが、心が壊れていても魔法の探求はできる。

いや――一概に壊れていると評すべきかは、ちょっと怪しい。

なにしろこいつらはロイス王国の貴族的価値観において、魔の研鑽を推奨され、放置されてここまできたのだ。自らの陣営に戦術兵器を保有できるかも、と。

そうでなければ、どこかで誰かが止めていた。

どこかで誰かが、人間愛のひとつでも教えていたはずだ。

しかしそうはならなかった。

この歪《いびつ》な双子と貴族的価値観は、厭な感じにウマが合ってしまったわけだ。

もちろん、彼女たちの家族はギレット姉弟がこれほどまでに削ぎ落とすとは思っていなかったのだろう。ロイス王国の貴族的価値観に基づき、兵器としての魔法使いを求めてはいたかも知れない。だが、制御不能の破壊兵器など誰も求めていなかった。

そして――そして、と続けていいのかは判らないが――あのレオポルド・イルリウス侯爵閣下は、そんな破壊兵器を所持しようと決断した稀な貴族だったのだ。

家族に捨てられた、という点では私も同じだが、もちろん親近感など湧かなかった。それはそうだろう、身体が勝手に復元するからと、人の身体に実験的な魔法をぶち込み続けるようなプッツン姉弟に好ましさなど覚えるわけがない。

心だって、別に痛まなかった。

ただ……少しの心配はあったが。

◇　◇　◇

双子の屋敷に滞在した百日のうち、何度か双子がいなくなることがあった。

彼女らがなにをしにどこへ行ったのかを私は知らなかったし聞かされなかったが、双子がいない頃合いを狙って、一度だけレオポルド・イルリウスが顔を見せに来た。

「このままでは、あの双子は使い物にならん。処分を検討している」

双子が好んで使う石造り剥き出しの広間ではなく、まともな応接用の広間で、使用人の持ってきたローラのワインを飲みながら、侯爵閣下は不機嫌そうに宣った。

「それを私に言って、どうしろと？」

私は私で、レオポルドが注いでくれたローラのワインをちびちびやりながら首を傾げた。

「あの双子と、これだけの時間を共にできているのは、今のところ貴様だけだ」

カメレオンのようなギョロ目が私を捉える。

尻を撫でられたような不快感に苦笑しつつ、私はグラスのワインを呷《あお》る。

「時間を共に、ね。侯爵閣下も不思議なことを仰るものだ」

「不思議とは？」

「彼女たちは誰かと時間を共有などしていない。自分たちだけで世界が閉じていて、他のものは実験台か、実験体か、もしくは壁に過ぎない。あなたも、彼女らにとってはそのうちのどれかだろう」

「やつらがどう思っているのかなど、それほど重要ではない」

言って、レオポルドはグラスにワインを注ぎ足した。この不機嫌なカマキリみたいな男は、その内心を悟らせない。不機嫌そうに見えはするが、実際はどうなのか。

「あなたはなにがしたいのですか？」

ふと口から問いがこぼれる。そう――わざわざレオポルドがクラリス・グローリアのような『実験体』をギレット姉弟に提供する必要などないのだ。

魔法をぶち込みたければ、どこにでもある戦場をひとつひとつ案内してやればいい。世に溢れている野盗だの盗賊団だのをモルモットにしてもいい。この世界には魔族という人間とは相容れない敵対種族だっているのだ。あるいは神々が創り出したとかいう『迷宮《ダンジョン》』へ潜らせたっていいはずだ。

なのに私を拾い、私を使った。

こうして進捗のようなものを伺いさえした。

レオポルドはグラスのワインを一息で飲み干し、ぽつりと呟く。

「いずれ、今の貴族の時代は終わる。このまま行けば、必ず魔法を持てあます。そのときに今の国家という形態は耐えられん。力の大きさよりも、力の制御が必要になってくる。やつらの探求心は貴重だ。魔法の神髄《しんずい》に至れるのであれば、安い出費だ」

◇◇◇

レオポルドが恐れているのは、おそらくインフレーションだ。

もっと強い魔法を、もっともっと強い魔法使いを、さらに強い魔法を、その使い手を――そうして純度と強度を高めていった結果、どこに至る？

私の知る地球では、使ってはならない兵器が世界中にあふれていた。

そしてきっと、どこかで誰かが使うだろう。

この世界のインフレーションはもっと早いかも知れない。

生活文化などはいわゆる剣と魔法の世界のそれだというのに、人を殺す技術においては地球も顔負けだ。いや、ある意味において現代の地球よりも秀でている。

優れた剣士は斬撃《ざんげき》を飛ばして岩をも切断するというし、そこまで強力でない魔法使いでも百メートル先の人間に『魔法の矢』を着弾させるのだ。ギレット姉弟など、さっと手を振るような動作でクラリス・グローリアを細切れにしてみせた。

魔法使いが空を飛べる時代がくれば、航空爆撃だって夢じゃない。

そういうことを――地球のことなんて知りもしないレオポルドが心配している。

なるほど、確かに有能な人物だ。

別に、私だってただ双子に殺され続けていたわけではない。彼女らが語る断片的な『魔法の神髄』を自分の中で咀嚼するくらいはしてきたし、私には現代日本の知識がある。

目に見えぬ色があり、耳に聞こえぬ音があり、砂粒よりも小さなモノを知っている。

今ならミュラー伯爵にしてやったことを、もっと効率的に行えるだろう。しかしそれは、なるべくなら取りたくない手段だ。特にあの双子に見られるわけにはいかない。

たとえばクラリス・グローリアの『無才』に関して。

私がどれだけ魔力を振り絞っても大した魔法は使えない。肝心なのは、いっさいの魔法が使えないわけじゃない、ということだ。指先からマッチの火くらいの火魔法は起こせるし、魔道具の起動をすることもできた。手で仰いだ方がマシな風を起こすことだってできる。

魔法の才を調べる水晶玉の反応を、もしかするとこっちの方が認識できていなかっただけなのでは――なんてことを、ギレット姉弟に勘づかせるわけにはいかない。

あの異才には少しのヒントだってやりたくないのだ。

実際のところ、レオポルドの心配は実に正しいと私は思う。

ああいうバケモノを放置していては、いずれ制御できない破壊に辿り着く。そしてギレット姉弟が見逃されている以上、あのレベルのバケモノは唯一無二では決してない。

だから、制御だ。

なによりも制御が必要だ。

二　少女と双子

ギレット姉弟の屋敷において誰よりもクラリス・グローリアの異常性を理解していたのは、おそらくカリム・カラベルだった。

カリムはイルリウス侯爵の部下であり、ギレット姉弟の目付役として派遣された騎士団員である。元々はイルリウス侯爵家が有する黒甲《こっこう》騎士団の斥候《せっこう》部隊員で、街に潜り込んでの情報収集などを得意としていた。ギレット邸においては家令のような役割を担っている。

ようは便利な使い走りだ。これに関してカリムは卑下《ひげ》するのでなく、むしろ誇りに思っている。使えない者を『便利な使い走り』にするほど、レオポルド・イルリウスは無能ではないからだ。あの侯爵閣下から名指しされているという事実は、自尊心を満たすには十分だった。

例の双子との距離感についても、だからカリムはおそらく誰より先に理解した。

彼女たちとは関わろうとしてはならないのだ、と。

しかし――クラリス・グローリア。彼女については理解が難しかった。

仕事上、クラリスと話す機会が何度かあり、話しかければまともな返答がある、という時点で双子に比べればだいぶやりやすかったが……よくよく考えると奇妙な点が多かった。

まず、クラリスは実家のグローリア家について聞こうとしなかった。

彼女が除名された経緯は、カリムも聞き及んでいる。確かに悲惨ではあるものの、貴族であればそういうことも起こりうるだろう。他人事だからそう思ったが、クラリスにとっては自分事だ。

彼女がその特異な不死性から、火刑を脱したのは知っている。

だからこそ――その後、グローリア家がどうなったのか、彼女が当主を殺したミュラー伯爵家がどうなったのか、彼女の婚約者だったエックハルトのその後は……そういうことを、普通なら知ろうとするはずだ。なのにクラリスはいっさい訊かなかった。

聞こうとする素振りも見せず、知りたがっているようにも見えなかった。

そして屋敷では、ギレット姉弟に淡々と殺され続けた。

火球で、風の刃で、氷の塊で、あるいはわけの判らない作用で上下に潰されて、全身から血液を噴き出して――およそ思いつくあらゆる魔法で、クラリスは殺されまくった。そしてふと気づけば、元に戻っていた。服以外は。

さすがにいいかげん全裸で魔法を受けろよ、と言いたくなった。

幸いというべきか、ひと月が経つ頃には屋敷の裏手から屋敷の地下室へ『実験』の場所を移し、クラリスは服を着たまま地下室へ向かって服を着たまま戻って来ることが増えた。たまに全裸で戻ることもあったが、まあともかく。

カリムが心底から戸惑ったのは、ギレット姉弟にどんな殺され方をした後でも、クラリスが双子を全く恐れなかったことだ。

確かに死にはしないのかも知れない。実際に双子はクラリスを殺せていないのだから。だが、殺さないように苦しめることもできるはずだ。それは死よりもなお深い痛苦ではないか。

なのにクラリス・グローリアは、双子を恐れない。

それどころか、彼女らの意味不明な話に耳を傾け続けていた。

まるであの双子と意思の疎通ができているかのように。

――そうして、クラリスが屋敷にやって来てから、およそ三ヶ月。

ある日イルリウス侯爵の使いが訪れ、戦争の始まりを告げられた。

隣国との戦争ではない。

魔族の住む領域から、侵略軍が現れたとのことだった。これは数年に一度あるかないかという出来事であり、ロイス王国では『エスカードにおける対魔族戦』と呼ばれている。魔族の侵略軍とは、言葉を変えれば魔族の国を追われたならず者の集団である。

そんなものは内々で処分しろよ、とカリムは思う。

もちろんカリムがどう思ったところで意味はない。

イルリウスから連絡があったということは、双子の出番ということだ。

定期的にギレット姉弟には出番をくれてやる必要があった。レオポルド・イルリウスの子飼いが有能であることを示し、侯爵閣下の所有する戦力の一端を内外に見せつける必要が。

「私も連れて行って欲しい」

クラリスがそんなことを言い出したのは、例の石造り剥き出しの広間で、夕食の最中だった。

姉の方は相変わらずワインばかりを消費し、弟は弟で不味そうに食事を口に運んでいて、クラリスだけが行儀よく黙々と食事をこなしていた。

双子の出兵が話に出たとき、それならついでだから、みたいな気楽さでクラリス・グローリアは自分も連れて行けと言い出したのだ。

「きみを？」「戦場に、なんのために？」

歌うような双子の問いに、クラリスは端的に答える。

「見学に」

「見学？」「見て学ぶ？」

「なにを？」「どうして？」

「――そうだな、魔族というやつを見てみたい」

「それだけ？」「それだけのことで？」

「おまえたちは魔法の研究がしたいから毎日私を殺してるじゃないか。たったそれだけのことで。他人の『それだけ』について言えた義理じゃない」

これに双子は普通に納得し、クラリスをエスカードに連れて行くことになった。

……やめておけばよかったのに。

◇◇◇

エスカード領はエスカード辺境伯の治める領地である。ロイス王国の最北に位置し、ここは魔族の住む領域との境になっており、ロイス王国にとっては『魔族戦』の舞台として有名だ。

これに関しては、私、クラリス・ＪＫ・グローリアが学園に通っている頃に講義で習ったことなので、ロイス王国の貴族であれば誰でも知っていることだ。

エスカードに魔族が攻めて来る。

そう――魔族。

この『剣と魔法の世界』における、地球との大きな違いのひとつがこれだろう。

亜人、獣人、魔物、魔族……人間以外の知的生物が平気で存在している奇妙な世界。

では、魔族とはなにか？

「長寿と言われているわね」「だが、愚かだ」

「強い魔法が使えるとも言われているわ」「だが、愚かだ」

「まるで神々からの寵愛《ちょうあい》を受けているかのよう――なのに」

「その寵愛を、ただ内外へ暴力という形で吐き出すだけ」

「本当に、愚かね」「本当に、愚かだね」

とは、ギレット姉弟の言である。

その寿命と魔力を使って延々と魔法の研究をするべきだ、とでも言いたいのだろうか。仮に私が神だったら、この双子に長寿なんぞ与えないだろう。

あと五年では判らないが、あと五十年も与えれば、こいつらならきっと致命的なナニカを生み出すだろう。人族にとってか、もしくはこの大地にとってかは判らないが。

さておき。

魔族とは、長寿であり、膨大な魔力を操《あやつ》る種族であるらしい。それは出兵に同行したカリムという男も同じことを言っていた。あまり欲しい答えではなかったが、私だって『人間とはなにか？』なんて問われても答えようがない。だからこれは、問い自体が愚かなのだろう。

だが、私は気になった。

哲学の始まりはいつだって愚者《ゼロ》の問いなのだ……とかなんとか言っておこう。

◇◇◇

さて、そんなわけでエスカード辺境領である。

黒甲騎士団とかいうイルリウスの私兵と合流し、領を出発して二十日ほど。我々が辿り着いたときにはもう魔族との戦争は始まっており、辺境伯の兵が百人以上、魔族の側は数人削られていた。

なるほど、これが対魔族戦か。

私だって現代日本の平和な時代の記憶と可憐な貴族令嬢だった記憶しかないので、実際の戦争など知りもしないのだが、どう考えても『地球の中世あたりの戦争』とは違いすぎる。

遠距離攻撃兵器の登場によって隊列を整えた軍勢が戦場から消え去ったように、この世界においてはまとまった軍勢など『強力な魔法使い』の的でしかない。

地球と違うのは『戦術兵器』の数が稀少すぎるということだが、それでも槍を構えたファランクスなど戦場に見当たらなかった。せいぜい十数人規模の部隊が密集しすぎないようにバラけている。魔族を想定した戦場の布陣なのだろう。

魔族が侵攻してくる森——魔境、とか言われているようだ——を見下ろせる丘の上に本陣があり、エスカードの軍は魔境を見張るように部隊を展開していた。

つまり、こういうことだ。

魔族が森のどこから出てくるのか、いつ出てくるのか判らない。同様に、魔族からは丘に布陣されている部隊のどこに魔法使いがいるのか判らない。

そして膠着《こうちゃく》状態になれば、補給線のない魔族側が不利になる。

いつか、どこかのタイミングで向こうから出なければならない。

その『いつか』は、我々の到着と同時といっていいくらいの時期に訪れた。

本陣の端へ設《しつら》えられた天幕へ案内され、双子が上官らしき男に呼び出され、一人残された私は茶でも淹れようかと備品をあれこれ漁っていた。なにしろロイス王国の戦術兵器は貴族であるからして、それなりに丁重な扱いが求められるのだ。

銅の薬缶と茶葉、それにカセットコンロのような魔道具を見つけ、指先から火を点すというクラリス・魔法だってほんのちょっとは使える・グローリアの偉大なる魔法で魔道具を励起《れいき》させ、湯を沸かしている最中――ごおっ、という振動が伝わってきた。

地震か？と最初は思ったが、もちろん違う。

人族側の魔法使いがぶっ放して、魔族の何人かと相打ちになった音だった。

これをきっかけに、ギレット姉弟は戦場へ投入されることとなった。

◇◇◇

表向きは家令であり、元斥候であり、実際はギレット姉弟の目付役であるカリム・カラベルもまた辺境への出向を余儀なくされていた。仕事なので仕方がない。

旅路の途中、ギレット姉弟はやけに饒舌《じょうぜつ》だった。

双子が姉弟二人きりのときは、そんなことはなかった。

だからおそらく、クラリス・グローリアがいるせいなのだろう。

おかげ——なのかも知れない。

当然だがイルリウス領からの出兵がギレット姉弟二人のみということはありえない。旅路の途中でイルリウスの黒甲騎士団と合流することになった。そこにはカリムの知る顔ぶれもあったし、見知らぬ兵たちもいた。いずれにせよ、彼らと言葉を交わすわけにはいかない。カリムはギレット姉弟の従者、のような顔を維持し続けた。

幸いなことに、クラリス・グローリアに気づく者はいなかった。

イルリウス領を出発してちょうど二十日、カリムたちがエスカード領に辿り着いて間もなく、双方の切り札が一枚ずつ切られたのは都合が良いのか悪いのか。

ロイス側の被害は、エスカード騎士団の第三隊全滅。数としては三十四人。

魔族側の被害は、三人。

たったの三人を殺すのに三十四人の被害を出し、それで戦果としては上々というのが、対魔族戦の実状である。無策で挑んでは、魔族一人を殺すのに人族を百人消費してもおかしくない。戦場に散らした大量の肉壁と、そこに潜ませた魔法使い。この戦術を用いてようやく死者の数を三分の一まで抑えられたのだ。カリムとしては絶対に出撃したくない戦場だ。

そしてここにギレット姉弟を投入し、さらに数人の魔族を削り取った。

文字通りに——削り殺したのである。

イルリウスの面目躍如《めんもくやくじょ》、といったところか。

そうして一気にロイス側に戦勝ムードが漂い、だからこそ魔族側の抵抗も激しくなるだろうと予想された。彼らには戻るべき場所がないからだ。

森の奥からやって来る、魔族の撃退。

この調子であれば、多少の被害はあれど達成できるだろう。

誰もがそう思った。

ギレット姉弟などは既に仕事を終えたような顔をしていた。

彼女たちが陣に戻って来て喋りだしたのは、いかに今回の出兵がつまらなかったのかということだ。

期待外れで、無意味で、無価値で、こんな場所に来た意味など感じられないと双子は捲《まく》し立てた。

「これほどの無駄足もないわね」「まったくつまらない仕事だった」

「こんなことなら屋敷でクラリスと遊んでいる方がよかったわ」

「こんなことなら屋敷で実験をしている方がよかったね」

これに対するクラリスの回答は、ひどく冷めていた。

「いや、全くそうは思わない。おまえたちから学ぶことはもうなさそうだ」

◇　◇　◇

イルリウス領に戻ったカリムは、ギ、レ、ッ、ト、姉、弟、の、戦、死、と、クラリス・グローリアの亡命を報告する羽目になった。報告の相手は領主であるレオポルド・イルリウスだ。この侯爵がとびきり理性的であるのは、かなりの救いだった。ほとんど唯一の。

ようやく頭のおかしい双子から解放された、というような感慨はなかった。

カリムの胸中にあったのは、正体不明の不安感だった。

クラリス・グローリア。

彼女が魔族領へ向かったのは、人族にとって致命的だったのでは？

◇　◇　◇

それから。

戦場で活躍してきたギレット姉弟を殺害した私――クラリス・さすがに五百回も殺されたからには特に良心も咎《とが》めなかった・グローリアは、魔境へ入ることに成功した。

といっても、月明かりが照らす丘の斜面を、ただのんびり歩いて降りただけだ。

双子の殺害は派手にやらなかったし、だから追っ手が差し向けられなかったのだろう。もちろん私が魔境へ向かったのは誰かに見つかっていたはずだが、なにしろ魔族戦は継続中だ。これが部隊行動であれば間違いなく見咎められていたはずだが、おかしな女が一人で丘を降りて行ったところで、それを止めるリスクリターンが合わなかったのだろう。

単に部隊と部隊の間には適切な距離が置かれており、彼らは待機という任務中であり、血迷った少女一人を追うために陣形を崩すわけにもいかなかったのだ。

なので私は部隊の間をすり抜けて丘を下るだけで魔境に辿り着けた。

そうして、魔族に出会った。

三　落伍の魔族

魔境とは、人族が付した勝手な名称である。

エスカード辺境領と魔族の領域を隔てる大森林を、便宜的に『魔境』と呼んでいるだけであり、別に森そのものが魑魅魍魎《ちみもうりょう》の伏魔殿というわけではない。

人の手が入っていない場所なので魔物は多いが、なんか呪われているとかそういうことはない。ただの森だ。日本の森と違うのは、平らな地面に延々と森が続いていることだろうか。山林でない森は、日本では比較的珍しかったように思う。

この『魔境』は結構な範囲に広がっており、ロイス王国の北部もそうだし、西の一部まで食い込んでいたはずだ。詳細な地図を見たことがないので――そんなものがあるのか知らないが――学園で聞いただけの知識になるが、面積としては県をひとつ分くらいは呑み込むかも知れない。

が、森の深部に用があるわけじゃないので、とっぷりと日も沈みきった夜の魔境を、私は鼻歌交じりの気楽さでのんびりと進んでいた。

息を潜めるとか、気配を殺すとか、そんなことはまるで考えない。

森に入ってから、どのくらい経っただろう。十五分以上、三十分未満……たぶんそんなものか。森はあまりに暗く、ほとんど視界も利かないせいで歩くことに集中していたからか、時間の感覚があまり判らなかった。ぶっちゃけ方向感覚すら曖昧《あいまい》だった。

全くの無警戒で歩いていたクラリス・グローリアの足首へ、不意に、なにかが絡みついた。

と思ったときには、天地が逆さまになって、宙吊りになった。

縄を使った、ひどく原始的な罠だ。

いまどき、こんな陳腐《ちんぷ》な罠に引っかかる間抜けなどいるはずもない。いるとしたら見てみたいものである。指を指して笑ってやるのに。

「……おい、おまえ。何者だ?」

と。上下逆さまの世界でとびっきりの自虐ジョークを練り上げていた私に、暗がりの向こうから声をかけてくる者がいた。

「見ての通り、かわいらしいお嬢さまだぞ、私は。そういうそちらは何者だ？　暗がりに紛れて姿も見せず、婦女子を逆さ宙吊りにして呑気《のんき》に質問とは、いい趣味の持ち主だな。まったく、私の心が寛大でよかったと思えよ」

逆さ宙吊り状態で踏ん反り返って言ってみるが、なかなか気分がよかった。死なない身体のせいか頭に血が上って気分が悪くなるといったこともなく、それがなんだか面白かったのだ。

「人族……だよな？　どうしてこんなところに？」

訝《いぶか》りながら木の陰から出て来たのは、長身の魔族だった。

いや、どうだろう、魔族のことを私はよく知らないので、おそらく身長百八十センチ近くのそいつが大柄なのか、魔族の中では小柄なのかは判断できない。

「私の名は、クラリス・グローリアだ」

と、宙づり状態のままで私は自信満々に言い放つ。

魔族の男は怪訝《けげん》を隠さず、こちらを睨んで黙ったまま。

「おい、こんなかわいらしい女の子に名乗らせておいて、おまえはそれを黙ったまま観察してるような趣味の持ち主なのか？　別に他人の趣味をとやかく言うつもりはないが、挨拶も満足にできないやつだという自己紹介だとしたら、ちょっとがっかりだぞ」

「……ユーノスだ。ユーノス・ユーノフェリザ」

暗い森の中だったので判らなかったが、この魔族――ユーノス・ユーノフェリザは、薄紫色の肌と黒い髪の、魔人種と呼ばれる魔族だった。ちょうど首を絞められて鬱血している人間と似たような肌色をしており、これは確かに人族から見れば忌避《きひ》もされるだろう。

そう――魔族。

彼らは魔力と身体能力に優れ、長寿であり、知性と頑強さを兼ね備える、さながら人族の上位互換のような種族だ。人族が『魔族』と口にするとき、この魔人種を指すことが多いらしい。

……と、これも学園で学んだ知識でしかないが、ちょくちょくエスカード領で行われる対魔族戦を考えれば、それなりに信憑性の高い情報なのだろう。

ユーノスに対する第一印象は、『好青年のような口調』である。

「おい、どうして人族の小娘が一人でこんなところにいる？ どうして挨拶なんかする？ 名乗って名乗り返されたいのは、どういうことだ？」

双子のギレットみたいなわざとらしい悪趣味さはなく、レオポルド・イルリウス侯爵のような冷たさも計算高さもない。強いて言えば、元婚約者のエックハルト・ミュラーが近いだろうか。

他者へ対する、他意のない接触。

「ヒトだからといって人族の味方というわけではない。むしろ人族の方が私を迫害してきたんだ。まあ、たぶんそっちも似たようなものだろう？」

言って、にっこりと微笑んでみせる。

クラリス・グローリアとびっきりのクラリスマイルを進呈である。

◇◇◇

エスカード辺境領でしばしば起きる『対魔族戦』について。

魔族の中でつまはじきにされた連中が魔境を超えて人族の領域へ攻め込んで来る――というふうに聞かされていたのだが、ユーノスに確認してみれば、大筋としては間違っていなかった。

宙吊りから解放され、その縄を使って私の両手を拘束したユーノスは、森の奥へ進み彼らの陣地へと案内してくれた。

私を人質として使うつもりなのか――無論、人質として有用では全くないのだが――あるいは、判断を保留してとりあえず連行したのか。ちなみに陣地といってもエスカードの本陣みたいに立派な陣を敷いているわけもなく、森の一角に身を寄せ合っているだけだった。

魔族の一団は、三十人ほどか。

火を熾《おこ》すことさえしておらず、疲れ切った顔で毛布に包まれ、寝息を立てている者もいた。たぶん昼間に戦場へ出た魔族だろう。

「族長に会わせる。その後、どうなるかは俺には判らない。覚悟はしておけ」

ユーノスは不本意そうにそんなことを言った。

まさか私の可愛いらしさに絆されたわけでもあるまい。

件《くだん》の族長は、陣の中心で倒木に腰かけて酒瓶をあおっていた。ユーノスと同じくらい長身で、ユーノスよりも一回りくらい体格がいい。筋肉ムキムキ、マッチョマンの魔族だ。

名を、ヤヌス・ユーノフェリザといった。

氏族というからには、おそらく大半がユーノフェリザなのだろう。

「人族のガキだと？　それも女のガキが、こんなところにどうしてやって来た？」

いかにも野蛮人という口調に私はやや落胆したが、よく考えればこんなところで白馬に乗った王子様と出会えるはずもない。まだ言葉の通じる相手でよかったと考えるべきだ。

「私はクラリス・グローリアという。人族の集団から弾き出された、憐れな美少女だ。魔境からやって来るとかいう魔族の事情を知りたくて、こうして会いに来た」

「両手に縄をかけられて、か？」

「別に、首だろうが腰だろうが両足だろうが構わないぞ。喋る分には支障ない」

こちらを蔑《さげす》むような眼差しに、私はまたクラリスマイルをプレゼント。

しかしヤヌスは私のあまりの可愛らしさに失神するでもなく、ちょっと驚いたふうに眉を上げ、ややあってから上機嫌な笑みを見せた。

「面白いガキじゃねぇか。おい、ユーノス。縄を解いてなにか飲物でもくれてやれ。魔族を前に震えもしねぇ。こういうガキは、俺は好きだ」

蛮族の頭領みたいなおっさん魔族に好かれても私としてはちょっぴり困るのだが、特に貞操の危機は感じなかったのでいいとしよう。

ともあれ、対話が成立したのは万々歳だ。もちろん気持ちが通じるとは思わないし、心が通じるとはもっと思わない。会話なんてものはすれ違いの温床《おんしょう》だ。そこに情報さえあればそれでいい。

そんなわけで、魔族——ユーノフェリザ氏族の事情について。

彼らは魔族の国で、いわば政争に敗れたのだという。

魔族の国とは、魔王を中心とした寡頭《かとう》制の原始的な国家だそうだ。ちなみに寡頭制とは、少人数の権力者による国家運営のことである。ヤヌスやユーノスはそのあたりを詳しく説明しなかったが、きっと魔王と配下の四天王なんかがいて、そいつらに権力が集中しているのだろう。そもそも長寿であり強力である魔人種は、人族のような国家を必要としていない。

社会とは少数では弱すぎるヒトが他の全てに対抗するために創り出したシステムなのだ。ライオンは群をつくるが国はつくらない。そういうこと。ではどうして『魔族の国』が生まれたのかといえば、魔族の領域には魔人種以外の魔族もまた暮らしていたからだ。

魔人種に近い強力な種族もいれば、そうでない貧弱な種族もいた。手先が器用な種族、口先が回る種族、特定の魔法に特化した種族……そういう連中が『魔王』を欲し、魔王がこれに応えた。

魔王とは、君臨すれども、統治せず。（クラリス川柳）

国家の黎明期《れいめいき》、数人の権力者はかなり頑張ってシステム造りに奔走した。カバもライオンもウサギもネズミもごっちゃにして社会など成り立つはずもないのに、無理矢理に成り立たせてしまった。

彼らにはとっておきの共通言語《リンガ・フランカ》があったからだ。

即ち、暴力。

ようは強い魔族を中心とした『氏族』をつくらせたのだ。

こうすることによって半ば無理矢理に社会のようなモノを生み出し、この集団を治めることができるようになった――らしい。

で、魔族の政治体系というのが、なかなか面白い。

地球でいうところの原始宗教のように、魔族の国では生贄《いけにえ》を要求した。ことあるごとに生贄を要求する政治――いかにも魔族の国だ。

もちろん生贄といっても、軽重はある。たとえば氏族の中の一名を別の氏族に奴隷として差し出すとか。あるいは数年に一度、その氏族ごと人間の領域に突っ込ませて死んで来いとか。

では、ユーノフェリザ氏族はなにをしたというのか。

聞いて驚くなかれ、特になにもしていない。単純に、魔族の首脳会議でつまはじきにされた――そう、ロイス王国の方で聞かされたのと全く同じ回答である。

他の氏族からの、恨み辛み妬みを買った。

ただそれだけの理由で、国から迫害され、人族の領域に突貫させられる。

「まっ、仕方ねぇさ。そういうもんだ。それが嫌なら魔王様を討ち倒すしかねぇ。それができないから、俺たちはこんなところにいる」

文字通り、仕方なさそうにヤヌスは言う。

そこにあるのは諦念だ。

大雨が降る、地震に遭う、日照りが続く――そういうことと同じように、身に訪れた不幸を受け流している。それはクラリス・グローリアにとって、認め難い諦めだ。

「はっ！　がっかりだなヤヌス・ユーノフェリザ。なぁにが『そういうもんだ』だ。おまえの氏族もおまえみたいな族長につき合わされて、おまえなんぞのクソのような諦めに巻き込まれて、さぞや虚しいことだろう。いいさ、おまえたちが死んだ後、私が墓をつくって墓標に刻んでやろう。『負け犬のユーノフェリザ氏族、ここで無様に眠る』とな」

◇◇◇

砲丸のような拳がおそるべき速度で顔面にぶち込まれた。

顔の様々な骨がぐしゃぐしゃになったかと思えば、私の身体は豪快に縦回転しながら吹っ飛んでいる。癇癪《かんしゃく》を起こした子供が人形をぶん投げたような勢いで地面と平行の軌跡《きせき》を描きながら、ぎゅるぎゅると回転しつつ吹っ飛んで――さほど間を置かず、そこらの樹木にぶち当たった。

ぐぢゃり。

ちょうど後頭部から激突したせいで頭蓋が割れて中身が飛び出す音と感触を味わってしまったが、ほんの一呼吸もすれば私の身体は元に戻っている。

クラリス・グローリアが、無傷でそこに立っている。

なにしろギレット姉弟の『実験』につき合わされて五百回も殺され続けたのだ。魔族に殴られて死ぬぐらい、今更どうということはない。

が、私をぶん殴った当人であるヤヌスは、ぎょっとした顔をしていた。

ヤヌスだけではない。森の一角に集まっていたユーノフェリザ氏族のほとんどが、死んだはずの私を見て、死んでいない私を見て、目を丸くしている。

誰もなにも言わなかったので、私は薄い胸を張って踏ん反り返ってやった。

「なんだなんだ、私のようなか弱い少女を殴り殺すことはできるのに、祖国のクソみたいな規律には従うのか。結局はおまえたちも人族と同じだな。強い者に媚《こ》びへつらい、弱い者には好き勝手放題。まったく親近感の湧く連中だ」

うふふ——と、わざとらしく笑っておく。

たぶん、驚きの方が強いせいで、私の言葉など半分も届いていなかっただろう。

唯一、ヤヌス・ユーノフェリザを除いて。

「……一体、何者なんだ、おまえは」

戦闘態勢の獣みたいに腰を落とし、いつでも突撃できるぞという姿勢でヤヌスは言ったが、戸惑いは隠しようもなかった。確かに拳は私を捉え、確かに私はぶっ飛ばされて死んだのだ。

なのに生きている。

しかし、世の中というやつは理不尽で、多くの者は理不尽を他人に押しつける。そしておそらくは大半の者が、理不尽を「仕方ない」と受け入れている。

だったら私の理不尽だって受け入れるべきだ。

もちろん、私はそんなものを受け入れたくないが。

「自己紹介に嘘はない。偽ることなどひとつだってあるものか。私はクラリス・グローリア。人族の中から弾き出された、世にも可愛い女の子だ」

もう一度、改めて、私は微笑んで見せる。とっておきのクラリスマイルである。

その笑みに、その場の魔族の誰もが戦慄《せんりつ》のようなものを覚えたのが、なんとなく空気感で伝わってきた。魔の者だからといって言葉の通じる知的生物だ。なんだかよく判らないモノを恐れるのは、人と同じなのだろう。そのなんだかよく判らないモノである私には実感できないが。

ヤヌスは数瞬、迷うような素振りを見せる。

が、その迷いを消した次の瞬間には、私へ向かって突撃してきた。

地を蹴って走り出した――と思ったときには、私の薄い腹に、ヤヌスの手が突き刺さっている。というか背骨ごとぶち抜いて貫通している。今度は拳ではなく、貫手《ぬきて》というやつだ。

ほとんど見えなかったし、対応だってできなかった。

「本当に人族か？　これで生きていられる人族がいるのか？」

私の腹にぶっとい腕を突き刺したままヤヌスは呟く。口調にはもう、恐れも戸惑いもない。慎重さと、多少の警戒心。族長だから、当然このくらいは強いのだ。

この程度には臨機応変で、これくらいには冷静だ。

そうでなくては人族の『強力な魔法使い』に、さっさと駆逐《くちく》されている。魔族というやつは、それをさせないくらいに強いのだ。

「さあ、どうだろうな。私はヒトのつもりだけど、案外もう違うのかも知れない。でも、それじゃあヤヌス、おまえはどうだ？」

腕が腹に突き刺さったまま抜いてくれないので、ヤヌスの耳元に囁《ささや》くような形になった。絶対に死んでいるはずの少女が、にやにや笑いながらそんなことを言うのだ。これは怖いだろう。

でも、ヤヌスは恐れなかった。

強引に腕を振り、突き刺さっていた私がすっぽ抜ける。それこそ捨てられた人形みたいに地面に転がった私は、一呼吸の間をおいてから、ごく普通に立ち上がった。残念ながら服は元に戻らないので、穴が空いて血痕が目立つ奇抜なファッションになってしまったが、まあ仕方ない。

「なあヤヌス。魔族の中から弾き出されたユーノフェリザ氏族の族長、ヤヌス・ユーノフェリザ。私はおまえに訊いているんだぞ。おまえはどうだ？ まだ魔族なのか？ 魔族の中のクソのような法に、まだ従わねばならないのか？」

「……なにが言いたい？」

警戒心だけを剥き出しに、再び腰を落としてヤヌスは問う。

その薄紫の肌がわずかに赤くなっているのが判った。感情を刺激されているのだ。私という理不尽な存在にではなく、私の放った言葉に対する反応だ。

ふぅ、と私は大仰《おおぎょう》に息を吐き、ヤヌスから視線を逸らして、陣の中にいる魔族をぐるりと眺め回す。ヤヌスに最も近い位置にいたのはユーノスで、彼は腰に提げていた黒い剣を抜き払っていた。他の氏族たちも、槍だの棒だの、思い思いの武器を手に取っているが――敵意剥き出し、というふうでもなかった。誰もが戸惑いを表し、私とヤヌスを注視している。

響いたのだ、私のような小娘の言葉が。

それは響くだろう。響かないわけがない。何故ならこれは、彼らの内側で元々響いていた言葉だから。意思疎通ができるくらいの隣人であるならば、間違いなく思っていたはずだ。

どうして――と。

命ぜられたから、たったそれだけの理由で死にに行く。仕事だから、任務だから、やらなければならないから……だから、命を差し出せる。尊厳を差し出せる。人生を棄てられる。

本当に、心の底からそうすべきと思うなら、そうすればいい。

けれども、そうでないのなら。

「――逃げればいいじゃないか」

と、私は言った。

武器を構えてこちらを見ていた誰かが表情を歪めるのが判った。あるいは、その奥でヤヌスと私の遣り取りに注目していたらしい誰かが息を呑むのも。

意識してにんまりと笑み、私は続ける。

「どうして国の命令に従わなければならない？ 人族の、それもわざわざ待ち構えて待ち伏せている場所に突撃して死ななきゃならない理由はなんだ？ そんなもん、無視して逃げればいい。だってもう、おまえたちは魔族の国の国民じゃないだろ。捨てられたんだ。ならばおまえたちも――」

捨ててしまえ。

仕方なくなんか、ないはずだ。

◇◇◇

その後、どうなったか。

結論から述べるなら、ヤヌス・ユーノフェリザはエスカード領へ突っ込んで、死んだ。

ヤヌスだけではない。残ったユーノフェリザ氏族のうち半数ほどがエスカードへ突貫して返り討ちにあったはずだ。さもなければエスカードを蹂躙《じゅうりん》して支配していただろうが、そうなったとは思えない。魔族——の中の、魔人種と呼ばれる種族——は、確かに『個』として強いが、人族の中にも突然変異的な強者が存在する。双子のギレットがそうだったし、あの双子以外にも、いるはずなのだ。そうでなければギレット姉弟はもっと違った扱いを受けていなければおかしい。

なによりも、エスカードにおける魔族戦は、これまで何度も起きているのだ。

何度も魔族を撃退している、という意味だ。

——で。

さらに残った半数ほどのユーノフェリザ氏族と共に、私は魔境をひたすら西へ歩くことになった。

魔境を南端に出ればエスカード領へ出る。

東には険《けわ》しい山脈があり、装備なしで超えるのは不可能。北へ向かえば魔族領となり、そちらへ向かうわけにはいかない。西に向かえば、獣人の領地があるという。

じゃあ、消去法でそっちを目指せばいい。

「獣人族への侵攻は違法だぞ。魔王様と獣王が盟約を結んでいる」

ユーノスがそんなことを言った。

彼以外にも戦える者が数人こちら側に残ったが、あとの氏族は女子供ばかりだった。もちろん、あちらに突貫した女子供もいたが、それでもどちらかと言えば、女子供の比率が高かった。

「違法もなにもあったものか。おまえたちはもう魔族じゃない。魔族の国の法に従う必要なんかない。それに、わざわざ侵攻なんかしなくたっていい」

「どういうことだ？　亡命でもするのか？」

「それを言うなら私たちはむしろ難民だ。だけど、なんで下手に出なきゃならない？　誰かと出会ってやることなんて、決まってるじゃないか、ユーノス」

「おまえの言うことはよく判らん」

むっつりと口をへの字に結ぶユーノスに、私はにんまり笑って見せる。

別に、楽しかったわけではない。

自信満々に笑って見せないと、ちょっと可哀想だなと思ったのだ。


「――挨拶を、するんだ。まずはそれからだ」


無論、この言葉も口から出任せである。

かわいい女の子なんて信じるべきではない。

四　少女と魔族

ユーノス・ユーノフェリザにとって、ヤヌス・ユーノフェリザは父親である以上に族長だった。

魔族の国には、人族のような名前がない。

魔族の王は魔王であり、人族のように何人もの王はいないからだ。

ユーノフェリザ氏族は、強く、理性的で、剛胆にして冷静。

元々が暴力を縁《よすが》に集められた集団だ。魔族の中で発言力を持つということは、即ち強者であるということに他ならない。弱者にはモノを言う権利がないわけだ。

例外的に、法によって保護されている妖精種などはいるが、基本的には強いことこそが魔族の美徳であり、偉大さだ。強さこそが、彼らの人権なのだ。

とはいえ、所詮は氏族である。

魔王直下の腹心たち、あるいは豪族と呼ばれる特別な氏族と比べれば、さすがにユーノフェリザ氏族といえど格が落ちる。ユーノスの父、族長ヤヌスでさえ、魔王の腹心には敵わないはずだ。

強く在らねばならない。

にも拘《かかわ》らず、遠く及ばぬ強者がいる。

強さに依存する価値観は、もしかすると最初から矛盾を孕《はら》んでいるのかも知れない。強い者には従い、弱い者を従える。その姿を『強い』とは言い難いからだ。

強さには様々な形がある。

言葉面では、ユーノスも知っていた。

父ヤヌスもまた知っているつもりだったのだろう。ユーノフェリザ氏族は、周囲にそれなりの影響力を持っており、その影響力をヤヌスは上手に使っていた。無駄な争い事は氏族の名をもって収めさせたし、無意味な酷遇《こくぐう》は暴力を使ってでも止めさせた。

自分の治めている土地が無駄に荒れるのを好む為政者は、あまりいない。魔族であるから全くいないわけではないが、とにかくユーノフェリザ氏族は、いうなれば善政を敷いていた。

それが癇《かん》に触ったのだろう。

気づけば会議の場でユーノフェリザ氏族が槍玉に挙げられ、いつの間にか人族への侵攻を命じられていた。族長ヤヌス・ユーノフェリザと最も反りの合わなかった魔族の男による奸計だった。

そいつは、真正面から戦えばヤヌスの足元にも及ばぬ弱者だった。

だというのに、その男はヤヌスにない『強さ』を発揮した。

そういう意味で、ユーノフェリザ氏族は『弱かった』のだろう。

◇◇◇

人族は、魔人種に比べてあまりに貧弱で、寿命も短い。

しかしこれまでの歴史上、追放された氏族が人族の領地を奪い取ったことは一度もなかった。つまり、氏族に対する人族への侵攻命令は「死んでこい」という意味合いである。そのことを、ユーノスは理解していた。いや——理解していたつもりだった。

心のどこかで人族に対する侮蔑《ぶべつ》があった。実際、戦場に出てみれば彼らは本当に貧弱で、ユーノスの剣を受けられる者など一人もいなかった。

ただし彼らは、味方ごとユーノフェリザ氏族を燃やしてきた。

魔法による強襲だ。

散兵だらけの戦場は、罠だらけの戦場だった。

弱いからと数を減らしに襲いかかると、彼らは味方を捨て駒に強力な魔法を撃ち込んできた。氏族の仲間は、それでなんの抵抗もできずに焼失してしまった。

なんという不安定な『強さ』なのか。

おそらくだが、敵の魔術師と一対一の状況になればユーノスが負けることなどない。それは確信できる。なのに、彼らの戦場では勝てる気がしない。

ユーノフェリザ氏族による侵攻が始まって、三十日ほど、だろうか。

気紛れに丘へ向かい、人族の数を慎重に減らし、強力な魔法が撃ち込まれる前に森へ撤退する――森に戻り、魔物や野生動物を狩って食事にありつく。

泥沼だ。

人族は日に日に数を増やしていく。こちらは、どれだけ慎重に戦おうが、人族の魔法に当たった者から死んでいく。数が増えることはない。減り続ける。氏族の数も、半分にまで減った。

そんなときに――彼女は現れた。

クラリス・グローリアという、悪徳の女神が。

◇◇◇

クラリス・グローリアは、一見すれば可憐な少女だった。

野生動物のために用意した罠に引っかかっていたクラリスを最初に見つけたのはユーノスだったが、彼女はこれまで見たどんな人物よりもおかしな女だった。

罠で足を括られ、逆さ宙吊りの状態で踏ん反り返って話すのだ。

恐れ、というものをまるで見せない。

咲き誇る花のような容姿には似合わない不敵な笑みを、見せていた。

そして――ユーノフェリザ氏族は変えられてしまった。

強く、理性的で、剛胆にして冷静。

そのはずだった自分たちを、クラリス・グローリアは粉々に打ち砕いた。

魔族にとって最も尊ぶべき『強さ』など、ひとつだって使わずに。

ただの言葉で。

そう、彼女の言う通りだったのだ。

ユーノスは理不尽な『国の法』に従って死にたくなんかなかったし、本当は逃げ出したかった。こんなことになんの意味がある？　確かに自分たちは会議で負けた。弱かった。だから人族への侵攻を命じられた。これが魔族の法だ。なんて莫迦らしい。

死んで来い――というのなら。殺してしまえばいいではないか。

それすらもしないで、捨てられた。

だというのに、命じられるまま死に向かって歩き続けている。

弱く、感情的で、繊細にして動転。

これがユーノフェリザ氏族だ。

クラリス・グローリアは、父ヤヌスに殴り殺された。

その様を、ユーノスは間近ではっきりと目撃していた。

顔面を潰され、吹き飛ばされて、木に当たって頭が割れた。

なのに、生きていた。

腹を貫かれ、血液と臓腑をこぼし、背骨を折られて打ち棄てられた。

なのに、生きていた。

そして――微笑んでいた。

嘲笑うように。

憐れむように。

唆《そそのか》すように。

ひどく甘い、蕩《とろ》けるような微笑だった。

◇　◇　◇

「俺は命令に従う。俺は魔族だ。ユーノフェリザ氏族だ。魔王様の民だから……そうする。そうすると決めた。だが息子よ、おまえはそうするな」

父ヤヌスは、これまで見たことのない貌《かお》でそんなことを言った。

奸計に嵌められたときでさえ、そんな表情は浮かべなかった。

憎むべき対象がはっきりしていたからだ。やるべきことも明確だったからだ。勝ち負けが、ついていたからだ。白と黒が、くっきりと分かれていたからだ。

だが――もう違う。

「明日、決を採る。残る者は残り、行きたい者は行く。最初からそうすればよかった。死んだあいつらの中にも、本当は行きたいやつがいたはずだ」

「……族長、それは違う」

ユーノスは首を横に振った。そうしないわけにはいかなかった。

そしてそれは、決して気休めではなかった。

「先に逝《い》った彼らは、クラリス・グローリアを知らなかった。あの女の言葉を聞いていなかった。だから、彼らはユーノフェリザ氏族として誇り高く死ねたはずだ。迷うことなく死んだはずだ。少なくとも、今の俺たちのようには死ななかったはずだ」

そう思う。

ただの実感として。

「だから族長――いや、父上。貴方があちらへ向かうのであれば、強く理性的で、剛胆にして冷静なユーノフェリザとして死ぬべきだ。父上は俺にそうするなと言った。だから、俺は父上に……そうしろと……言う……言うんだ」

どれだけ堪えても堪えられず、こぼれ落ちてしまう。

涙を流すなんて――やはり自分は『弱い』のだ。

そう思った。

◇　◇　◇

そうしてユーノフェリザ氏族でなくなったユーノスは、クラリス・グローリアと共に獣人の国を目指すことになった。

第三章　獣人の領域

一　魔境を歩く

魔境を進むのは、わりと面白かった。

ユーノフェリザ氏族――ではなくなった彼らは、実に優秀な狩人だった。

森を進みながら野生動物や魔物を狩り、移動しながら血抜きや内臓の処理を済ませ、野営の時点ではもう皮を剥ぎ終わって肉を焼くことができていた。

彼らは出発当初こそ告別式の直後みたいに暗鬱《あんうつ》だったが、数日も経てば各々が各々の内側でそれなりのあれこれを噛み砕いたらしく、ちょっとましな顔色になった。

とにかく移動し続け、狩りをして飯を食うというのもよかったのかも知れない。きついことがあったからといって家で引きこもっていても、嫌な思い出を咀嚼する羽目になる。やること、やらねばならないことがあれば、多少なりとも気は紛れる。

生き残った彼らは、クラリス・グローリアに食事と安全な眠りを提供する使命……というか使命感があったようで、特に頼んだわけでもないが積極的に私の世話をしてくれた。

まあ、ぶっちゃけ、私はたぶん食事をしなくても死なないのだが。

眠る必要すら、たぶんないだろう。こうなってしまってから、強烈な睡魔に襲われた記憶がないからだ。今の私は必要だからではなく、眠りたいから眠っている。

だからといって、毎日の食事や睡眠を断とうとは思わない。

人生から楽しみをなくしてしまえば、きっと今以上にひどい有様になる。今だってさほどいい状態とは言い難いのに。恨み辛みだけで自分を構成するのは、あまり楽しくなさそうだ。しかし、まあ、そうせざるをえなかった者もいるだろうから、一概には言えないが。

「なあ、クラリス。我々はどうするべきだ？」

ふと隣を歩いていたユーノスが言った。

ヤヌスと似たような長身で、しかしヤヌスのようなムキムキマッチョマンでないからか、ユーノスの貌には自信というものが欠けている。

「どうするって、ユーノスはどうしたい？」

単純な問いに――単純だからこそ、か――ユーノスは口元をひん曲げて難しい顔をする。

「……我々は、逃げたのだ。当面は逃げ延びることが目的だ」

「なるほど。しかし魔族の連中はおまえらのことなんか追ってないんじゃないか？　だって、本当にユーノフェリザ氏族をエスカードに突っ込ませたいなら、見届け人くらいつけるはずだろ」

「……やはり、単に捨てられたのか」

「真意なんか私に判るものか。それに、どっちにしても考えるだけ無駄だ。仮に魔族の連中がおまえらを抹殺《まっさつ》しようと追って来たところでそれを防ぐ手段がない。油断するのは莫迦のすることだが、心配しすぎるのも愚者のやることだぞ」

「そういうものか」

「知らん。私はそう思うというだけだ。今はこの森を楽しく歩こうじゃないか。次の川に出会《でくわ》したら水浴びをするぞ。言っておくが、乙女の裸なんだから覗いちゃだめだぞ、ユーノス」

うふふ、とクラリスマイルを進呈。

ユーノスの表情は晴れこそしなかったが、先程とは少しだけ変わっていた。

◇◇◇

そういえば、私の当初の目的は魔族の魔法を見ることだった。

で、その意味では既に目的は達成されている。

エスカード領での戦闘を、間近にではないにしろ確認したし、ヤヌス・ユーノフェリザに実際殴られもした。腹まで貫かれたのだ。

学者ではないので理屈立てた推察ではないが、実感として理解したことはある。

魔族——魔人種と呼ばれる連中の『魔法』はバランスがいい。

むしろ人族の『魔法』が極端というべきだろうか。ヤヌスもユーノスもそうだが、冷静に考えて地球でいうところの人間と大差ない骨格と体格の生物があれだけの出力を出せるはずがない。もちろん、この世界と地球では物理法則なども異なっているのだろうが、それでも『この世界の人族』と『地球の人類』を比べた場合、そこまで異なっているようには思えない。

ではなにが違うのか——言うまでもない。魔法であり、魔力だ。

つまり、魔族は体力の他に魔力を使って動いている——のではないか。でなければ、さすがに人の腹を貫手でぶち抜いたり、地を蹴って一歩進むだけで十メートル近く移動できるわけがない。

魔族という連中は、魔力をパワーに変えられるのだ。たぶん人族の中にも、そういう才能を持ってる連中がいるが、魔人種はたぶん別格だ。

もちろん魔法だって使えないわけではない。そもそも人族よりも大きな魔力を扱えるのだから、身体強化に魔力を回しても攻撃魔法を放つ余裕は十分にある。

この点に関していうなら、人族が異常なのだ。

ひたすらに破壊を突き詰め、魔力という魔力を破壊に注ぎ、我が身を守ることなど考えもしない。血脈を重ね、魔力を高め、戦術兵器と成り果てた。

だからこそ——魔族を打倒するに至った。

魔族と同じように魔力を操っていては、決して届かなかった領域だ。

と、そんなことを思ったわけだが。

だからといって、じゃあ私も魔族のように魔法を使えるかといえば、微妙に否だ。不可能ではないが、私に扱える魔力が少なすぎる。体感、私が死ぬ気でダッシュすれば百メートル十二秒くらい。これは本当に死ぬ気で走っても死なないから、クラリス・華奢で可憐すぎる・グローリアでもこのくらいの速度は出せるということだ。これに魔力を乗せれば、たぶん一秒くらいは縮まるだろうか。体感だとそんなものだ。であれば私の魔力は別のことに使った方がいい。

「『無才のクラリス』か……」

道中、暇つぶしにユーノスとあれこれ話している間に、魔法や魔力の話になった。当然、私のゴミクソ才能についても触れたわけだが、ユーノスの反応は微妙だった。

同情するでもなく、見下すでもなく、蔑むでもない。なんだか、強い日差しに目を細めて、けれども光から視線を背《そむ》けられない——そんなような表情をしていた。

「私からすれば、おまえらはありあまる才能をまともに磨いてないと思うがな。膨大な魔力を振るうがまま、ヤヌスもそうだったが、強いから強いってだけだ」

「……人族は違う、のか？」

「一部の人族は違ったのだろうさ。そうでなくては魔族を殺せる魔法になんて至るものか。力とは制御するものだ。垂れ流すものじゃない。厳密に、精密に、操作するものだ」

なんてことを言ってはみたものの、特に裏づけもない妄言だ。それでもユーノスはひどく感心したように頷いていたし、魔族が力の制御に無関心であるのも、たぶん事実なのだろう。

さておき。

とんでもパワーの持ち主たちと旅をするのは非常に順調だった。

ユーノスを含む何人かの戦士たちも、ついて来た女子供も、その全員が道中で疲弊《ひへい》を口にしなかったのだ。全く疲れることのない私が遠慮なしで森を歩くよりも、魔族たちが狩猟や裁縫をこなしながら森を進む方が速いのである。よく考えるとむしろ気を遣われていた感すらあった。

「クラリス様。クラリス様は、どうして人族の中にいられなくなったのですか？」

彼らの中で一番幼い少女が、つぶらな瞳でそんなことを訊いてきた。薄紫の肌の、私よりちょっと背が低いくらいの華奢《きゃしゃ》な少女だ。

名を、カタリナという。

「婚約者がいたんだが、私よりもイイオンナを見つけて、婚約者はそっちを選んだ。それで、邪魔になった私を消してしまおうとしたわけだ。だから逃げた」

「はぁ……そうなんですかぁ」

よく判らない、と少女は首を傾げる。私としても特に理解を求めていなかったので構わない。子供相手に嘘を吐きたくなかっただけである。

「ねえ、クラリス様。クラリス様はどうしてそういう話し方なのですか？」

気を取り直したふうに少女は言い、私の服の裾をきゅっと握り締めた。着替えなど持っていないので、ヤヌスに穴を空けられた服だ。

ちなみに、その穴はカタリナが野営のときに針と糸で繕ってくれた。仕留めた獲物の皮剥だってできるのだ、この娘は。

「どうしてと言われても……」

火炙りの最中、前世の記憶を取り戻したから——とは言い難い。

直接的にはそれが原因で間違いない。以前のクラリス・グローリアは丁寧で女性的な、いわゆるお嬢様らしい喋り方をしていた。今だって、やってやれないことはない。

普通の貴族令嬢がするような、上品に相手を立てる話し方。

それに前世のアラフォーのおっさんだった『私』も、別にこんな話し方をしていたわけではない。こんな話し方をする社会人がいてたまるか。こんな口調では社会生活を営めないではないか。

ただ、思ったのだ。

足の裏から肉が焼かれ、衣服に引火して呼吸もままならなかったあのとき。不意に取り戻した前世の記憶と共に、クラリス・グローリアの人生を振り返って……思ったのだ。

そういうのは、もういいや、と。

「……まあ、そうだな。これが私だからだ。これが嘘偽りないクラリス・グローリアだ。とっても素敵で、とっても可愛いだろう？」

そう言っておいた。

子供に嘘を吐くのは、あまり気分がいいものではない。まして少女がきらきら光る宝物でも見つけたように驚いて、二秒後にとびっきりの笑顔を見せたともなれば、尚更である。

痛む心の持ち合わせは、まだ私にもあったようだ。

◇　◇　◇

そんなわけでひたすら魔境を西へ。

何日目だったか……たぶん二十日以上、三十日未満といったところか。

ようやく森が切れ、そこそこ大きな川に出た。

その先にも森は広がっていたが、魔境のこちらとあちらでは明らかに雰囲気が異なっており、よほどの間抜けでなければ境界というものを意識できただろう。

私を含め、魔族の中にも間抜けはいなかった。

いや——言い直そう。

極度の間抜けは、いなかった。

察するべきだったのだ、エスカードがそうであったように、獣人の国の『ここ』もまた、辺境であることを。辺境には、守り手がいるのだと。

……まあ、察していたところで、あまり違いはなかったかも知れないが。

二　狐人に出会う

そこそこに広い川は、日の光を受けてきらきら輝いていた。

なんだか小学生の作文みたいな感想だが、実際そう思ったのだから仕方ない。

それまで歩き続けていた魔境は森の密度が濃く、日光とはかなり縁遠い日々だったのだ。もちろん木洩《こも》れ日は落ちていたが、こんなふうに拓《ひら》けた場所で陽光を浴びるのは随分と久しぶりだ。

ユーノスたちも日の光に表情を緩め、ほっと息を吐いていた。

しかし我々は日光浴に来たわけではない。レクリエーションはこれからが本番だ。

川幅は、たぶん十数メートルほど。ここだけ広いわけではなく、とりあえずは見えている限り同じような川幅を維持しており、流れは穏やかだ。まあ、山林でないのだから当然だろう。

魔境側には全く手が入っておらず、沢のあたりも放置されたままだ。

で、川のあちら側は――きちんと人の手が入っている。

見える範囲に民家はないが、誰かがこの川を利用していると思しき小道があった。洗濯なり水汲みなり、生活に利用しているのだろう。

「さて……とりあえず、みんなでぞろぞろ向こうに行くのは愚策だな」

薄紫の肌をした魔人種が、ざっと十五人ほど。

獣人たちの中で魔族がどのように思われているのかは知らないが、どうせろくな評判ではないだろう。暴力を共通言語にしているような連中が、文化人と仲良くやれるはずもない。

あれ……でも、どうだろう？

考えてみれば、獣人が文化的とは限らないではないか。力こそパワーの野蛮人である可能性だって十分にある。ならば肉体言語の使用者でなければ話が通じないかも知れない。

「じゃあ、そうだな、私ともう一人、誰かついて来てくれ」

「どうするつもりだ？」

ユーノスが前へ出て、問いを口にする。魔族の連中もそれを当然のように受け止めている。

損な性格だな、と思う。

他人事なので思うだけだが……悪くない。

「言っただろ。現地の人を見つけて挨拶をするんだ。あわよくば、このあたりに住まわせてもらおう。それが駄目ならどこへ行けばいいか教えてもらおう」

「全て駄目だったら？」

「今の状態となにも変わらないだろ」

「今より悪くなる可能性は？」

「当然、ある」

胸を張って言ってみたが、特に誰も喜ばなかった。

私自身も。

ともあれ、そんな感じで他の連中は対岸に待たせ、私とユーノスの二人でじゃぶじゃぶ川を渡り、私だけ途中で転んで二十メートルくらい流された。

川底の苔だかなんだかに足を取られたかと思えば、あっという間に身体が流れて行く。ユーノスが溺れた私を掴まえて引き上げてくれたのでことなきをえたが、なんとも格好のつかない話である。

「クラリス。おまえは一人で行動するべきではないな」

呆れたふうに言われてしまった。

口調に親しみがこもっていたのは――気のせいか。

結局、ユーノスに抱えられるようにして対岸へ到着し、ひとまずは踏み均《なら》された『道』に沿って歩くことにした。道があるなら、どこかに辿り着くはずだ。

穏やかな陽射しと、微風。

お互い特に話すこともなく、歩を進める。

そのうちに『森へ続く道』と『丘へ続く道』の三叉路へ当たった。私は迷うことなく丘側への道を選び、ユーノスもまた当然のようについて来る。

あまりにも長閑《のどか》すぎて、なんだか御伽噺の中にいるような――。

のんびりと道を歩くのが心地好く、気づけば鼻歌を唄っていた。サル・ゴリラ・チンパンジーのあれだ。なんだっけ、戦場にかける橋？

「おい、クラリス」

ユーノスに肩を叩かれ、三日は頭にこびりついて離れない鼻歌を中断する。

道の先に、少女が立っていたからだ。

頭から獣耳を生やした、小さな女の子。

身長は、魔族の少女カタリナと同じくらいだろうか。

眉を寄せてあからさまな緊張を見せるユーノスは放っておいて、私はにこにこ笑って手を振って見せる。が、少女はクラリスマイルには反応せず、踵を返して向こうへ走って行った。大きな尻尾が特徴的な後ろ姿で、まず間違いなく獣人であろう。

「……どうする？」

「どうもこうも、引き返したってなにもないぞ」

つまりは進むしかない。

とはいえ、少女を追い立てる形になっても拙いので、歩調はそのまま、のんびりと道を歩く。

ややあって、一軒家が見えた。

丘の上にぽつんと佇む木造家屋だ。それこそ御伽噺かなにかに登場しそうな。

家の庭では洗濯物が干されており、地味な色合いの布が風にそよいでいる。家屋の周囲には木々がなく、しっかりと開拓されているようだ。よく見れば物干し場の反対側はちょっとした畑になっているようで、栽培されている野菜が青々とした葉を広げている。

しかし――他の家屋がない。本当に、家が一軒、ぽつんと建っているだけ。

はたしてこれは……と、首を傾げたときだ。

「――おぉ!? グ、が、あああぁぁ!?」

いきなりユーノスが痛苦の声を吐き出しながら、地面に転がってのたうち回った。

苦しみ方がマジのガチで、本気でヤバそうなのが感覚的に理解できた。

と。

一瞬――ほんの一秒にも満たない、わずかな時間、目の前の景色が変わった。

ワンルームのアパート。

五年ほど買い換えていないカーテン。

敷きっぱなしの万年床。

極端にものの少ない部屋。

いつも見ていたのに、いつもと見え方の違う天井。

死にかけている『私』。

が、それは本当に一瞬だけの知覚で、すぐに視界が元に戻る。

これはつまり、なにかされているのだろう。

ぐるりと周囲を見回してみる。しかし一軒家へ続く道があるだけで、あとは背の短い草の繁る丘が広がっているのみだ。その向こうには森があり、道を振り返ればやはり森がある。ここからでは魔境との境界になっている川は見えない。

「ふむ……」

私は苦悶の声を洩らして地面をのたうち回るユーノスを眺め、少し考えてからユーノスのすぐ近くに屈んで、薄紫色の首筋に手を当て、

「スタンガン！」

ばちんっ、とクラリス・グローリアの全魔力を電撃に変えて、叩き込んでやる。どうせ私の魔法なんか大したものではない。死ぬ気で魔力を捻り出してもマッチの火くらいしか起こせないのだ。なので殺してしまうことや、後遺症になるかも、みたいな心配は全くしなかった。

「いっ――なんだ！　痛いぞ⁉　今、なにが――⁉」

正気を取り戻したユーノスは瞬時に立ち上がり、顔中に困惑を浮かべて私を見る。

「いいからとりあえず身体に自分の魔力を流しておけ。臨戦態勢だ。ただし、なにかあっても攻撃するなよ。でも自衛はしろ」

「今……なにが起きた……？」

「なにかされた。だから私の魔法で『なにか』をかき乱してやった。たぶん幻術みたいなものだろ。厭なモノでも視てたんじゃないか？」

「どうしてクラリスには通じなかった？」

「可愛らしい乙女だからだ」

なんて言ってみたが、もちろん嘘だ。

ちゃんと効いていた。ただし例の『死なない身体』のせいで、ゲームっぽい言い方をするなら状態異常が一瞬で無効化されただけだ。

さて、どうするか――。

そんなこちらの逡巡《しゅんじゅん》に合わせるように、道の先がぐにゃりと歪み始めた。

いや、逆か。

今まで歪んで見えていたものが、正常に戻ったのだ。

なにかをしてきた誰かは、最初からそこにいた。

白く、艶っぽい、若い女だ。

「ここは最果てぞ。末端にして終端。じゃが、紛れもなく境界線の内側ぞ。我々でないモノが、境を跨いで踏み入ることは許されん」

銀の長い髪、白い狐耳、反物《たんもの》を複雑に結んだような装束。

紺碧の瞳と、血のように赤い唇。

六本の、白い尾。

「我は守人、妖狐セレナ。此処《ここ》より以降は獣の国、此処より以前は黄泉の国。塵は塵に、灰は灰に、亡者は黄泉の国に――疾《と》く早く、帰り候《さぶら》へ」

仰々しい名乗り上げと同時に、妖狐セレナの周囲に、ぽぽぽっ、といくつかの青白い炎が浮かぶ。

ゆらゆらと揺れる狐火は、陽光の下にあっても覚束《おぼつか》なく、存在感が希薄だ。

だが、その意図だけは明確である。

――尻尾巻いて逃げるなら見逃してやる。

つまりはそういうこと。

しかし無論、クラリス・きゅっとしたお尻もキュート・グローリアは、生えてもいない尻尾を巻くためにこんなところに来たわけじゃない。

「なにがあっても手を出すなよ、ユーノス。でも、ちゃんと自衛はしてろ。有言実行の時間だ」

言って、私は口の端を吊り上げながら歩を進め、堂々と見得を切る。

「クラリス・グローリア。クラリス・グローリアが私の名だ。妖狐セレナとかいったな。はじめまして、こんにちは。私は挨拶をしに来たぞ。私たちに帰る場所などありはしない。挨拶が済んだら、次は——お話をしようじゃないか」

三　狐人と語らう

大見得を切っておいてアレだが、経過は省略する。

というのも、妖狐セレナの狐火《きつねび》を喰らって黒焦げになったクラリス・フェニックス・グローリアが瞬時に復活して「ほらほら仲良くお話ししようじゃないか」と迫る絵面が四十回くらい繰り返されたからだ。はっきり言って、そんなに面白いものではなかった。

セレナの方からすれば、それどころではないだろうが。

「なんなのじゃ⁉　一体貴様は——なんだというのじゃ⁉」

最初は余裕たっぷりだったセレナの表情が、刻一刻と変わっていくあたりは、まあ、ちょっと面白かったけれど……うん、まあ、いいだろう。

ちなみに背後で待機させておいたユーノスだが、最初こそ私が殺されるたびに強烈な殺気を放っていたものの、途中から白けた顔で傍観を決め込んでいた。

理由には察しがつく。私が素っ裸だから。

一発目に妖狐の青い鬼火で焼かれてしまってから、私は実に四十回も全裸で妖狐へ迫り続けているのである。なにせ衣服は復元しないので。

「ええい！ いいかげんに焼け果てろ！」

懲《こ》りずにセレナが腕を振る。

巫女《みこ》服めいた布地の多い装束が、動作と一緒にふわりと揺らぐ。

ぽ、ぽ、ぽ――と、なにもない中空に青い火種がみっつ並んで現れ、それが絡み合い、燃え盛り、私を中心とした火柱に変わる。

業火。

肉と骨がまとめて焼けていく感覚。その、焼け焦げた古い『私』を、クラリス・グローリアが破り捨て、にやにや笑いながら妖狐へと歩を進めて行く。

「ひっ――」

はっきりと、その顔に怯えが浮かんだのを私は見逃さない。

何度殺しても平気な顔で歩いて来る金髪の美少女は、確かにどれだけキュートであったとしてもホラーだろう。だが、怯えの理由はそれだけではない。

魔力切れだ。

人間を焼き尽くすような火力を出す魔法を、四十回以上。

これはあの『双子のギレット』ですら不可能な魔力量だ。もちろんあの姉弟はまだ若かったから総魔力量は発展途上だったのだろうが――しかし、それでも『異才のギレット』だ。あの姉弟よりも多い魔力を有する？ 十分に脅威的ではないか。

しかし、いずれは底を突く。その瞬間が訪れただけの話である。

「さあ、さあさあさあ！　どうする妖狐セレナ。自慢の鬼火だか狐火だかが通じなくて、ただの少女にここまで近づかれて――」

ひた、ひた、ひた。

素足で、素手で、素裸で。

無造作に無遠慮に近づいて、もはや腰が引けてちょうどいい位置まで落ちていたセレナの顔を、私は両手でそっと掴まえる。

甘美なキスシーンみたいな絵面だが、別にズキューンと唇を奪いたいわけじゃない。そもそも私はなにも奪うつもりはない。

「――さあ、ここからどうする？　妖狐セレナ。札があるなら切ってみろ。何枚出しても同じことだ。出せるものなら出せばいい。さあ見せろ。クラリス・グローリアが見物してやろう」

「……化物か、貴様は……っ！」

ぎりっ、と奥歯を噛んでから、セレナは言う。

焦燥《しょうそう》と恐怖、慚愧《ざんき》と動揺、そして、ほんのわずかの好奇心。

「なんてひどいことを言うんだ。見ての通り、ただの美少女だぞ、私は」

セレナの顔を掴んだまま言って、にっこり笑って見せる。

これには妖狐もどっきり……したかは知らないが、セレナの戦意は失せたようだった。

「ふん……話がしたいのであったな？　だったら招いてやる。そちらの魔族も、手を出さなかったのは褒めてやろう。ついて来るがいい」

私の手を振り払い、妖狐セレナはそんなことを言って丘の上の一軒家に引き返した。

木造の家は——なんというか、ひどくアットホームな空間だった。丁寧に造られており、丁寧に使われている。それが一見してよく判る。家自体もこぢんまりとしていて、自分たちで掃除も行き届かせているのだろう。

「キリナ。その女に着物をくれてやれ。我の古いのがあったろ。あれでいい」

居間というか茶の間というか、くつろぎスペースに私たちを通したセレナは、よく通る声で奥に声をかけた。少しの間があって、獣耳の少女が現れた。最初に出会《でくわ》した、あの獣人だ。

キリナというらしいその少女は、反物みたいな長い布を抱えて私にそれを突き出してきた。受け取ってはみたものの、どうすればいいのか判らない。

「娘か？ それとも妹か？ 悪いが着方が判らないぞ」

「どちらでもない。友人の子だ。我が育てている。キリナ。すまんが着せてやっておくれ。我は茶でも淹れてくる。そこの魔族は、黙って座っておれ」

「ユーノスだ。『そこの魔族』ではない。火遊びが得意なおまえはセレナで、そっちの娘はキリナだな。大人しく待たせてもらおう」

言葉の内容は皮肉っぽかったが、口調に険はない。

「ふん。貴様に『待て』ができるのは、もう知っておるよ」

苦々しげにセレナが言うのは、先程の火遊びを思い返してのことだろう。どれだけ私が殺されようが、ユーノスは手を出さなかった。

まあ、そんなことはどうでもいい。

私に対して好奇心一杯という顔をしたキリナに着替えを手伝ってもらって、居間に戻り、椅子はないので床に尻を降ろして——。

さて、念願のお話タイムである。

◇　◇　◇

獣人について、人族は驚くほど無知である。

もうちょっと厳密に述べるなら、ロイス王国民は、というべきか。

魔族に関しては、ある程度の知識があった。私のようなただの貴族令嬢であっても、魔族が強力な種族であることを知っているし、時折エスカード領へ攻めて来るのも知っていた。エスカード辺境領の領主である辺境伯や、あるいはロイス王国の上層部はもっと詳しく知っているはずだ。敵を知ることは、とても重要度の高い事柄だから。

対して獣人。

彼らについて、少なくともクラリス・グローリアはよく知らない。王都の学園でも教わったことはなかった。ロイス王国で獣人を見ることも、なかったと思う。もしかすると旅の獣人なんかがいて、彼らは自由に世界を旅しているのかも知れないが、私は見たことも聞いたこともない。

獣人たちは基本的に、縄張りの外側に出ないからだ。

と、セレナは言った。

現在、広義に『獣人』と呼ばれる多くの種族は、獅子王ランドール・クルーガによって統治されている――ことになっている。

というのも、そもそも獣人とは獣がそうであるように、各々の群をつくり、曖昧なコミュニティを形成していたからだ。他の群れと積極的に交流を持つことは、ほとんどない。

故に『獣人』ではあっても『獣族』ではない。

そんなわけで『獣人の国』というものも、また存在しない。

あるのは獣人たちの領域であり、彼らの規律である。

獣人たちにとっての獣王とは、聞いた限りでは最高裁判所に近い。

群と群での揉め事が起き、それが深刻化した際にどちらかの絶滅を防ぐため、獣王に裁きを頂戴しに行くわけだ。こんなんありますけど、どう思いますか、と。

ここでの獣王は完全なる独裁者であり、裁きに対する控訴はない。被告人は粛々《しゅくしゅく》と判決を受け入れるか、もしくは殺されるかだ。

そしてこの最高裁判官は、しばしば暴虐《ぼうぎゃく》的な判決を下す。

逆らうということは、獅子王に牙を剥くということだ。獣人たちの誰も、そんなことはできない。

いや、実行したやつはいたが、牙を届かせた者はいなかった。

「なんだか、どっかで聞いたような話だな、ユーノス?」

話の途中で茶々を入れてみたが、ユーノスは私をちらりと一瞥しただけで、特になにも言わなかった。セレナは不可解そうに首を傾げていたが、とにかく先を話してもらうことにする。

といっても、まあ、本当に似たような話だ。

それなりに穏当に暮らしていた狐人たちが、あるとき、ある種族に因縁をふっかけられた。

狐人はもちろん泣き寝入りなどしなかった。私にそうしたように、相手を狐火で焼き払い、あっという間に種族間戦争の勃発――というところで、別の種族がこの争いを獅子王へ投げた。

やましいところなど狐人にはなかったから、裁きの際も堂々と胸を張って獅子王の前へ出た。

結果、狐人に対する一方的な迫害が待っていた。

狐人の一族は解体され、妖狐セレナは辺境の守りを命じられたという。他の狐人たちがなにを命じられ、どこに行ったのかはセレナにも判らない。

唯一の例外は、キリナである。

「十年ほど前か。互いの居場所を知らぬはずだったのに、旧友が訪ねて来た。それで、キリナを我に押しつけよった。自分にはやることがあると言ってな。いずれ我を解き放つとも言っておったな」

ふっ、と自嘲気味にセレナは息を吐く。

当のキリナはそんな育ての親ではなく、私の方をじっと見つめていた。

これまでの話はきちんと理解していたようで特に退屈そうではなく、だからこそ……この場面では、セレナを見つめて然るべきではないのだろうか。

自分を捨てた者と、自分を育てた者。それに対する感慨がキリナには全くといっていいほどないように見える。むしろ私に対する興味の方が強そうだ。

ともあれ、だいたい以上が妖狐セレナの事情であり、ロイス王国に隣接する『獣王ランドールの領域』の話である。ひょっとすると、もっとずっと遠い地には別の獣王が統治する獣人の国があるのかも知れないが、当面は関係のない話だ。

「――で、貴様らは？」

野草のハーブティをずずずと呑みながら、セレナが問う。

「こっちも似たようなものだ。こっちというか、ユーノスの方だがな」

せっかくなのでユーノフェリザ氏族の顛末《てんまつ》についても語ってやることに。魔族の国で政争に破れ、人族の領域へ突貫を命じられ、半分が死に、半分が名を捨てた。

「それで、名を捨てた魔族が、こんなところになんの用だ？」

「決まってるだろ。ここらに居を構えようと思ったから、許可をもらいに来たんだ。どうしても駄目そうだったら別の場所を探したが、どうやらここなら大丈夫そうだな。魔族の連中、川のあっち側に住まわせるが構わんだろ？」

「……はぁ？」

なに言ってんだこいつ、みたいな顔をセレナはした。

最近、こういう顔をされるのが好きになってきたような気がする。

四　境界に住まう

キラキラした人がやって来たと思ったら、全てが変わった。

それがキリナにとっての実感であり、感慨だった。

特に不満はないけれど変化もない日常が——目も眩《くら》みそうな光の中、激動にさらされ、瞬きひとつでさえ惜しいような毎日に。

育ての親であるセレナが負けを認めたことも衝撃だったし、川の向こうに魔族が暮らし始めることも衝撃だった。話に聞いていた『邪悪な種族』であるはずの魔族が意外に理性的だったことも驚かされた。ユーノスなんかは寡黙《かもく》で義理堅く、セレナも口では挑発的なことを言うけれど、彼に対しては一定の信頼を置いているようだった。キリナとしても、ユーノスのことはちょっとカッコイイかも、なんて思っている。誰にも言ってないけれど。

友達も、できた。

魔族の集まりの中に、キリナと同い年くらいの女の子がいた。

名をカタリナという。身長はだいたい同じだが、耳の分だけキリナの方が高い。名前に同じ「リナ」がつくこと、お互いになんとなく気が合ったこと、そしてなにより二人ともクラリス・グローリアが好きということもあり、仲良くなるのは早かった。

カタリナはクラリスを「クラリス様」と呼ぶ。

聞けば、彼女がいなければ自分たちは死んでいたという。新たな生きる道をくれた、自分たちの救世主。とてもすごい人。カタリナたちの族長でさえも、クラリスを殺すことはできなかった。

それは、そう、セレナにもできなかったことだ。

妖狐の妖術で全身を焼き尽くされ、その業火の中から楽しそうに歩いて来るクラリス・グローリアの姿を――あのときキリナは、セレナとクラリスの対峙を物陰から覗いていたのだ――忘れることはできないだろう。目に焼きついて、心に刻まれてしまった。

クラリスは強大な力をもってセレナを打倒したわけではない。

絶大な権力を行使して、言うことを聞かせたわけでもない。

それなのに――変化が訪れた。

だから、たぶん、もしクラリスや魔族たちが川の向こうに集落をつくらなかったとしても、きっとなにかは変わっていたのではないだろうか。

そんなふうに、キリナは思った。

◇◇◇

魔族たちは精力的で、熱心で、そして礼儀正しかった。

意外というべきかどうかをキリナは判断できない。魔族というものについて、なにも知らないからだ。獣人とは違う種族が、魔境をずっと北に超えた先にいるらしいとセレナから聞いたことがあるけれど、セレナだって魔族がどういう種族かなど知らなかった。

キリナたちが暮らす一軒家から、彼らの集落は見えない位置にある。川のあっち側からちょっと距離を離した場所に集落をつくったからだ。

川の増水を警戒したというのもあるだろう。しかしもうひとつの理由としては、セレナに対する義理を通したのではないか。

妖狐セレナは辺境の守り手だ。

彼方《あちら》から此方《こちら》への侵入を阻むこと——それが獅子王ランドールの命令だという。たとえ狐人たちを解散させるための方便だったとしても、命令には違いない。

「だったら、そちら側に行かなければいいのだろう？」

とは、クラリス・グローリアの言である。

川のあっち側に魔族たちが集落をつくったところで、こっち側へ来ないのであれば、なるほど命令違反にはなるまい。そんなものは言葉遊びのようなもので、建前にすらなっていないことくらいキリナにも判ったが、その屁理屈は、なんだか悪くないな、とも思った。

魔族たちは森を拓き、伐採《ばっさい》した樹木を利用して家を造り、狩りをした。彼らは森の野草などにも詳しく、集落が彼らの居場所として機能するまでは、本当にあっという間だった。

安定した生活を送れるだけの基盤が、あっさりと整ってしまった。

そして——クラリス・グローリアは『安定』など求めていなかった。

ある日、彼女は森兎の肉を持って来て、こんなことを言った。

「とりあえず欲しいのは、塩、鍛冶《かじ》、それに布だな。塩に関しては岩塩があればいいんだが、まあ、いずれにせよ魔境の探索はするつもりだ。鍛冶の方は、セレナの方で心当たりがあるんじゃないかって気がしてるんだが、どうだ？ 布に関しては、今のところお手上げだな」

発展を望んでいるのだ。

ここそこ隠れ住むつもりなど端からなくて、獣人たちが定めた『あの世』の側に、堂々と自分たちの居場所をつくろうとしている。

「……鍛冶については、心当たらんこともない。後で紹介してやる。塩は、こちら側の岩塩床は融通《ゆうずう》してやれん。そちらで探せ。布は……なんじゃ、機織りでもしたいのか？ そもそも、どうしてあれこれ急ぐ？ 今のままでも暮らすには困らんじゃろ、貴様らは」

苦虫を噛みつぶしたような顔をするセレナに、クラリスはきょとんと不思議そうに首を傾げた。どうしてセレナがそんな顔をするのか判らない、とでもいうふうに。

「別に急いでるわけじゃない。知ってるだけだ。この世のどこにも、誰かをそっとしておいてくれる場所なんかない、と。自分はここで引きこもってるから放っておいてくれなんて、最初から無理な話だ。世界はそのようにできていない」

「貴様らさえ来なければ、反論したくなっただろうな」

「だが、私たちが来た。よかったなセレナ、来たのが私たちで。なにしろ私は他人を迫害しない。無茶な命令も、理不尽な指令も、私は大嫌いだ」

うふふ――と、楽しそうに、クラリスは笑う。

無邪気な子供のようでもあり、年老いた魔女のようでもある微笑。

そっち側にふらふらと歩いて行きそうになる、そういう笑い方。

◇　◇　◇

世界は待ってくれない。

本当に、クラリス・グローリアの言う通りだった。

豚の獣人が血祭りに上げられて初めて、キリナはそのことを実感した。

第四章　豚と犬と

一　ドワーフの鍛冶士

妖狐セレナの住む辺境の一軒家から川をしばらく下ったあたりで、ちょっとした岩山地帯に行き当たる。これがファンタジー世界特有の奇妙な地形なのか、地球にもありえるものなのかを私は知らないが、森がいきなり途切れて岩山が現れるのは、なんとも不思議な光景だった。

「ここに鍛冶士が住んでるのか」

岩山ゾーンに入ってすぐ、みすぼらしい掘っ建て小屋が見えた。

私やユーノスたちが魔境を開拓して建てた簡素な家よりも、むしろこっちの方が貧相だ。

そのかわり、小屋の隣にある鍛冶場らしき建物は見事なものだった。それができるなら家の方もちゃんと施工《せこう》しろよと言いたい。石を切り出してレンガ状に組み上げた壁や、同じ石材でつくられた煙突、空気の循環や採光も考えられているのか、ガラスの窓なんかも採用されている。

「ああそうじゃ。十年近く前だったな、貴様らと同じように、魔族の風習に従ってどこぞに突貫した連中の生き残りが逃げてきた」

「なるほどな。ユーノス、心当たりは？」

振り返って訊いてみる。セレナの他にはユーノスともう一人、でかい斧《おの》を使う魔族も——ガイノス、という名だ——ついて来ていた。

「その時期だと……ディーハッツ氏族だったか」

「どんな連中だ？」

「魔人種の一族と、その一族が下僕にしていた亜人たちの氏族だな。他の氏族から評判が悪かった」

「どんなふうに？」

「下僕の扱いが悪かった。そのくせ、自分たちより強い氏族には媚びへつらうような連中だった。そういう態度は、魔族の中では嫌われるものだ」

「……ユーノス。私の記憶が確かなら、おまえたちは『まとも過ぎた』から嫌われたんじゃなかったか？ 魔族っていうのは度し難いほど気難しい連中だな」

「合理的でないのは、まあ、確かだ」

けらけらと笑ってやったが、ユーノスは皮肉っぽく口端を持ち上げてそんなふうに答えた。出会った当初なら怒って反論しただろうに、随分と達観したものだ。

「で、そのディーハッツの生き残りがいるわけか？」

「住んでいるのは魔人種ではないぞ。ドワーフ族の男じゃ。運よく生き延びたから逃げてきたと言っておったな。鍛冶が得意だというから、居住の許可をくれてやったかわりに、生活用品を融通《ゆうずう》してもらっておる。腕前は、大したものじゃと思う」

「ふぅん。ま、とりあえず、会ってみよう」

言って、私はみすぼらしい掘っ建て小屋の方でなく、立派な鍛冶場の方に足を向けた。煙突から煙が上がっていたからだ。

はたしてドワーフの男は、ずんぐりむっくりで筋骨隆々の小男という……まあ、なんというか、地球のフィクションでよく見る、いわゆる『ドワーフ』だった。

だいたい身長は私と同じくらいで、しかし体重は三倍くらいありそう。

ドゥビル・ガノンというのが、そのドワーフの名だった。

「セレナ殿か。それに……魔人種と、人族……？」

ずかずかと鍛冶場に入ってみれば、ドゥビルはまず妖狐セレナへ声をかけ、それからユーノスとガイノス、そして私へと視線を動かした。

「やあやあ、はじめまして。私はクラリス・グローリアだ。後ろのはユーノスとガイノス。あんたはドゥビル・ガノンだな？」

「儂になんの用事じゃ？　見たところ、セレナ殿の知り合いのようだが」

むっつりと眉を寄せ、ドゥビルは警戒心を表すように腕組みをした。それでも会話をするつもりがあるのは、セレナのおかげだろう。

だが、『セレナの知り合い』で終わっては、話にならない。このドワーフがどんな過去を持っていようが、鉄を打つことを辞めていないのだけは確かなのだ。どんな場所へ行こうが、どんな過去があろうが、捨てられない。そういう生き方を――愚かだとは、私は思わない。

「鍛冶士に用事なんて鍛冶以外にないだろ。セレナが鍛冶士の知り合いがいるというから、紹介の手引きをしてもらったわけだ。ドワーフのお爺ちゃん、どうだ、私たちのために鎚《つち》を振らないか？」

「……なんだ？　セレナ殿、この娘はなにを言っている？」

ものすごく気まずそうな顔をされてしまった。

しかし当然ながら私はそういうことを気にしない。今更だ、そんなものは。

「なにと言われても、この人族の言葉に裏はない。信じ難いじゃろうが、言ってることはそのまま、言ってる通りじゃよ」

「儂に、鍛治をしろと？」

「鍛治士なんだろ、ドワーフのお爺ちゃん――」

にっこりと笑って、クラリスマイルをプレゼント。

鼻白むドゥビルに構わず、続ける。

「――実際のところ、私は老人の昔話にはあんまり興味がないんだ。どんな過去があったとか、どんな辛い人生を歩んできたとか、魔人種に対してこれこれこういう感情を抱いている〟とか。そんなことより、あんたは鍛治士で、鉄を打つ。見れば随分と豪勢な生活を送ってるみたいじゃないか。毛皮でも、家でも、肉でも用意するぞ。どうせ金なんかあっても仕方ないだろ？」

「儂は奴隷にはならんぞ」

「私が欲しいのは奴隷じゃない。尊敬すべき隣人だ」

「………………」

ぎろりとドゥビルが私を睨みつけるが、私としては萎縮《いしゅく》する理由がひとつもなかったので、スマイルを維持しておいた。

沈黙が――たぶん、十秒ほど。

それから深い深い溜息が吐き出され、ドゥビルはグローブみたいに分厚い手をこちらへ差し出してきた。ので、なんとなく握手してみる。

身長は大して変わらないのに、私の小さな手とドワーフの分厚いグローブみたいな手では、なんだか全く別のモノのようだった。

「違う。そっちの魔族の男の斧を見せてみろ。そっちのやつの腰の得物《えもの》は魔剣の類いだろう。打ち直しは必要ない。だが、そっちの斧は拙いな」

「ぱっと見で判るのか。まあ、開拓とかいって樹木を四百本くらい伐採したからなぁ」

「戦斧で伐採したじゃと？」

「剣でもやらせたぞ。魔人種の桁外れの戦力はこういうところで役に立つ」

「……判った。確かに鍛冶士が必要なようだな。斧でもなんでも打ってやる。伐採用のやつをな」

呆れ半分、という感じでドゥビルは呟いた。

もちろん呆れ以外の半分がなにかなど私には判らないが、私はドワーフの手に手を乗せたまま、もう一度にっこりと笑ってやった。

◇◇◇

それから。

首尾よく鍛冶士をゲットした我々は、ドゥビルに渡す報酬を取りに魔境の開拓地へ戻った。こちらが渡すものは道中で倒した魔物の毛皮や、作り置きの燻製肉などだ。必要があれば木材も運ぶと言ってあるし、人手も貸すという約束もしておいた。

ドゥビルの仕事は、斧を五振り、ナイフを数本、鍋やフライパン、鉄串などの雑品を一通り。さすがに全てをいっぺんに揃えるわけにはいかないので、行ったり来たりを繰り返すことになる。

「これで文化的な生活の第一歩だな」

うきうきで私は言ったが、誰も同意してくれなかった。

「……のう、クラリス。貴様は一体なにをしたいのじゃ？」

二日酔いの余韻を噛み締めるような顔をしてセレナが呟く。

まるで私がなにか企んでいるかのような口ぶりだったが、期待に応えて深遠なる思惑を開示してやることはできない。そんなものはないからだ。

「そんなことを言われても『楽しく過ごしていたい』ってくらいしかないぞ」と、私は答えた。「なにか企んでたりとか、野望があったりとか、そういうことはない」

実際、魔境の開拓はなかなか楽しかった。

魔人種の身体能力を用いた樹木の伐採や、家屋の建築、魔法がある世界での原始的生活がこんなにもイージーだとは思わなかったし、イージーモードの開拓なんて遊びみたいなものだ。

もっと凝った遊び方をしたくなった。

だから鍛冶士が必要だったたし、塩だって欲しい。他にも欲しいものはいっぱいある。

どうしても欲しくなるかは、また別の話だが。

「無軌道で、場当たり的……か。おぞましいやつじゃ」

「なんてひどいことを言う女狐だ」

「我に四十回も焼き殺されてなお、貴様はなにひとつ変わらなかった。目的がないと言ったな。つまり貴様を縛るものがないということじゃ。貴様のようなやつが、なにに縛られることもなく、ふわふわと流されるまま流れていく。これをおぞましいと言わずして、なんと言えばいい？」

「はん。私のような美少女のやることをなんて言うべきかなんて、決まってる」

「なんと言う？」

「『素敵』だろ」

「『最悪』じゃな」

眉を寄せながら唇の端を吊り上げる、なんとも微妙な表情をセレナは浮かべた。

それから三日後。

魔境の集落にいきなり豚の獣人——オーク族の男がやって来て、セレナとキリナが狼族に捕らわれたことを教えてくれた。

理不尽と不都合は、いつだって唐突《とうとつ》だ。

◇◇◇

二　波乱の兆し

狐人であるセレナの見た目は、六本もあるふさふさの尻尾と頭に生えた狐耳が特徴的ではあるが、基本的には人族とあまり変わらなかった。

なんというか、前世ではこういうコスプレを見たことがあるなぁ、くらいの感想だ。

しかし豚の獣人、オーク族を初めて見たときは、それはそれは驚いた。

なにせ本当に豚のような顔をした、身長二メートル半くらいある獣人なのだ。

肌は豚と同じような薄桃色で、豚とは違って体毛があまりない。厚く硬い皮膚の持ち主だ。でっぷりと腹が突き出しており、衣服といえば腰蓑が一枚きりで、私の胴体よりも手足が太い。一発ぶん殴られたら、私のような可憐な少女なんてぐちゃりと潰れてしまうだろう。

さておき——その日は、朝からカタリナの相手をしていた。

私専用に建ててもらった小屋にやって来て「剣を学びたい、自分もクラリス様の役に立ちたい」などと言うものだから、思わずユーノスを呼びつけて剣の稽古をさせてみた。

聞けばカタリナは見た目の通り、まだ十二歳。

魔人種というのは二十歳前後の肉体を維持する時間が長い種族らしい。どこぞの戦闘民族のようだが、実際、戦闘民族としての側面は強いのだろう。それはともかく、カタリナはこれまで家事の手伝いは積極的にやっていた——道中で狩った動物の皮剥ぎもやっていた——が、戦闘術の方は習っていなかったそうだ。ごく単純に、「まだ早い」から。

「でも、今はそんなことを言っていられる状況じゃないと思います。早ければ早いほど、いい。クラリス様の足手まといにはなりたくないんです」

胸の前で両手をぎゅっと握り締めてカタリナはそんなことを言った。

まったく、なんて意地らしい娘だろうか。つけ加えるなら、なんて莫迦な子供なのだろうか、とも思った。しかし私は、この手の愚か者が嫌いではない。

そんなわけでユーノスの出番である。

ユーノス大先生の教えは比較的単純で、まずは魔力を使えるようになること。より正確に表現するのであれば、意識的に魔力を扱えるようになること。魔人種という連中は、無意識に動作に魔力を乗せているようなバケモノだ。魔境を歩いていたときにも感じたが、彼らは全く疲れることのないクラリス・グローリアよりも移動のペースが早いのである。

で、やらせてみれば、カタリナの才能はなかなかのものだった。

「俺がおまえくらいの年齢のときは、もっと無様《ぶざま》だったぞ」

とは、ユーノスの言。

見た目はそれなりのイケメンなのに、褒め言葉が絶妙に下手だった。なので私が盛大に褒めておいた。ちょっと褒めるだけでキラキラした瞳で見てくれるのだから、簡単なものだ。ちょろい。

とかなんとか、そんなことをやっているときだ。

「ちょっといいか。豚獣人《オーク》が来ているのだが……クラリス殿を呼んでいる」

斧使いのガイノスが現れ、そんなことを言い出した。

元々が仏頂面《ぶっちょうづら》で、長身のユーノスよりさらに上背のある男なので、普通にしていても威圧感があるのだが、このときは加えて緊迫感もあった。

「オーク？」

と、私は首を傾げた。

なんといってもクラリス・グローリアはロイス王国に暮らす貴族令嬢だったので、獣人の事情になど詳しくないのだ。よってクラリスの記憶には『オーク』という単語から連想できる何物も存在しなかった。しかし『私』の記憶を辿るなら、オークとは女騎士や姫騎士を手込めにしてしまうファンタジー作品の敵キャラクターであるという謎の知識があった。

まさか、こんな場所にオークが攻め込んできた？

ありえない。魔境の開拓地に私たちが暮らし始めたことを知っているのは、妖狐セレナ、彼女が育てているキリナ、そしてドワーフの鍛冶士ドゥビル・ガノンだけだ。誰も外部と交流しないので、我々の所在がバレる要素がない。よって軍勢を用意してここを攻めに来るやつらはいない。

ということは――どういうことか？

そんなものは、会ってみれば判ることだ。

で。

実際会ってみれば、あらびっくり。身長二メートル半くらいはある豚面の獣人が一人、ひどく申し訳なさそうな表情で腰を低くしていたのだ。いろんな意味で驚いてしまった。

「やあやあ、はじめまして。私を呼んでいるという話だったな。私がクラリス・グローリアだぞ。それで、でっかいおまえさんは、どちら様だ？」

「あ……う、あのぅ、おではモンテゴといいます。スーティンっつうオークの村に住んでて……んで、セレナさんが、クラリスさんに助けてくれろって……そのぅ、あんたがクラリスさんだべか？　えらいかわいらしい娘っ子だべな」

戸惑いと不安を隠さない豚獣人。

「うんうん。そうだな、私はとても可愛らしいぞ。でもとりあえず、それは置いておく。セレナというのは、妖狐セレナか？」

「ですだ。この前、狼の獣人たちが、おでらの村を襲ったんだ。あいつらは、おでらの畑が目的だったんだけども、あっちゅう間に村は乗っ取られちまった。そんで何日かして、狐のちびっ子が掠われて来たんだべ。ありゃ、自分から来たってふうじゃなかったど」

「ふぅむ……」

狐のちびっ子というのは、キリナのことか。話がいまいち見えてこない。

私は腕組みして顎をくいっと動かし、続きを促した。

モンテゴは豚鼻をぷくりと膨らませて頷いた。

「んで、次の日にセレナさんがやって来たど。狼族の連中となんだか話をして、でも結局、捕まっちまった。おでらも一緒に捕まってたんだけども、セレナさんの妖術で見張りを騙して、おでを逃がしてくれた。そんで、川の向こうの方に魔族と人族がいるから、人族のクラリス・グローリアって娘っ子に助けを求めろと」

「なるほど……モンテゴといったな。いくつか質問だ」

まず、どうしてモンテゴの村が襲われたのか――これについては、どうやら『手頃なオークの農村だったから』ではないか、とのこと。どうやら村を襲った狼族とやらは、なにか別の目的があり、その目的のために、とりあえずのように農村を襲ったらしい。

ようは物資の徴発《ちょうはつ》だ。

「おでらは獣人の中じゃ弱っちい方だからよ……だども、獅子王に小麦を納めて、平和に暮らしてたんだ。狼族のやつらは、獅子王に逆らうつもりなんだべ」

「クーデターか」

「くうでたぁ?」

「武力による政変のことだが……いや、ちょっと待て。そもそも獅子王とやらは別に獣人を統治してるわけじゃないんだろ」

セレナ情報では、確かそのはずだ。

獣人たちは魔族よりも原始的な文化形態を持っており、王はいるが国家はない……みたいな、そういう連中だったはずだ。もちろん権力はあるのだろう。他者を従わせることもできる。だからセレナたち狐人の集団は解散させられたし、モンテゴの村は獅子王にいわば税を納めていた。

「んだども、狼族のことなんか、おでは判らねぇどよ……うぅ、そんな、みんなで集まっても……おで、嘘なんか吐いてないど」

言葉の途中でモンテゴが怯えだしたのは、いつのまにか元ユーノフェリザの連中がぞろぞろ集まっていたからだった。最初はユーノスとガイノス、それにカタリナだけだったのに、気づけば開拓地のほとんどの魔人種たちが私の後ろに集まっていた。

「なんだなんだ、みんなで集まって、豚をいじめるつもりか?」

「どうするつもりかは、こちらの科白だ」

雑な茶化し方をした私に、ユーノスが言った。

「どうするつもり……？　私が、ということか？」

「ああそうだ。話は聞いていた。まあ、正直言って全貌は掴めていないが、ようするに狼族とかいう獣人に捕まったセレナが助けを求めたのだろう？」

「モンテゴの言うことが本当ならな」

「おまえはそいつが嘘を吐いていると思うのか？」

ふん、と鼻息を吐きながらユーノスは豚の獣人を一瞥した。

もちろん私としても、モンテゴが嘘を吐いているとは思えない。そもそも、最初に考えたように、セレナかキリナが洩らさねば、この場所のことなど知りようがないのだ。そしてこの場所を知ってなお一人きりで訪ねるなど、切羽詰まっていなければやりたくないはずだ。

なにしろここは、魔族の集落なのだから。

「ふん。それじゃあ逆に訊くが、ユーノス、おまえはどう思っている？　この話を聞いて、クラリス・グローリアはどうするつもりなのだろうと考えている？」

「決まっている。おまえはセレナを助けに行く」

一瞬たりとも迷わず、ユーノスは断言した。

その確信がどこか楽しげで、私もつられてにんまりと笑ってしまう。

「だったら重ねて訊くぞ。私がセレナを助けに行くとして、おまえは――いや、おまえたちは、どうするつもりなんだ？　呑気にお留守番していたって私は構わないぞ」

「愚問を吐くな。当然、助けに行く」

「何故だ？」

「ふたつ理由がある」

「言ってみろ」

「ひとつは、あの女狐とはよき隣人でありたいからだ。あの女狐にはこの場所を黙認してもらった恩もある。鍛冶士も紹介してもらった。助けを求めているなら、助けるのが当然だ。それは、俺たちがどのような何者なのかという問題だ」

「なるほど。それで、もうひとつは？」

「おまえが行くからだ」

と、やはりいっさいの躊躇《ためら》いを見せずにユーノスは言った。

「クラリス・グローリアが行くのだから、俺たちも行く。当然のことだ」

そういうことらしかった。

彼らの誰一人として不満を見せなかったのだから、本当にそうなのだろう。

まったく、おかしな連中である。

三　純朴なオーク

おおよそ二日ほど、我々は移動を続けた。

ユーノスら魔人種の面々は文字通りに全員ついて来ようとしたのだが、せっかく魔境を開拓したのに放置してしまうのはもったいないし、ドワーフのドゥビルとの契約もあったので、半分は残した。

逆に言えば、半分の元ユーノフェリザが同行したということだ。

そのうち一人はまだ十二歳のカタリナだったりするが、それにしても魔人種を八人。ロイス王国のエスカード辺境領では、三十人程度の魔族を迎え撃つのに五百以上の戦力を注ぎ込んだのだ。狼族の戦力は未知数だが、おそらく「まるで話にならない」ということには、ならない。

魔境の開拓地から川を越え、セレナの小屋から森を抜けると、視界一杯に地平線が広がっていた。どこまでも続く平原である。

ちょっとした丘陵をいくつか超えた位置に、オークたちの暮らすスーティン村があるという。地形的に身を隠し難いと予想できるが、まあなんとかなるだろう。

ちなみにというか、移動はモンテゴの肩に乗った。

なにしろ私の歩く速度は十二歳のカタリナよりも遅いのだ。図体のでかいオークの肩は、なかなか座り心地がよかった。

「それにしても、オークというのは農耕民族なのか？」

道中はそれなりに退屈だったので、気になっていたことを訊いてみた。

なにしろオークといえば女騎士や姫騎士を孕ませる畜生と相場が決まっている。なのに、モンテゴときたら腰は低く、口調は純朴な田舎者で、私を肩に乗せても「クラリス様はほんとに軽いべなぁ」などと言うだけで、私のプリティなヒップと自分の肩が触れていることには全く頓着しなかった。なんか、猫が可愛いとかそんな感じの反応なのだ。

「おでらの村は、そうだべな。昔はオークにもいろいろあって、まんず乱暴者の集まりもいたみてぇだども……弱肉休職っつーんだべ、他にも強ぇ獣人族はいっぱいいるからよ。乱暴者のオークはいなくなっちまったみてぇだな」

「弱肉強食だな。そして自然淘汰だ」

「んだべ。クラリス様は賢いんだなぁ」

心の底から感心した、とばかりにモンテゴは頷く。

私は頭髪のないオークの頭を無意味にぺちぺちと叩きながら、続けた。

「ところでどうして私に『様』をつける？　言っておくが、私はセレナを助けるつもりはあるが、おまえたちを上手に助けられるかどうかは判らないぞ」

「んだども、クラリス様に頼らねば、どうにもなんねぇべ。それにクラリス様は、クラリス様って感じがするど。偉い人なんだべ」

「別に私は偉くない。とても可愛らしいだけだ」

「うへへ。クラリス様は面白いんだなぁ」

邪気のない笑い方をするモンテゴに、それこそ私は邪気を抜かれてしまう。

農耕民族で、平和主義で、無邪気なオーク。もしもスーティン村の連中がみんなモンテゴのような性格をしているなら――それは随分と平和な場所なのだろう。

「モンテゴ、おまえのことが私はなかなか気に入ったぞ」

と、私は言った。

豚の獣人は、照れくさそうに「うへへ」と笑った。

◇　◇　◇

さて。一度だけ野営を挟んで歩き続け――もっとも、私はモンテゴの肩に乗っているだけだったが――ごくあっさりとスーティン村に辿り着いた。

事前に教えてもらっていた通り、村の直前はちょっとした丘陵になっており、丘の上から村を一望できるようになっている。

見ればかなり広大な耕作を行っているようで、集落そのものよりも畑の方が面積としてはずっと大きい。他に丘から見えるのは、村の奥側に広がっている森と、川だ。位置関係を考えると、たぶん魔境と獣人の領域を隔てているあの川から枝分かれした支流というやつではないか。それほど大きな川ではないが、ずっと遠くまで流れている。

村の建物は全て木造のようで、躯体《くたい》は大きいが簡素なつくりに見える。家というよりむしろ物置、みたいな建物が多い。その中で異彩を放っているのが、集落の中心にある巨大な平屋だ。

「集会場だべ。あそこにみんな押し込められてんだ。中と外に見張りがいて、身動きもできねぇど。たまにセレナさんが村長の家に連れてかれて、話をしてたみたいだども……大丈夫だべか」

狼族を妖術で騙し、モンテゴを逃がしてから、およそ四日。

「さて、どうかな。生きてるにしろ、死んでるにしろ、狼族の慰み者になっているにしろ、状況は実際確認してみなけりゃ判らん」

「集会場には狼族の見張りが立っているな。二人だ。他には——その村長の家だろうな、そこに見張りが一人。集落の端に穀物庫が見えるが、そこには誰もいないな。小麦畑の方にはオーク族も狼族も見当たらない。どうする、クラリス。もう少し観察してみるか?」

目を細めて村を眺めながら、ユーノスが言う。

「決まってるだろ。私が一人で行く。で、連中を見極めてやろう。万が一にも平和裏に話が終われば普通に歩いて戻って来る。そうでなければ、なにか派手な合図を出す。そしたら突っ込んで来い。家屋のどれかが燃えたり爆発したりしたら、狼族は皆殺しにしていいぞ」

「一人くらい残しておくか？」

「うーん……まあ、そうだな。私が相手をしてるやつがいたら、率先して無力化してくれ。あとは臨機応変。それでいいか？」

「ああ、判った。合図は派手に頼む」

「うふふ――セレナが生きてたら、そうしてもらおう」

なにしろ私の魔法では派手な合図など出せないのだから、仕方ない。

「ク……クラリス様が、一人で……行くんだべか？ 大丈夫け？ あいつら、おでらの仲間だって簡単に殺しちまうんだど。そんな小っこくて、細っこくて……」

「問題ない」

困惑するモンテゴに一言だけ答え、私はのんびりと歩き始めた。

さて、狼族とやらは、どんな連中なのか……。

できることなら、愉快なやつらであって欲しいものだ。

全く期待はしていないが。

四　狼たちの計画

捕虜《ほりょ》の扱いがなっていない。

狼族に捕らわれて五日。妖狐セレナはオークの集会場の端で不満を募らせていた。

スーティン村の人口は三十六人。

狼族の襲撃によって殺されたのが三人。

聞けばオークたちは家単位でなく村単位で食事を用意し、みんなで食べるという生活を送っているそうだ。この図体では食糧事情も効率化が必要なのだろう、自然とそういう文化になったのではないか。それが――ここ五日はろくな食事も与えられず集会所に押し込められている。

せいぜい、あと一日くらいが限度だ、とセレナは思う。

この村のオークは温厚で、こうして狼族に言われるまま大人しくはしているが、彼らは自分たちが腹一杯食べるために農耕に手を出した種族だ。そうでないオークたちは他の獣人と争い、負け、絶滅していった。だから、彼らを飢えさせてはならない。

今のところはまだ堪えられているが……それもいつまで続くか判らない。そもそもこの『拘束』がいつまで続くかも判らないのだ。

早く――早くしろ、クラリス・グローリア。

歯噛みしながらセレナが考えるのは、あの異常な人族のことだ。

この状況になってすぐ、モンテゴという若いオークを逃がしてクラリスに助けを求めてしまったが、その判断が間違いだとは思わない。というより、それ以外にセレナに取れる選択肢などなかった。

しかし、時間的にはぎりぎりだ。

狼族がこれほど捕虜の扱いに関して下手だとは。

「セレナ殿……おでらは、どうなるんだべか……」

オーク族の誰かが言った。口調に滲《にじ》む焦燥感は隠しようもなく、けれどそこには強い理性が感じられた。腰蓑一枚だけ纏《まと》った豚の獣人が、こうも思慮深いとは、セレナも知らなかった。

彼ら狼族の目的は単純。

獅子王ランドール・クルーガの打倒。

……不可能だ。

この程度の村を手中に収めるのに手こずっているようでは、獅子王に牙を届かせるなど夢物語だ。

ただ、夢を見ている者は、往々にして現実を見ない。

その結果生じる被害は現実だというのに。

「――セレナ殿。族長が呼んでいる。来てくれ」

歯噛みしながら時間を浪費していると、狼族の男が集会所に現れ、顎をしゃくった。

族長というのは無論、スーティン村のではなく、狼族のだ。セレナはよろよろと立ち上がり、促されるまま歩を進める。立つだけでも一苦労だったのは、捕虜生活による疲弊《ひへい》のせいだ。

集会所の入り口で、狼族の男がセレナには大きすぎる扉を開いたまま待っている。見張りとは別の男で、そいつに連行されるようにして村長の家へ向かう。

待っていたのは狼族の族長――ザンバ・ブロード。

ブロード族の外見は、どちらかと言えば人族に近い。セレナがそうであるように、基本的にはヒト型で、頭部に獣耳が生えており、毛並みのいい尻尾がある。

そして狐人が幻術などの魔法に長けているように、狼族にも強みというものが存在する。

速度と、牙と、爪。

人族と同じような容姿ではあるが、おそらく骨格そのものがかなり頑丈なのだろう。彼ら狼族はその牙を敵に深く突き刺し、肉を引き千切るのだ。内に流れる血がそうさせるのか、その攻撃には容赦も躊躇もなく、ひたすらに殺意が高い。

爪の方は、単純に硬質の爪を伸ばすことができるようだ。これに関しては獅子王ランドールや、王族とでもいうべき獅子族も同じように硬質の爪を伸縮させるという。

たぶん――と、セレナは思う。

ザンバ・ブロードにとっては、ランドール・クルーガの下にいることが許し難いのだろう。

獣王ランドールはかつて狐人を解散させたが、狼族を迫害などしていない。きっと、そのこともザンバを苛立《いらだ》たせているのだ。

獣王は狐人を、ある意味で恐れていた――だから迫害し、散り散りにさせた。

なのに狼族を恐れる気配もない。興味すらない。

「どうだ、セレナ。気は変わらないか？」

スーティン村の村長の家の中心で、ザンバは直接床に腰を下ろしていた。周囲にはいくつかの酒瓶が転がっており、しかしそれらはオークのものでないことは明白だった。オークと狼族では体格が違う。椅子もテーブルも部屋の脇に片づけられているのは、大きさが合わないからだ。

転がっている酒瓶も、おそらく人族の国からの輸入品だ。

「我に仲間になれと？ お笑い草じゃな。我に対するこの扱い、それだけで信用に値せん」

「今は仲間じゃないからだ。俺たちは、仲間を裏切らない」

「家族は捨てても、か？」

セレナはわざとらしく口端を持ち上げ、ザンバとその隣に控えている狐人へ視線を向ける。

そう――狐人。

十年ほど前にセレナの元に現れ、娘を預けてきた、昔馴染み。

「あのときは、ああするしかなかったのよ。それに、捨てたわけじゃない。あたしたちにはやることがあった。こうして戻ってきて、また家族三人が揃った。セレナ……あんたも協力してくれれば、バラバラになった狐人たちも、またひとつになれるわ」

キリナの母、ステラが言う。

その表情は大真面目で、冗談の気配など一欠片も窺えない。

であれば、言葉に嘘はないということで——故に、度し難い。

「キリナはどうしておるのじゃ？」

「今のあんたに会わせるわけにはいかないわ。判るでしょ？」

「判るわけがなかろうて。キリナの夜泣きにつき合ったのも、キリナが初めて歩いたのを見たのも、キリナが転んで泣いていたのをあやしたのも、キリナに花冠のつくりかたを教えたのも、全て我ぞ。おまえは『やることがある』と、その時間を捨てたんじゃ」

十年前、赤ん坊を押しつけられた。

たった一人で辺境を守り続け、孤独に死ぬはずだったのに、なんの因果かキリナの成長を見守ることになった。小さくやわらかな命が、意思を持ち、自我を持ち、微笑みを向けてくる。

「……これから、取り返すわ」

「他人を殺しまくるその横で、娘の成長を喜びたいと？　オークの次はどの種族を狙う？　獅子王に自慢の牙を届かせるにはいつまでかかる？」

「そう大した時間じゃねぇさ」

ザンバが言った。けろりとした表情で、セレナの言葉などまるで届いていないかのよう。いや、おそらく本当に届いていないのだろう。

娘の成長など、この男にとっては興味の対象ではないのだ。

「実を言うとな、俺たちは人族と協力関係にある。オークは家畜、ハーピィは奴隷、トーラス族も奴隷にして売り払う。引き換えに戦力をもらう。簡単な話だろ？」

「……正気とは思えんな」

何度もここに呼び出され、何度も説得という名の徒労が行われたにも拘《かかわ》らず、その話は今回が初耳だった。もしかすると、事態はセレナの予想よりもはるかにややこしいことになっているのかも知れない。あるいはブロードの一族だけではなく、他の獣人を既に巻き込んでいるのか……いや、だとしても、現状は考えるだけ無駄だ。


――ガンッ、、、！


と、不意にザンバが床を殴りつけた。

思考に意識を割いていただけに、思わずセレナはびくりと首を竦《すく》めてしまう。その反応が満足だったのか、ザンバはにたりと笑んでセレナを指差した。

「こっちこそ、正気とは思えんぜ。この状況で意地張ってどうするよ？　なあ、セレナ、おまえは同郷の狐人とまた暮らしたいとは思わねぇのか？」

「今更、昔と同じようにはいかんじゃろうよ」セレナは吐き捨てるように答えた。「まして、貴様らに協力してなどと――虫唾《むしず》が走るわ。他の種族を奴隷に落として楽しく暮らす？　さぞかし品性下劣な余生が待ち構えていることじゃろうな」

「はっ！　そいつは負け犬の科白だぜ。おまえらは、ただランドールの癪に障ったからってだけでバラバラにされたんじゃねぇか。それを、おまえらは受け入れるしかなかった。弱いからだ。どうして取り返そうとしない？」

過去を？　違う。この狼族が取り戻したいのは、矜持《きょうじ》だ。

脅威に値しないと獣王に無視されている、そのことが彼らの矜持を傷つけている。そんな獅子王であっても、尊敬すべき『王』であるなら、あるいは我慢できたのかも知れない。

そうではなかった……のだろう。

セレナには、そのような矜持の持ち合わせはなかった。あったとしても、十年も幼い命の成長を間近に眺めていて、維持できるほど強い気持ちではなかった。

「貴様が言った通り、弱いからじゃ」

「クソだな。ああ、完全なるクソだ。あの妖狐セレナと恐れられた――」

聞くに堪えないザンバの言葉は、途中で遮られた。

家の扉が開かれ、狼族の男が飛び込んで来たからだ。

「アニキ！　変なガキが……アニキに会わせろって……その、セレナの知り合いだとかって……人族の、女のガキなんだが……」

慌てて飛び込んで来たわりには歯切れが悪い。

が、それも仕方ないだろう。

あの少女を的確に表す言葉など、セレナはひとつしか知らない。

クラリス・グローリア。

彼女を説明する言葉は、たったそれだけで事足りるのだ。

なんの説明にもなっていないという点に目を瞑《つむ》れば。

第五章　犬と魔と

一　対面

丘を下り、オークの村に入ってもなお狼族は誰一人として私に気づかなかった。

狼の獣人なのだから、てっきり嗅覚に優れているものだと思い込んでいたが、そうでもないのだろうか。考えてみれば人間の知能と犬の嗅覚を備えてしまえば、ちょっと生き難いか。

それはともかく、目の当たりにしたスーティン村の縮尺はなかなかの代物《しろもの》だった。モンテゴの身長はたぶん二メートル半くらいあり、彼が標準的な大きさだと仮定すれば、身長二メートル半の獣人が多数暮らす場所なのだ。つまり――道もデカければ家もデカい。

もちろん家屋そのものは、私の生家であるグローリア家の屋敷の方がよほど大きい。前世の知識でいえば、ちょっとした学校くらいは大きかったのだ。村落の家屋と比べる方が間違っている。

では、なにが大きいのか。

まず扉だ。なにかの嫌がらせのような木製の開き戸が設置されているのだが、たぶん私だと押しても引いてもびくともしないだろう。他にもあれこれ縮尺が狂っていて――狂っているように見えるだけだが――なんだか不思議の国のアリスになったような気分だ。

と、ちょっぴりうきうきしながら歩いていたところで集会所に行き当たった。学校の例に倣《なら》うなら小さめの体育館くらいの平屋で、入口に狼族の男が立っているのが見えた。

「おい、そこの狼族」

私は迷うことも竦むこともなく、堂々と声をかけた。

◇◇◇

そういうわけで、案内された村長の家である。

見張りの男に促されて家に入ってみれば、すぐに居間とでもいうべき空間に出た。その中心で床に直接腰を下ろしているのが、おそらく狼族の族長、ザンバ・ブロード。

案内役の狼族もそうだが、獣度合いはセレナと同程度。頭の上の獣耳に、狼っぽい尻尾。それ以外は人族とそこまで違いを感じない。和装っぽいセレナとは違って、修行中の拳法家みたいな格好をしている。だぼっとした緩いズボンに、前で合わせて留めるタイプのシャツ。

私を睥睨《へいげい》するその表情は、不機嫌の一言に尽きる。

で、その向かいにセレナが座り込んでいる。……どうでもいいが、尻尾が六本もある狐人が床に腰を下ろしていると、その尻尾を枕にしてやりたい気分になった。

が、とりあえず置いておこう。

気になったのは、ザンバ・ブロードの隣にセレナとは違う狐人がいたことだ。セレナとは違って尾は一本、セレナとは違って狼族に対する警戒心が窺えない。

が、まあそれもひとまず置いておこう。

「やあやあ、はじめまして。私はクラリス・グローリアだ。狼獣人のおまえ、おまえがオークの村を襲撃した一味の首魁《しゅかい》だな？」

とりあえずのように胸を張って言ってみる。

ザンバは非常に不愉快そうな表情でこちらを見ており、セレナは心なしかほっとしたように息を吐いていた。狐人の女は、普通に怪訝そうだ。

なんだか、思ったより……ここに面白いものはなさそうな気がしてくる。

「で？　そのクラリスお嬢さんが、こんなところに一体なんの用事だ？　まさかとは思うが、楽しい茶会でも開かれていると思ったわけじゃあねぇよな」

下手くそな皮肉を飛ばすザンバに、私は大仰に両手を広げて見せ、それから思いっきり肩を竦めて溜息を吐き出してやった。

「莫迦か、おまえは。楽しい茶会に必要なのは素敵な友人だぞ。名乗られておいて名乗り返さないような不埒《ふらち》者と茶飲み話？　まったく、冗談は存在だけにしておけよ、犬っころ。いくら私が可愛いからって、駄犬が図に乗るな」

「……おい、セレナ。そのメスガキは、なんなんだ？　てめぇの知り合いだって話だがな、俺の気が長い方じゃねぇのは、知ってるだろ」

私から目を逸らし、ザンバはセレナへ問う。

妖狐はこれに小さな苦笑を浮かべ、ゆっくりと頷いた。

「そうじゃな。その娘は我の隣人じゃ。殺すというなら好きにすればいい。貴様にできるならな。ところでクラリスよ、ザンバの一族は人族と手を結んだと言っておったぞ。オークは家畜、ハーピィは奴隷、トーラス族も奴隷にして売り払うと」

「ふぅん……？　礼儀知らずの不埒者というだけならまだしも、道理も弁えない痴れ者か。救い難い犬畜生だな。いや、犬にも失礼だな。そうなると――」

そこまで言ったところで、ザンバがこちらへ突っ込んできた。

胡座《あぐら》をかいた姿勢から、ぱっと身体を浮かせて床を蹴り、右手で私の喉を掴まえて、そのまま壁に叩きつける。私なんかでは視認するのもままならない速度だった。

強い衝撃。

しかし、かなり加減したのだろう。別に首が千切れ飛ぶわけでもなかったし、私の背中が壁を粉砕して背骨がぐしゃぐしゃになったりはしていない。

「なあ、メスガキよ。てめぇはどこの誰だ？ ただのメスガキが、どうしてこんなところに来やがった？ なんの目的だ？ 誰の指示だ？」

射貫くようなザンバの眼差しが私を捉える。

そこにあるのは、警戒心。なるほど、クラリス・グローリアの裏にいるであろう何者かを、ザンバは予想しているのだろう。こんな小娘がたった一人でセレナやオークたちを助けにくるわけがない。何者かの思惑があるはずだ――だから怒りにまかせて殺そうとしなかった。

「私はクラリス・グローリア。それ以上でもそれ以下でもない、ただの美少女だぞ。なあ、クソ畜生の大将よ、そろそろ名乗るくらいしたらどうだ？」

「ザンバ・ブロード。てめぇを殺す狼の名だ」

「殺す？ 殺すと言ったか？ 私を？ おまえのようなクソ畜生が？」

うふふ――と、笑ってしまう。

「できるならやってみるがいいさ。しかしその前に、もう少しだけ話をしてやる。なあザンバ。おまえが約束を交わした人族のことだがな……もちろん私は『取引相手』のことなど知らないが、でも、これだけは言えるぞ。人族はおまえのような駄犬との約束など、端から守る気なんかないぞ」

「……あ？」

狼族の男の瞳が、揺れた。

その動揺に、私はいっさい構わない。

「おまえらがどこのどいつと取引したかは知らないし、獣人を家畜や奴隷にして、その引き換えになにを要求したのかも、私は知らん」

「戦力、だそうじゃ」

セレナがつけ加えてくれた。

「戦力？」

「獅子王ランドールの打倒が目的じゃ。そのための戦力を、人族から借り受けるつもりでいる」

狼族の目的は、クーデター。

そのあたりはモンテゴから聞き及んでいた。だが――そのために獣人族を奴隷におとして人族に引き渡す？　対価に人族から戦力を借り受ける？


「――ははははは！　あはははは！　なんて間抜けなんだ‼」


思わず大笑いしてしまう。こんなもの、笑わずにいられるものか。

「なにが可笑しいッ⁉」

喉を掴むザンバの手に力が込められる。本来なら息が止まるような、いやそれ以前に脳に血が回らず意識を失うような、もしかすると首の骨が折れるような、そんな怪力。

だというのに、私の爆笑は中断されない。

「なにが？　ははは！　そんなことも判らないのか！　だったら教えてやろう、ザンバ・ブロード。ひとつはおまえが無様だから。獅子王を倒したいなら、さっさと獅子王のいる場所に乗り込んで喧嘩を売ればいい。獅子王にも矜持があるだろうよ、犬っころに大々的に喧嘩を売られて、黙っていられるものか。ザンバ、どうしておまえは獅子王の元に走らなかった？　答えは簡単、おまえは獣王ランドールと直接対決するのを避けたんだ。怖かったから。負けるのが怖かったから。無様に敗北するのを、怖れたからだ。その時点でおまえは負け犬なんだよ」

――ぶ、づ、り、と。

ザンバの右手にさらなる力が込められ、私の首が握り潰された。喉が潰され、頸骨《けいこつ》が砕かれ、私の素敵な頭がありえない角度で曲がる。手が離される。私の身体が崩れ落ちる。

尻と床が接触したときには、もう首は元に戻っていた。

「はははは！　図星を指されてキレたぞ、この負け犬！　ははは！　うふ、うふふ……なあ、ザンバ・ブロード。どうして私がこんなに笑ってしまうのか、もうひとつ理由がある。教えてやろうか？」

「――テメェ……！」

歯噛みするザンバの眼差しに、小さじ一杯の恐怖を発見。

「人族はな、おまえなんかよりも、はるかに恥知らずで、狭量で、狡猾で、度し難いからだ。おまえの都合なんか一切合切《いっさいがっさい》無視して、自分たちの都合だけを考えて、自分たちの利益だけを求めるぞ。約束なんか破るため、他人なんてのは利用するか蹴落とすもの、それが人族だ。図抜けた間抜けの負け犬ごときでは、ただ搾取《さくしゅ》されるのがオチだ。残念だったなザンバくん……うふ、ふ、はははは！」

「うるっせぇんだよ！」

ジャキン、と音が鳴りそうな勢いでザンバの右手の爪が伸びた。

それを認識した瞬間には、もう腕が振り抜かれており、私の身体が三本の斬閃に沿って切断されている。しかしどうだろう、わざわざ爪を三本も使わなくても、一本で十分ではないか。

誰だって腰から上と下を分断されれば死ぬに決まっているのだから。

大量の血液をぶち撒け、ついでに私の新鮮な内臓もどぼどぼ落としながら、私の上半身が床に転がる。いくら私の身体が軽いといっても、それでも人体だ。ごとんっ、と鈍い音がしたが……まあ、別に構わない。どうせすぐに復元する。

「ふはははは！ いいぞ、畜生らしい選択だ。素敵じゃないか。大好きな暴力の時間だな。私は暴力なんか大嫌いだが、負け犬とお茶会よりは随分とましだ。おい、セレナ！ セーレーナー！ 妖狐の魔法の出番だぞ！ 得意の妖術で壁でも天井でも焼き払え！ なるべく派手に頼むぞ！」

いつの間にか繋がった身体を意識せず捲《まく》し立てた次の瞬間、視界の全てが真っ白になった。

セレナが私ごと爆破したからだ。

二　対峙

セレナがクラリスに向けて鬼火を放ったのには、ふたつの理由がある。

ひとつは、どうせクラリスは死なないと知っていたから。

もうひとつは、ザンバ・ブロードに対する攪乱《かくらん》の意味合い。

大声で捲し立てるクラリスの言葉を聞き終える前に、セレナは己の内側で魔力を編み上げ、鬼火を放っていた。ちょっとした石ころのような大きさの青い炎がゆらゆらと中空を進み、ちょうどクラリスの言葉が終えた瞬間、着弾した。

掌よりも小さな鬼火が、一瞬で業火と化し――派手な音と共に爆裂。

人族や、人族と同じような体格のセレナたちからすれば縮尺の狂ったようなオーク族の家屋だが、妖狐の鬼火には関係なかった。指向性を伴う爆破と高熱に曝《さら》され、木造建築が崩壊する。

一瞬だけ遅れて、熱風がセレナの方へ届いた。

「あ……あんた、一体なにを……⁉」

キリナの母であるステラが愕然とした表情でセレナを見るが、セレナはそれに構わなかった。

ザンバ・ブロードを警戒していたからだ。

自分へ襲いかかって来るかも知れない狼族の男から意識を離すわけにはいかなかった。

そのザンバはといえば――クラリスとかなり近い距離にいたせいで、爆発の衝撃をもろに喰らって吹き飛ばされていた。しかし文字通りに吹き飛んだだけで、熱と衝撃の大半はクラリスより向こう、壁と屋根を破壊する方へ向いていた。もちろん並の獣人であれば死にこそせずとも気絶は免《まぬが》れなかっただろうが、ザンバ・ブロードは並の獣人ではなかった。

「てめぇ……一体……どういうことだぁ……？」

多少ふらつくのか、頭を押さえながら立ち上がり、ザンバは苛立ちと困惑を等分にした眼差しでセレナを睨みつけ、そんなことを訊いてくる。

狙い通り――だ。

クラリスに従うまま屋根でも吹っ飛ばしてしまえば、明確にセレナがクラリスの味方であると判断されただろう。が、クラリス・グローリアを狙って鬼火を放つことで、ザンバもステラも判断を保留した。それはそうだろう、誰が味方に向かって家屋を吹き飛ばすような魔法を放つというのか。

セレナだって、普通ならそんなことはしない。

何回燃やし尽くしても生き返る少女でなければ。

「あははは！　ははっ！　うふ、うふふふははは！」

ほら、高笑いが聞こえてくる。

なにがそんなに面白いのか、セレナには全く理解できない。そしてたぶんクラリス自身も別に理解などしていないだろう。

爆破によって壁材ごと吹き飛ばされた先で、立ち上がってぼろぼろの衣服を引き千切りながら、クラリス・グローリアはこちらへ向かって叫ぶ。

「ふははは！　ほらほら、なにを呆けてる！　散歩の時間だぞ、負け犬ザンバくん！　見ろ、外は快晴で、風も穏やかで、小麦畑はきらきら輝いている。狐の鬼火で火事になってる家に引きこもってる場合じゃないぞ！　あははは！」

はぁ、と呼吸音が聞こえた。

ザンバが頭を押さえていた手を戻し、呼吸を整えたのだ。

なんのために？　決まっている、攻撃をするために。

素早く動くために、息を吸って、吐き出して、また息を吸って——そして、床を蹴る。

歩いて三十歩分以上の距離を、たったの四足で詰め寄り、ザンバの右腕がまたクラリスの上半身を引き裂いた。それはもう、見ていて惚れ惚れするくらいの蹂躙だ。獅子が野兎を狩るよりも簡単に、少女の身体が狼の爪に引き裂かれて、大量の血液がぶち撒けられる。

上下に分かれた少女の身体が、荷物みたいに地面へ転がった。

誰が見ても致命傷――あれで生きているわけがない。

なのに、クラリスは普通に起き上がる。

「まったく、それしか能がないのか？　他にやれることがあるだろう。もっと札を切って来い。何度やっても無駄だ。時間は有限。いつまでも負け犬とおままごとしてられるほど私も暇じゃな――」

ぐ、ち、ゃ、り。今度は頭から腰までを爪が挽き潰した。

「――暇じゃないって言ってるだろうに。まさかとは思うが、本当にそれしかできないのか？　狼族の族長様は、かわいい女の子に爪を立てるのが得意技か？」

「なんなんだテメェは――ッ‼」

叫ぶザンバの声音は、言葉の通じる相手へ向けたものとは思えなかった。増水する河川だとか、手の施しようのない山火事を前に叫んでいるような、そういうどうしようもなさがあった。

答える金髪の少女は、もう高笑いさえせず、ごく普通の微笑で言った。

「何度も言ってるだろ。私はクラリス・グローリアだ。それ以上でもなければ、それ以下でもない、ただのクラリス・グローリアだ」

ザンバはもうなにも言わなかった。

とにかくクラリスを黙らせようと爪を振り上げ――、
振り下ろした爪が、黒い剣に断ち切られた。

◇　◇　◇

「な……なんで、魔族が、こんなところに……⁉」

混乱の極み、という感じでステラが呟いた。

セレナはしかし旧友の困惑には構わず、彼女の腕を引いて家屋から脱出することにした。鬼火の高熱に曝された箇所から火が上がり始めていたからだ。既に壁はなくなっているので家から出ることは簡単だった。簡単でなくなっているのは、あちらの状況だ。

いつの間にか――本当にいつの間にか、黒い剣を携えた魔族の男が、クラリスとザンバを阻む位置に立っており、ザンバの爪を切り裂いていた。

薄紫色の不吉な肌。鴉の濡れ羽によく似た黒い髪に、どこか気品を感じさせる黒い瞳。すらりとした痩躯。けれどそこに弱々しさなど微塵もない。

セレナは彼の名を知っていた。

クラリスと共に、最初に自分たちの元を訪れた者。

ユーノス。氏族名を持たない、もはや魔族でさえない、魔人種の男。

「……やれやれ、だな。どうせそうなるだろうとは思っていたが、実際こうなっているのを見ると、やはりいい気分ではないな」

「うふふ、そう怒るな。ちゃんと急いで来てくれたじゃないか。それとも、クラリス・グローリアのすっぽんぽんは見るに堪えないか？」

不満げに吐き捨てるユーノスに、クラリスは実に嬉しそうな笑みを返す。

「俺の記憶が確かなら、おまえの服はセレナから借りてるものだろ。まあ、いい。とりあえずはこれでも羽織っておけ」

言って、ユーノスは自分の着ている外套《がいとう》をクラリスへ放って渡し、改めてというふうにザンバへ向き直った。黒い剣の切っ先が、ゆらりと視線に同期する。

「さて——バケモノを相手にした後で気分は最悪だろうが、ここから先はもっと最悪だぞ。俺は少々怒っている。殺すなと言われているが、半殺しにするなとは言われていない」

「……そうか、時間稼ぎか」

「うふふふ。ようやく気づいたか、負け犬ザンバくん」

いそいそと黒い外套を身に着けながら、クラリスが胸を張った。遊び場の子供だってこれほど楽しそうには笑わないだろう、とセレナは呆れてしまう。

本当に……一体なにがそんなに楽しいのか。

あるいは、楽しくないのに笑っているのか。

セレナには判らない。

「魔族がなんだってこんなところに——」

いるのだ、とでも言いたかったのだろう。

しかしその科白が最後まで紡がれることはなかった。

一歩踏み込んだユーノスが剣を振り、ザンバがそれを慌てて避けたから。

否、避けたのではなく——避けさせた。

剣を振った動作を繋ぎに、ユーノスはさらに踏み込んでザンバの腹に蹴りをぶち込んでいた。

まるで鉄塊を近距離からぶん投げたような、そういう蹴撃だった。

「ごっ——‼」

言葉にならない痛苦の声を漏らし、ザンバがぶっ飛んでいく。

比喩ではなく、本当に少しの間、大の男が地面と平行の軌跡を描いて宙を飛ばされ、ようやく地面に触れたと思えば、そのままごろごろと回転して、しばらく止まることはなかった。

「そんなものじゃないだろう。仮にも一族の長であるならば、矜持を見せろ。強さを見せろ。まだ名乗りさえ済んでいないぞ。そんなだから、そこの小娘に笑われるんだ。そんな様で――クラリス・グローリアをどうにかできると思い上がるな」

「テメェは、何者だ」

腹を抱えながら立ち上がるザンバに、ユーノスはひどくつまらなそうに返す。

「喋れるうちに、そっちから名乗っておけ。後から悔やんでも遅いぞ」

「ザンバ・ブロード。テメェを喰い殺す狼の名だ」

「ユーノス。今はただのユーノスだ。おまえを殺さぬ者の名だ」

空気が軋《きし》む。ぴんと張った糸のように張り詰めて、ぎしぎしと音がする。けれど所詮は細い糸だ。あまりに強く張りすぎれば、切れてしまうのが理の当然。

数瞬の後――ほぼ同時に、ザンバとユーノスが動いた。

三　対話

村長の家、と説明されていた場所が爆発したのを見た瞬間、カタリナはどうしようもなく胸がざわめくのを自覚して、そのことに少しだけ困惑した。

クラリス・グローリアが死なないのは判っている。

人族の領域へ攻め込んでいたあのとき、族長ヤヌスに殺されたはずのクラリスが平気な顔をして立ち上がるのを見ていた。後から聞いた話だが、それ以前にクラリスは人族の双子に五百回近く殺されていたとも言っていた。妖狐セレナには四十回以上も焼き殺されたという。

だから、平気。

そのはずなのに、こんなにも胸がざわめく。

今まさにクラリス・グローリアは、なにか、さ、れ、て、い、る、のだ。

そのことを考えると、心の中に黒いモノが満ちていく。

「合図だ。俺は行く。ジェイドたちは集会所を制圧しろ。それが終わったら村を回れ。狼族は殺していい。マイアとカタリナは穀物庫を確認の後、守備だ。穀物庫が焼き払われる、なんてことがあれば、たぶんクラリスが怒る。モンテゴはジェイドたちと一緒に集会所へ行け。俺たちが敵じゃないことをオーク族に伝えてくれればそれでいい」

ユーノスが言って、返事を待たずに地を蹴った。ほとんど飛び降りるような勢いで丘を駆け下りて行くその背中を、黙って眺めているわけにはいかない。

「俺たちも行くぞ」

「あたしたちも行くわよ」

曲剣使いのジェイドと、槍使いのマイアが言った。

◇ ◇ ◇

制圧は、本当に一瞬で終わった……ようだった。

カタリナは指示通りにマイアと穀物庫へ向かったので、狼族と対峙する機会はなかったのだが、村のそこかしこから戦闘の物音と悲鳴が響き、それがすぐに収まったのは感じていた。

「こっちはハズレみたいだけど、気は抜くんじゃないわよ」

肩口のあたりで雑に切られた髪を揺らし、マイアがカタリナへ振り返って言う。もちろん、気を抜くつもりなどなかった。油断なんかしてクラリス・グローリアの足手まといになるくらいなら、死んだ方がましだ。カタリナは本気でそう思っている。

向かった先の穀物庫は、村の規模に比べて非常に大きかった。

モンテゴに聞いたところ、スーティン村の人口は三十六人……そのうち三人のオークが殺されたそうだが、たったそれだけの人数を食べさせるのにカタリナたち魔人種ならば百人以上は一冬越せそうな規模の穀物庫が必要とは。

文化や風習というより、そもそもの身体構造の違いがあるのだろう。

「まったく、でかい扉だねぇ。あたしが開けるから、あんたはちょっと下がってなさい。誰か出て来ても相手をしようなんて思うんじゃないよ」

「判ってるわよ」

頷き、マイアが巨大な扉に手をかけるのをカタリナは十五歩分の距離を取って待っていた。もちろん扉を注視したりはしない。周囲に気を配り、開かれる扉の先にも同時に気を払う。

周囲ではなく、扉の先に気配があった。それも――たぶん、カタリナがよく知る気配が。

「誰かいるね！」

マイアが槍を構えて扉の奥に叫ぶ。

穀物庫といっても造りは粗雑で、ようするに大きい物置だ。入口から見えるのはたくさんの木箱と、オーク族が使うらしい巨大な農具。そして、入口からちょっとだけ奥に、獣人が一人。

月白色の獣耳に、同じ色の髪。

ふさふさした大きな尻尾もやはり同じ色だ。

「キリナ……」

妖狐セレナに育てられた獣人の少女。

でも、どうしてこんなところに？

◇　◇　◇

キリナの人生の記憶は、辺境の一軒家に収まってしまうほどわずかなものだ。

実の母親が、ある日セレナの元を訪ね、赤ん坊だったキリナを預けて去ったという。キリナはそれをセレナから聞かされていたし、だからどうという感情も持ち合わせていなかった。

何故なら両親というものをキリナは知らなかったし、周囲に『両親』を持つ子供が存在しなかったからだ。寂しいと思うこともなかった。悲しいと感じることもなかった。毎日は穏やかで、ちょっと退屈で、けれど嫌だと思うこともなかった。

育ててくれたセレナのことは好きだ。辺境の自然も好きだ。セレナと二人で魔境の森にちょっとだけ入って動物を狩ったり、川で洗濯をしたり、草原に咲く野花を見るのも、呑み込まれそうな星空を眺めながらセレナの話を聞くのも、好きだった。

そういう生活が、十年。

この世の全てのことは妖狐セレナから教わり、あるいは自然に学び、キリナなりに人生観というものを構築していった。

けれど、そんな薄っぺらな人生観は、クラリス・グローリアの登場であっさりと瓦解《がかい》した。

ゆったりと穏やかだった毎日は、きらきら光る激動の時間に。

同い年くらいのカタリナとの出会いもあり、キリナは他者というものに触れることになった。自分を無条件に庇護《ひご》してくれるセレナではなく、互いを知らない状態から触れ合うことを知った。

日々の流れが加速していく。未知に押し流されていく。

そして次の激動。

母ステラと父ザンバが現れ、キリナの意思を無視して掠っていった。

ああ——自分の両親は、こういう人たちなんだ。

育ての親であるセレナのように愛情を向けてくれるわけでもなく、クラリス・グローリアのように輝くナニカをもたらすわけでもなく、友達になったカタリナのように仲良くしてくれるわけでもなく……ただ、自分の都合をキリナに押しつけた。

オークの村を襲っていた。

オークたちを殺していた。

自分のために、自分たちのためだけに、誰かを傷つけて、貶《おとし》めて、平気な顔をしていた。

それが当たり前だと、そんな顔をしていた。

「……だから、判らなくなっちゃった」

そんな言葉を、キリナはただ零《こぼ》れるままに吐き出した。

「あの人たちがなにをしたいのかなんて、わたしは知らない。それに、あの人たちは、わたしのことなんて、きっとどうでもいいんだと思う。なのに、どうしてわたしが掠われて、こんなところに押し込められて……セレナに会いたいよぅ……」

涙声で呟くキリナに、カタリナはずんずんと大股で近づき、すぐそばでしゃがみ込んだ。

それから、平手で頬をぶっ叩いた。

◇　◇　◇

「――え？」

痛みよりも、困惑。

獣人の友達が相貌に浮かべたその感情に、カタリナは構わなかった。

「私の両親は、絶対に死ぬのが判ってるのに人族の領地に突っ込んで行った。それが氏族の誇りだとか言ってさ。そんなの、私には全然判らなかった。……ううん、判らなくなってた。その少し前までなら、判っていたはずなのにね」

目の前の獣人は、自分と似ている。

カタリナは、キリナと出会ってから、ずっとそう思っていた。

両親はいないけど、尊敬すべき人がいる。

たとえばユーノス。彼は氏族の誇りを捨てることができた。捨て去って、けれども本当の誇りだけは抱えて、自分たちを引っ張ってくれた。きっとキリナの場合は育ての親である妖狐セレナが。育ててくれて、尊重してくれて、慈《いつく》しんでくれたはずだ。

そしてカタリナもキリナも、クラリス・グローリアに強く惹かれた。

「ねえ、キリナ。どうして私がここにいるのか、考えてみてよ。私たちが、私たちだけの意思でこんなところに来ると思う？」

「それは……」

「妖狐セレナが、クラリス様に助けを求めた。クラリス様は頷いた。だから私たちは来た。あなたの両親がなにをしようとしているかなんて知らないけど、もう終わりよ」

だって、クラリス・グローリアが来たのだ。

そのクラリス・グローリアを、自分たちが助けるのだ。

「ねえ、キリナ。こんなところでうじうじしてるのを、クラリス様に見せるつもり？　クラリス様になんて言われるか考えてみなさい。きっと優しくしてくれるわ。慰めてくれる。喝を入れてくれるかも知れない。だけど、キリナはそれでいいの？　そのままでいいの？」

「……カタ……リナ……？」

「私はそんなの、死んでも嫌よ」

強く、吐き捨てるようにカタリナは言った。

そのままで流されていたから、両親は死にに行ったのだ。

「いいのよ、キリナがそうしたいなら、そこで蹲《うずくま》っていればいい。どうしたらいいかなんて私にだって判らないもの。もしかしたら、誰にも判らないかも知れない。でもね、私は『どうしたくないか』なら判るのよ。それだけは、判ってるの」

何度も言っていることだ。

どうしてそう感じるのかなんて、カタリナにも判らない。

でも――でも、でも、でも！

あの日、魔境に一人でやって来て、族長に腹をぶち抜かれて、それでも笑って「逃げればいい」と言いのけたクラリス・グローリアを、カタリナは絶対に忘れられないのだ。

できることならずっと彼女の行くところについて行きたい。笑って歩く彼女の背中を、横顔を、きらきらと輝く金色の髪を、ずっとずっと近くで見ていたい。

きっとそれは、嬉しくて楽しくて、素敵なことだ。

そして、そう――絶対にやりたくないこと。

「クラリス様の足手まといには、絶対にならないわ。だって、クラリス様と一緒にいたいもの。キリナ、あなたはどうなの？」

四　対処

ユーノスが戦うところを見るのは初めてだったが、予想以上に強かった。

思い出すのはユーノフェリザの氏族長、ヤヌス。

筋肉質のごつい男で、私の腹を貫手でぶち抜くようなバケモノだった。ユーノスの父でもある彼なら、たとえばグローリア家の騎士を百人並べても突破されそうだ。もちろんそこに強力な貴族が参加すればヤヌスに勝ち目はないだろうが、単純な戦力として考えるなら、人族の騎士でヤヌスに比類しうる者など、私の知識では一人くらいしか思いつかない。

王国最強の騎士、クレイグ・エスカードがそうだ。

エスカード辺境領に生まれ、王都の学園で頭角を現し、そのまま王国騎士団に入団して騎士団長に昇り詰めた男。策謀渦巻く王国の中枢で、どうやって辺境伯の子息が騎士団長に？

答えは簡単、強すぎたから。

クレイグ・エスカードは強すぎた。誰もが彼を手放してはならないと考えるほどに。辺境領ではなく、王国の中心に置いておくべきだと、そう判断された……そういう話を聞いたことがある。

クレイグ・エスカードならば、あるいはヤヌスに相対しても生き残ることができるだろう。

斬り伏せることは……なかなか難しいような気もするが。

ともあれ――ユーノスだ。

狼族の族長、ザンバ・ブロードはヤヌスと比べればさすがに見劣りはするものの、それでも並み外れた速度と剛力の持ち主だ。おまけに牙と爪を持っている。それはヤヌスにはなかった武器だ。

しかし、まるで話にならない。

一合目の動きは、正直言って私にはよく見えなかった。

互いが高速で踏み込んだ、と思った瞬間にはぶつかり合っていて、気づけばザンバが宙を舞っていた。どういうわけか、真上に。

体操選手でもそこまでは回転しないだろう、という勢いでぎゅるぎゅる、、、回りながら上方向へ舞い上がり、自然法則に従って落下し……地面と衝突する寸前にユーノスの蹴りがザンバの腹にぶち込まれた。強めのセカンドゴロみたいに地面を小さくバウンドしながらザンバが転がっていく。

しかし途中でザンバは無理矢理に姿勢を整え、がりがりと地面を削りながら両手両足を使って慣性を殺し、バネ仕掛けみたいに駆け出した。

それから、二、三、四、五……六合。

全てをユーノスは捌《さば》き、的確にザンバへ打突《だとつ》を加え続けた。胸、肩、背中、そしてまた腹、腹。蹴りだけではなく肘を使うこともあったし、剣の柄尻を使うこともあった。抜き払ったままの黒剣の刃は、絶対に狼の獣人を斬らなかった。

――一人は残しておくか？

つまりはそういうことなのだろう。それだけの余裕がユーノスにはあるのだ。

実際、最初の一合こそ目にも留まらぬ攻防だったが、二合目からはユーノスの動きが目に見えて遅くなった。にも拘らず、ザンバの攻撃は当たらず、ユーノスの攻撃だけが当たっている。

見切っている、ということか。

「なン……なん、だぁ……テメェはよぉ……」

ぜぇぜぇと息を切らせながら、ザンバが呟いた。怒りだの憎しみだの、そんな余分のない、単純な疑問符。それだけの疲弊があるのだろう。

対するユーノスは半身の姿勢で右手の黒剣をザンバへ向けたまま、息ひとつ切らしていない。

「名乗りは済ませただろう。語るべきことがあるなら、敗北を認めるか認めさせた後にしろ。おまえは俺を殺すんだろ？ 万が一にも――」

言葉は途中で途切れ、ユーノスの視線が一瞬だけザンバから外れる。

その隙を、ザンバは突かなかった。

「キリナ……」

ぽつりと、セレナでない方の狐人が呟いた。そういえば火事になった村長の家からセレナが手を引いて助け出していたようだが……あの女、一体どういう経緯でこんな場所にいるのだろう？

まあ、いい。

そんなことよりも、穀物庫の方から三人が歩いて来るのが見えた。槍使いのマイアとカタリナ、そしてカタリナに手を引かれて、キリナが。

二人の仲がいいのは知っていたが、道の向こうから歩いて来るカタリナとキリナは、友達というより同志とでもいうような雰囲気があった。もしかすると、桃の花が咲き誇るどこかでなにかの誓いでも立ててきたのかも知れない。

「ステラとザンバは、キリナの両親じゃ」

素っ気なく、セレナが言った。

「ふぅん……」

ということは、十年前セレナにキリナを預けていった旧友……旧友だっけか？　確かそんなふうに言ってた気がする。そもそもセレナたち狐人は獅子王の裁定によって集団であることを禁じられ、解散させられたのだったか。

……あれ？　そうなると、最初からおかしいのか。

うーん、もしかすると、思っているより話が大きいのかも知れない。

「クラリス殿！」

と、今度はカタリナたちとは別方向から声がした。

曲剣使いのジェイドを先頭に、魔人種たちの半数ほどがこちらへ向かって来るところだった。察するに、残りは集会所を守っているのだろう。

「こちらは片づいたぞ。狼族は十一人殺した。そのうち一人に『教えて』もらったが、そいつが最後の一人で間違いない」

なんでもないことのように、ジェイドは告げる。

セレナが少しだけ顔をしかめるのが判った。対してカタリナとキリナは無反応に近いほど表情が変わらなかった。だからどうした、と言わんばかりだ。

キリナの母であるステラの方は、状況が掴めないといった顔でぽかんとジェイドの方を見つめていたが……まあ、たぶんなにも理解できていないのだろう。

そして、ザンバ。

ずたぼろになった狼族の族長は――ぶるぶると全身を震わせていた。

「全員……殺した……だと……？」

呟くザンバの雰囲気が、先程までと違う。

さっきまでだって切羽詰まってはいたはずだ。ユーノスを殺すつもりで攻撃していたし、それをいなされて反撃を喰らい、それでも殺されていない、手加減されている。そんな状況だったのだ。

屈辱でないわけがない。

しかし今は、もうそんな次元を超えていた。

対峙しているユーノスにもそれは伝わっているのだろう――むしろ傍《はた》から見ている私よりも明確に感じているはずだ――黒剣の切っ先がわずかに揺れ、ほとんど棒立ちだったのが、やや腰を下げて、初めて構えらしい構えを取っている。

「ああ、殺したぞ。おまえらもオーク族を殺しただろう。侵略しに来たのだから、それは殺すだろうな。援軍を呼ばれて殺されることもあるだろう。そのくらいのことも知らなかったのか？」

当然、とばかりにジェイドが返す。

しかし――はたして、その科白は届いたのか否か。

ぶるぶると震えていたザンバの身体が、今度はもっと強く、がたがたと震え始めた。恐怖や怒りがもたらす震慄というより、むしろ物理的反応のようだ。ヤバい薬をキメたとか、あるいは身体に電極を貼りつけて電流をぶち込んだとか、そういうことの結果として肉体が反応しているような。

「……なるほど。狼族とは、こういうことか」

私は思わず感嘆の声を洩らした。

もはや痙攣《けいれん》と表現した方が正確な様子のザンバの、その身体が見る見るうちに膨れあがっていく。

本当に、誇張なく、体積が増しているのだ。

めりめり――と。

ごり、ごり、ごり――と。

奇怪な音を立てながら、ザンバの身体が変貌していく。

時間にして五秒かそこら。たったそれだけの間に、百八十センチほどだった身長は二メートルを超え、人族とさして変わらなかった容姿は全身毛むくじゃらのバケモノに。

そう、フィクションでよく見る『狼男』だ。

まったく、質量保存の法則をなんだと思っているのか。いや、魔法のあるこの世界でそんなことは考えても仕方がない。エネルギー保存の法則と考えるならば、答えなど判りきっている。

魔力。

それを使うことで『変身』しているのだ。


「――グォォォアアアオオォォォ!!」


いかにも獣らしい咆哮が上がる。

マイアが槍を構えてカタリナとキリナの前に出た。ジェイドも曲剣を抜いて腰を落とす。

そしてもう、その瞬間には、終わっていた。

予備動作のない一足跳びで狼男に接近したユーノスが、黒剣を動かしていた……と、思う。

傍で見ている私からしても、ユーノスはいつの間にか肉薄していたし、そのときには既にザンバの右足を切断していたのだ。あまりに速すぎて見えやしない。

ぐらり――ザンバの身体が傾《かし》ぐ。それはそうだろう、身体を支えているふたつのうちひとつが断ち切られているのだ。まともに立っていられるわけがない。

まだ狼の遠吠えが残響している中で、ユーノスは剣を振った慣性を利用してぐるりとその場で一回転。フィギュアスケートの選手みたいな美しさすら感じさせるターンで遠心力を乗せ、ちょうどいい位置に落ちてきたザンバの頭部へ打ち下ろし気味の左フック。

ごんっ、という、デカいハンマーを打ち込んだような音。

ビルの三階から落下したような勢いでザンバの身体が地面に接触する。

それきり、ぴくりとも動かない。

いや、動きそのものは、あった。狼男だったのが、また元の獣人へと身体が変形していく。よく見れば全身から生えていた体毛なんかが光る粒子みたいなモノになって大気中へ放出されている。

「やめて！」

ステラ――キリナの母親とかいう女が叫んだ。ほとんど悲鳴みたいな声音で。

何故なら、気絶したザンバの右腕にユーノスが黒剣を突き込んでいたから。地面に貼りつけるための杭とでもいうような、そういう刺し方だった。

「子供の前で父親を殺さないで――!!」

その場にくずおれて膝をつきながら、ステラが重ねて叫ぶ。

「……ぷっ、はは、あははははは！　子供の前で!?　ははははは！」

訴えそのものは、非常にまともだ。しかし彼女の母親らしいまともさは、あまりにも場違いだ。思わずげらげらと笑ってしまうほど、ステラの言葉は空虚に過ぎる。

「なにがおかしいのよ!?」

ありったけの憎悪を込めた視線を向けられるが、私は笑いの発作を堪えられなかったし、特に堪えようとも思わなかった。

「うふふ……だって、こんなの笑うだろ。道徳を説くにしては随分と手遅れじゃないか？　私が殺されてるときにも道徳を叫べばよかったはずだ。ザンバがユーノスにボコられてる最中だって、おまえは黙ってただろ。娘の前でいい顔をしたいのか知らんが、その娘を見てみろ」

警戒を解いていないマイアの後ろ、カタリナと手を繋いでいるキリナを、私は指差してやる。

その相貌に浮かんでいるのは――無関心。

目の前の女にはまるで興味がない、という顔だ。

「そこの狼の人が私の父親で、あなたが私の母親。そう言ったよね」

「ええ！　そうよ！　だからあなたを迎えに――」

「知らない。どうでもいい。そんなこと」

十歳かそこらの少女が、さながら見知らぬ中年男性の好意を拒否する女子大生みたいな冷たさで、母親の言葉を遮った。

絶句するステラを無視し、キリナは私の方へと視線を動かし、続けた。

「クラリス様。私の親は、セレナです。セレナが私を育ててくれて、私を愛してくれた。こんな人たちのことなんて、知りません。今ここで、殺してください」

淡々と吐き出された言葉に、私はまた笑ってしまう。

まったく、この世は何処《どこ》も彼処《かしこ》も地獄じゃないか。

死んだり死なせたり殺したり殺されたり。

死なれ、死なせられ。見捨てられ、見放され。

拾われて、生かされて、終わらされて。

情があり、無情がある。

たっぷり十秒くらいはニヤニヤしてから、私は言った。

「いいや、ダメだ」

「ど――どうして、ですか？」

キリナの問いには戸惑いの色が強かった。

そういえば狼族のうち一人を残すのは最初から決めていたのだが、キリナは狼族に拉致《らち》されていたので、知る由もないのだったか。

「こいつらから情報を絞るためだ。尋問して、いろいろ喋ってもらう。死んだら喋れないだろ」

と、私は言った。

すっかり親殺しの気分になっていたらしいキリナは少しだけぽかんと口を開けていたが、ややあってから「まあ、それなら」と普通に頷いた。

おまえの親を尋問するために生かしておくと言われて素直に納得してしまうのはちょっとどうかと思うが、私に言えた義理でもない。自己正当化するための詭弁《きべん》を吐き散らかさないのであれば、私としては子供が親を殺そうが、親が子供を支配しようが、なんだっていいのだ。

あれ――そういえば素敵な道徳の持ち主が静かだ。

と思ったら、いつの間にかキリナの母親は地面に転がっていた。

すぐそばに立っている妖狐セレナの表情を見るに、彼女がなにかをしてステラを眠らせたのだろう。殺したわけでないのは、なんとなく判る。

「おいクラリス。人型に戻ると思わなかったから脚を斬ったが、このままだと死ぬかも知れん」

ユーノスが言って、負け犬を指差した。うつぶせで地面に転がっているザンバの右足は、足首のちょっと上あたりで切断されており、そこからだくだくと出血が続いていた。

「んー……そうだな、誰か魔法を使ってザンバの傷口を焼いておけ。弱火でじっくりやるんじゃないぞ。手早く表面だけ焼き塞ぐんだ」

そんなわけで、ジェイドがリソレ——肉の表面を強火でしっかり焼く調理法のことだ——を担当することになり、案の定ザンバが途中で目覚めて耳障りな悲鳴を上げ、ユーノスが再び頭を殴って気絶させたあたりでモンテゴがやって来た。

身長二メートル半の豚獣人は、我々の様子にすっかり怯えながら、言った。

「クラリス様たちは、一体なにをしてんだべ……？」

答えは簡単。

残務処理と、事前準備。

戦いというものは、実践に至る前段階が最も重要なのだ。

私は戦いなんて嫌いなのだけど。

◇　◇　◇

さて、場所は変わって集会所。

学校の体育館みたいな、だだっ広い空間がほぼ全てを占めているこの場所は、オークたちが集まってあれこれするにはこれくらいの広さが必要ということなのだろう。

実際、数名以上のオークたちと車座になってみれば、やっぱり縮尺の狂ったような感覚が拭《ぬぐ》えず、私としてはなかなか面白かった。車座の真ん中に片足を失ったザンバを配置したことも含めて——なかなか面白かった、と言わせてもらおう。

気絶から目覚めたザンバは、実に大人しく、非常に判りやすく意気消沈しており、こちらの質問には全て答えてくれた。反面、ステラの方はどうにも要領を掴めず、なにを訊いても喚くばかりなのでオークの腰蓑をちぎってつくった猿轡《さるぐつわ》を噛ませて黙らせることにした。クラリス・ヒステリー嫌い・グローリアによる冴えた選択である。マイアはドン引きしていたが、もちろん気にしない。

「疑問点としては、大きくみっつだ」

と、私は偉そうにふんぞり返りながら言った。

ひとつは、狼族に協力している人族について。

それがロイス王国の何者かであるなら、元はロイス王国の貴族令嬢だった私でも知っているかも知れないし、そうでなくともどこの誰が獣人のクーデターに協力しているのかは認識しておく必要があるだろう。ザンバに対しては「協力者は狼族の目的など知ったことではない、人族は自分の利益しか見ていない」みたいなことを言ったが、あれは半分くらい嘘だ。

利益の反する相手にわざわざ協力をするわけがないからだ。

つまり、狼族の目的と『協力者』の利益は、少なくとも反しないことになる。

「……実を言うと、俺自身は人族と会ったわけじゃねぇ。俺たちの幹部が人族と渡りをつけてきたんだ。何種類かの獣人を奴隷にしてやる代わりに、戦力を借りるってぇ話だった」

「『俺たち』ね。なるほど。その人族は、なんて名乗ってたか判るか?」

「スペイドとかいう貴族だと聞いた」

「ふぅん……」

たぶん、ロイス王国の貴族、トゥマット・スペイド男爵のことだろう。

位置関係としてはエスカード辺境領よりもさらに南西だ。

エスカードの北部に広がっている魔境が南方向へ伸びており、獣人の領域とロイス王国を隔てている。その『境界』のロイス王国側にあるのが、スペイド領だ。

オーク、ハーピィ、それにトーラス族だったか……トーラス族って、どんな容姿だろう？　まあ、それはともかく、そういった獣人たちを家畜や奴隷にして、それで――。

それで、どうする？

この世界は地球と違って土地がありあまっているから、獣人を使役して開拓でもするつもりなのか、それとも別の思惑があるのか。

いずれにせよ、獣人だって自意識があるのだから黙って隷属《れいぞく》するとは思えない。となると、獣人を隷属させるためのなにかが必要になるはずだが、私の知る限り異世界転生ライトノベルで登場するような『奴隷の首輪』みたいなアイテムは見たことも聞いたこともない。

「うーむ……」

まあ、いい。とりあえず保留。

ふたつめの疑問点――については、もう自白したようなものだ。

ザンバ・ブロードの一族は、この村を襲った人数に限るなら、たったの十二人しかいない。

この場合、私がそうしろと煽ったように、むしろ単身で獅子王ランドールの元に乗り込んで喧嘩を売った方が、いわゆる武力政変を成功させるよりもいくらかマシなように思う。こんな少人数でクーデターなんて成功するわけがない。だから、このクーデターは連合軍なのではないか。

ザンバは『俺たちの幹部』と言った。

「へっ……お見通しってことかよ……そうさ、ブロード族だけじゃあ無理なのは判ってた。でもよ、ランドールにナメられたままでいるのは嫌だったのさ」

狼族からはブロードの他に四つの氏族、他に数種の獣人たちとその氏族から成る連合軍が生まれており、今まさに獣人の領域では武力政変の初動が起きているらしい。

今頃、他の場所では他の獣人が襲われているということだ。

「うーん……そんなにランドールとかいうやつの統治は拙いのか？」

思わずセレナへ訊いてみるが、セレナの方も訝りながら曖昧に肩を竦めていた。

「我は十年以上あの彼岸に引きこもっていたのじゃぞ。世情に詳しいわけがなかろうて。少なくとも狐人の一族が解散させられたときは、統治らしい統治などしておらんかったはずじゃ」

「あぁ、なるほど」

情報が古いのだ。モンテゴたちが獅子王へ小麦を税として収めていると言っていたが、それが気になっていた。セレナの話では武力を有する最高裁判所みたいな扱いだったのが、十年経過して、まともな政府……あるいは王朝として機能するようになったのか。

「それじゃあ、次だ。私としては最も気になる疑問だな」

狐人の氏族だか部族だか、とにかく彼女らの集団は、ランドールの命令で解散させられ、獣人たちの領域のあちらこちらに散らばったという。

十年以上前の話だ。

セレナは魔境と獣人の領域を隔てる川辺で、魔境からの侵入者を防ぐという罰のような命を受け、律儀にあの場所を守り続けていた。まあ、そもそもあんな場所にやって来たのはドワーフのドゥビルと我々くらいしかいなかったわけだが。

肝心なのは十年前の出来事だ。

ステラがまだ赤ん坊だったキリナを、セレナに預けに来た。

——どうしてステラはセレナの居場所を知っていた？

そこが問題だ。

セレナは、ばらばらになった狐人たちがどこにいるのかなど知らなかった。おそらく他の狐人たちもそうだろう。でなければ解散させた意味がない。また集まってしまうではないか。

「……ランドールの側近の女が、教えてくれたのよ」

猿轡を外してやると、いろんなものを諦めたような顔をしてステラは呟いた。

「なんてやつだ？」

「豹族の女よ。当時はまだ十代だったはず。ものすごく頭がよくて、ランドールに重宝されてるって……私は当時ブロード族と別の部族が揉めていたところに仲裁を命じられてたけど、出発のときに、その女がキリナの居場所を教えてくれたわ」

「名前は？」

「レクス・アスカ」

「覚えておこう」

その価値はありそうな気がした。

他にもいくつかの疑問点について質疑応答し、いくつかは今ここで考えても仕方のないことだったので棚に上げて保留しまくっておく。そのうち棚が壊れそうな気もするが、まあ仕方ない。

……と。

「あのう、クラリス様。訊いてもいいべか？」

おずおずとモンテゴが手を挙げ——といってもオークの巨体なので、どんなに遠慮がちでも挙手すれば目立つのだが——態度と同じくらい遠慮がちに言った。

「おでらは、その……どうすればいいんだべか？」

五　変化

流されてしまった――それがマイアにとって最初の感慨だった。

父や母に槍を教わり、ユーノフェリザ氏族として強く生きることを学んできたつもりだった。それが『上』の命令ひとつで人族へ特攻し、死んで来いという話になって、判らなくなった。

こんなことのために、私たちは生きてきたのか？

その疑念は人族の領域に攻め込んでみても晴れることはなく、深まるばかりだった。内心では見下していた人族の戦力に打ち負かされたことも、マイアの心境を混乱させた。

一体自分たちはなんだったのか。

強さを存在証明としていた自分たちが、強さと関係ない場所で陥れられ、結局は自分たちの強さでは通じない場所まで流された。何故なら、弱かったからだ。

からからに渇いた心に、だからクラリス・グローリアの言葉は染み込んだ。

――逃げればいい、と。

自分たちを縛りつける全てを無視して、彼女は笑った。

だから最初は、流されてしまったのだ――と、マイアは思う。

実を言えばユーノスが感化されたようには、マイアはクラリス・グローリアに感化されたわけではなかった。確かに奇妙で異常な少女だ。氏族長のヤヌスですら彼女を殺せなかった。

しかし、言ってしまえば死なないだけではないか。

クラリスは力尽くでマイアたちを従わせたりはできないのだ。彼女はあまりに非力で、最年少のカタリナよりも貧弱なくらいだ。そんなものは、魔族の中で発言権など皆無に等しい。

けれども、流された。

流されないでいるなんで、マイアにはできなかった。

そのことに後悔などない。森を開拓するのも、オークたちの窮地《きゅうち》に首を突っ込んだのも、カタリナを守りながら動くのも、カタリナが獣人の少女を説得する様を見るのも、全て悪くなかった。

そう、悪くなかった。

つまりはそういうこと。あんなところで無意味に死ねるほど、マイアはユーノフェリザ氏族でなかったという、それだけの話なのだ。父や母のようには、人族に突貫して死ねなかった。族長のヤヌスみたいには、魔王の民でいられはしなかった。

けれども。

それならば。

一体自分たちは、なんだというのだろう。人族の少女が生んだ流れに流されるまま動いている自分たちは、ユーノフェリザでなくなった私たちは――なんだというのか。

マイアには判らない。

それが恐ろしいとも思わなかった。

「おでらは、その……どうすればいいんだべか？」

だから、オーク族も彼女に流されてしまうのだろう。

そう思った。

きっとそれは、悪くないことだ――と。

「さて、クラリス・親切・グローリアが判ってることを解説してやろう。まず――ザンバの言うことが確かなら、間違いなく『これ』は『これだけ』で終わらないぞ。たとえばザンバたちが作戦に失敗して、連合軍に戻れなくなった。連合がこれを不審に思えば、連中は確認に来るはずだ」

状況が込み入っている。

槍については相当な修練を積んでいる自信のあるマイアだったが、この手の戦略的視点は持ち合わせていない。というより、考えてみればユーノフェリザ氏族の誰も、そんなものは持っていなかったのではないか。仮にそれがあったなら、あんな状況にはなっていなかった。

そういう強さはなかった、ということだ。

マイアの内心とはまるで無関係に、クラリスは続ける。

「それと気になることがある。モンテゴ、おまえは獅子王に小麦で税を納めていると言ったな。なのにこの状況になっても助けのひとつも来ない。もしかしたら、普段から獅子王の兵士みたいなのは来てないいんじゃないのか？」

「兵士だか……？　んだべ。兵士は来てねぇ。一度もねぇな。おでらは年に二回、代官様に小麦を納めてるだけだでよ」

「まさかその代官は一人で来てるわけじゃないだろ」

「そらそうだべ。狸の獣人が代官様で、部下が台車を引いて来んだ。全部で二十人くらいだべかな」

「量としては、どのくらいを納めている？」

「おでらの食い扶持だったら二ヶ月分くらいだべか……それがどうかしただか？」

「んー……オークが普通の獣人の三倍食べるとすれば、おおよそ三十五人を半年食わせるくらいかな……畑を増やせと言われたことは？」

わずかに眉を寄せ、クラリスはさっと納税の分量を計算する。もちろんマイアだってそれくらいの計算はできるが、答えを出すには倍の時間は必要だ。

かわいらしい容姿に似合わず、やはり知能が高い。おまけに頭の中で導き出した計算結果を、いざとなれば捨てられる。それはユーノフェリザ氏族にはなかった特性だ。

「ねぇと思うだ」

即答するモンテゴに、クラリスもまた即答した。

「たぶんその代官、おまえたちが納めた小麦をちょろまかしてるぞ。巡回の兵士が一度も来ないなんてありえないし、代官が文字通りに代官として動いているなら、年に二回だけしか来ないなんてこともないだろ。熱心なやつなら増反《ぞうたん》……畑を増やさせて納税を増やそうとするだろうが、それもないこっそりさばける量に限度がある、っていうことかも知れないな」

「じゃ、じゃあ……おでらが納めてた小麦は……」

「その狸の、いうなら金稼ぎに使われてるだけで、獅子王には一粒だって渡されてないだろうな。金銭取引がないから金稼ぎってのはちょっと違うだろうが、私腹を肥やすって意味合いだ。まあ、私の予想が外れていて、ちゃんと納税はされてるけど獅子王ランドールがゴミクソ野郎で、おまえらの村なんか無視してるってだけかも知れない」

「おでらは……どうすればいいんだべか？」

さほど整っているとは言い難い豚面を情けなく歪ませてモンテゴは言う。ユーノスの外套を一枚羽織っただけの少女は、腕組みしながら思いっきり胸を張り、にんまりと笑って見せた。

「モンテゴ、おまえはどうすればいいと思う？」

◇　◇　◇

そんなふうにして、スーティン村はクラリスの支配下に収まった。

話を聞けば、殺された三人のオークのうち一人が村長で――だから火事になっても誰も困らなかったわけだ――モンテゴたちは、自分たちだけの力で未来を選択することを諦めた。

いや、あるいはこういう言い方もできる。

彼らは彼らなりに最善を選んだのだ。

自分たちだけでは先行きが怪しすぎる。どうすればいいのかも判らない。だから、先が見えている者に導いてもらおう。それがクラリス・グローリアなら、文句などない。

おそらくモンテゴはそう考えたのだろうし、実際、クラリスは確かにオークの村を救っている。そのことから、オークたちのクラリスに対する信頼は厚かった。つけ加えるなら、クラリスの態度が自信満々だったのも大きいだろう。あれで遠慮がちだったり自信なさげだったりすれば、オークたちだってクラリスに自分の命運を預けようなんて思わなかったはずだ。

それに――と、マイアは思う。

あの笑顔は、反則だ。

傍から見ているマイアでさえ、うっかり信じてしまいそうになった。カタリナやキリナなんかは目を輝かせてさえいた。

ああ――この人について行けば、きっと素晴らしい日々がやって来る。

そう、思ってしまった。

ほんの一瞬だけでも、マイアは確かにそう思ったのだ。

◇◇◇

ジェイドと他に何人かが魔境へ戻り、マイアたちは丘の上で見張りに立つこととなった。

見張りは二人体制。魔境側からの襲撃は気にする必要がないので、歩哨《ほしょう》としては気楽なものだ。丘に座って小麦畑の向こうを眺めていればいい。

既に夜の帳《とばり》は降りているのだが、マイアたち魔人種はかなり夜目が利く方だ。クラリスに言わせれば「目に魔力を集めている」とのことだが、そう言われて意識してみれば、夜の闇はむしろ自分たちの味方であるかのよう。向こうからは見えず、こちらからは見える。

小麦畑の向こうで誰か一人でも歩いていれば、絶対に見逃さないだろう。

「それほど気を張っていても仕方ないぞ」

隣に座るユーノスが言った。愛用の黒剣はいつでも手に取れる位置にあり、身体は弛緩させているが、油断はない。無駄な緊張も。

マイアが知っているユーノス・ユーノフェリザとは、まるで別人だ。

「あんたは……変わったわね」

ぽつりとマイアは呟いてしまう。ただの感想だ。ユーノスとは幼い頃から一緒に育ってきたが、マイアが槍を習ったように、ユーノスは剣を学んだ。槍と剣で対峙すれば槍の方が有利というのが定説であるが、マイアは模擬戦でユーノスに勝ったことがない。

それでも――ザンバ・ブロードを相手取ったときのユーノスは、マイアの知っているユーノスではなかった。あの領域の相手を、あれほどまでに圧倒できるような凄腕ではなかったはずだ。

たぶん技量だけなら、今と以前でそこまで変わっていない。

変化したのは心境の方ではないか。だから――迷わないし、躊躇わない。ユーノス・ユーノフェリザだった頃には持ちえなかったナニカを、今のユーノスは持っている。だから――迷わないし、躊躇わない。

故郷にいる頃のユーノスは持っている。ザンバの攻撃を受け止めようとしたり、あるいは彼と会話をしようとした……だろう。たぶんそうだ。

「今のあんたは、族長の代わりになろうとしてる……ようにも見える。それだけじゃないんだろうとは思うけど、そういう気持ちもあるわよね」

よく知っている幼馴染みのことが、判らない。

普通に考えれば不安だったり不満だったり不快だったりするはずなのに、マイアはユーノスの変化に戸惑いこそあるが、そこまで負の感情は覚えていなかった。

「……『誇りを抱いて死ね』と、親父に言ったからな」

ほんのわずかだけ苦笑を見せ、ユーノスは肩を竦める。そこに後悔が含まれていないのは、判った。

さすがにそのくらいのことは判る。

芯のところは、きっと変わっていない。ずっと小さかったあの頃から。

「あたしたちには誇りがなかった？」

「ユーノフェリザ氏族としての誇りは、な」

「そうかも知れないわね」

否定する気になれず、マイアも苦笑を漏らしてしまう。

「別に、おまえたちをまとめようと思っているわけじゃない。おまえたちを守らねばと思っているわけでもない。そう思っているのは、ビアンテの方だろう。ジェイドやガイノスも、そうかも知れないな。あいつらはカタリナたちを守ろうと考えているように見える」

「……かもね」

魔境を取り仕切っている女傑、マイアより少し年嵩《としかさ》の曲剣使いと斧使い、三人を脳裏に浮かべ、けれどやはりそれだけではないだろうな、とも思った。

守るために誇りを捨てた。確かにそうかも知れないが、結局のところ、捨ててしまえるほどに誇りが軽かったのだ。マイア自身がそうであるように。

魔族でいることに――魔王の民でいることに、そこまでの思い入れなどなかった。

ユーノフェリザであることが命よりも大事だなんて、思えなかった。

そうして流されて……。

ならば、そんな自分たちは一体なんなのか。

「誰かが代表面をしていた方が、話が早いからな」

と、ユーノスが言った。

話の続きだと理解するのに、少し時間がかかった。

「あんたが族長の子供だから？」

「俺があいつを見つけたからだ」

マイアの問いに、ユーノスは端的な答えを返す。そうだ、人族の領域で戦い続けて、ある日の夜にユーノスが連れてきたのだ。族長のヤヌス・ユーノフェリザが言葉を交わし、気に入り、あろうことか挑発して殴り殺されて……死ななくて……結局、こんなことになっている。

「俺が見つけなければ、とも思うし……俺が見つけたのだ、とも思う」

知っているのに知らない顔で、幼馴染みが笑う。

気持ちが判るような気もするし、判らないとも同時に思った。

「……やっぱ、あんたは変わったわよ」

「おまえも変わっただろう。オーク族と関わることに、以前のマイアなら不快感を示したはずだ。見た目がどうこうとかいう理由で」

「そうかしら?」

言われてみればそうかも知れない。別に今だってオーク族の容姿を美しいとは思わないし、どちらかといえば醜いと思っているが、だからといってそれが嫌悪の原因にはなっていない。

ただ、確かに以前の自分なら、魔人種以外の種族を内心で見下していただろう。オーク族なんて、他の種族にへつらう以外に生きる道を持たない醜悪な種族だと、そんなふうに感じていたかも知れない。

そういう自分は容易に想像できた。

今は違う。

自分たちが弱いことを知ったから。

私たちは——等しく、弱い。

だから強い。

そのことが、マイアには少し嬉しかった。

「ほら、モンテゴが来たぞ。たぶん手に抱えてるのは差し入れだな。クラリスがやつらに料理を教えていたようだから、たぶんそれだ。マイアは、豚の獣人がつくった料理を食うのは嫌か?」

丘の下から、藁のかごを手に提げて歩いて来るモンテゴが見えた。

その姿に愛嬌を感じている自分に気づき、マイアは苦笑して肩を竦める。
最初は流されて――今は、心地好い流れに乗って、泳いでいる。
「そうねぇ……あたしにはちょっと量が多すぎるってところ以外は、悪くないわね」
認めよう。
自分もまた変化している。
ユーノスも、オーク族も、おそらくは妖狐セレナも、間違いなくキリナも。
どうしようもなく、変えられてしまったのだ。
クラリス・グローリアに。

第六章　栄光の

一　拡張と受容

忙しい日々が流れて行く。

まずはスーティン村の再興というか、構造の再構築。

村長が殺されたことによって生じる混乱を集会所で確認し、村全体での意思統一と仕事の割り振りを再分配——といっても、これに関しては正直言って楽勝だった。

なにせ村の人口は三十二人しかいないのだ。それに、オークたちは農耕をしてのんびり暮らしていただけなので、それほど難しい指示は必要なかった。何人かのオークを魔境に移住させ、そっちでも農耕を始めさせたのと、丘の反対側にも田畑をつくらせたのが、指示らしい指示だろう。

もしかするとオーバーワークだろうかと思ったが、モンテゴに言わせれば「そんぐらいだば、大したことねえべよ」とのこと。元々、仕事をしている時間よりものんびりしている時間の方が長いのだから気にしないでいい、とのこと。しかしオークたちにブラック労働を強いるような真似はしたくないので、そのあたりは私自身もしっかり確認する必要はあるだろう。

ついでに全焼した村長の家は焼け跡を取っ払い、クラリス・グローリアの家が新築された。オークたちが入れるような設計にしたため、私にとっては大きすぎる間取りだが、別に構わない。

「クラリス様にはもっとえらい家を用意したかったんだども……」

「不便かけるかも知んねぇけどもよ」

「なんかあったら、なんでも言ってくれな」

殊勝《しゅしょう》なことを言うオークたちに、クラリスマイルをプレゼントしておいた。

実際のところ、私としては家より服の方が欲しかった――未だにユーノスの外套を一枚だけなのだ
――が、厚意は素直に嬉しいものだ。

そもそも私の住処や衣服のことなど、優先順位としては下の下である。

ユーノスたちも、それなりに忙しかった。

まず、絶対に外せないのが見張り。そして戦力の確保だ。

スーティン村に魔人種たちを滞在させておくことが最も重要であり、なので常時数人は村に置いておいた。残りは魔境の開拓、連絡員として魔境とスーティン村の状況を報告してもらったり、あとはオークを二人と斧使いのガイノスをドゥビル――ドワーフの鍛冶士の元へ出向させた。ドゥビルには当初の仕事をさっさと終わらせてもらって、手伝いを増員し、さらに仕事を頼んだ。

デスマーチというほどには切羽詰まった工程ではなかったが、スローライフとは縁遠い忙しさである。畑を増やすにしても用水の関係などがあったし、ドゥビルへの発注についてもあれこれ考えなければならない。他にもあれやこれや、それもこれも。

指示を出し、実行されているか確認し、必要であれば指示の追加や修正、そして作業の報告を受けてまた指示を出すこと。私の仕事はそれに尽きた。

そんなクラリス・グローリアの近くには、何故かカタリナとキリナがほとんど常にぺったり引っついていたが、邪魔ではなかったので好きにさせておいた。二人からは子供らしい無邪気さなど感じられず、ひたすら真剣に私のやることを見ていたからだ。

もしかすると、将来的には私がやっていることができるようになるかも知れない。

とはいえ、それはかなり遠い未来の話だし、別に私だって為政者としての立ち回りが上手いわけではないのだが、他にやれるやつがいないので仕方がない。

なにせ私は、前世アラフォーのおっさんである。

まともに労働していたし、部下を持つこともあった。現代日本人だった記憶と、ロイス王国の貴族子女だった記憶の両方を比べれば、さすがに情報的な成熟は前者に分がある。自分自身があまりにも可愛らしいのでうっかり忘れがちだが、この世界における知識強者なのだ、私は。

あとは――そう、キリナの両親について。

狼族のザンバ・ブロードと、狐人のステラ。

殺して焼いた。以上。

こちらの人員に余裕があれば解放して獣人連合に合流するまで尾行させてもよかったのだが、残念ながら人手不足だ。二人の行動が読めない以上、解放するのはありえないし、捕虜とするにしてもやはり人手不足が痛い。いつまでも鳴き声を聞いていたくもなかった。

特筆すべきことがあるとすれば、「ちゃんと情報を吐いてくれれば生きて帰してやるぞ」と言った瞬間にステラの口が軽くなったことだろう。獣人連合について、知りうる限りの全てを頑張って喋ってくれた。さすがに紙とペンが欲しくなったが残念ながらどちらもなく、仕方ないので重要そうな情報は材木に彫り刻んでおいた。私が掘ったわけじゃないが。

で。

ブロード族によるスーティン村襲撃から、だいたい十五日。

村にやって来たのは、コボルトの集団だった。

◇◇◇

前世の知識によれば『コボルト』とはドイツの醜い妖精だか精霊だったはずだが、この世界においては小型犬の獣人だった。

身長は百センチほどで、同じくらいの人族の子供と比べれば等身が低い。外見は様々だそうだが、スーティン村にやってきたコボルトたちはチワワっぽい犬種というか人種だった。

彼らはザンバのような狼族よりもずっと獣度合いが高く、誤解を恐れず述べるなら、でっかいぬいぐるみ、みたいな印象があった。

「ぼくらの住んでるところに、狼族が襲って来たです。どうにか逃げ出せたのは、ぼくらだけで、他のポロ族は、きっと殺されたです。どうか助けて欲しいです」

しょんぼり顔で言ったのは、イオタ・ポロというポロ族の代表。

狼族の襲撃に遭い、村の大人たちが食い止めている間に子供たちを逃がしたということらしかった。

彼らは獣人の領域を中心側へではなく、端の方――つまり辺境に向かって逃げ続けた。

途中で他の獣人の村に立ち寄ることもあったが、故郷を失ったポロ族を受け入れてくれる場所などなかったそうだ。さもありなん。

獣人たちは自分たちの種族だけで集まり、コミュニティを形成している節がある。ザンバたちの連合軍も、話の限りでは種族同士の寄り合いらしい。狼は狼と、犬は犬と、ほとんど混ざり合うことなく徒党を組む。別の種族と共存する、という文化がそもそもないのだ。

あるいは獣人たちのそういう性分というか、気風というか、そういう性質のおかげで、これまで人族と揉めたりしていないかったのかも知れない。

根本的に、獣人たちは人族の領域に興味がないのだ。人族としても、わざわざ魔境を超えてよく判らないケモノたちの土地を侵略する意義を見出していなかったわけだ。

ともあれ、私たちがコボルトたちを受け入れない理由はない。

「いいだろう。私たちはおまえたちを助ける。そのかわり、おまえたちもまた私たちを助けるんだ。できることとくらいあるだろう?」

実際、それはあった。

ポロ族は手先が器用で、働き者で、おまけに社交性に富んでおり、なかなか知能が高かった。オーク族は純朴だが口下手で、ユーノスたちは人種というよりはユーノフェリザ氏族の特徴なのだろうが、基本的に寡黙だったから、ポロ族が加わることで潤滑油として上手く機能してくれた。

何人かはスーティン村へ留まらせ、残《よ》りのポロ族は魔境の開拓へ。

驚くべきことに、彼らは植物の繊維を捩って編み上げ、私の衣服を仕上げてくれた。

コボルト謹製の衣服は、なんと原住民スタイルではなく普通の衣類だ。しかも天然の染料を見つけたようで、しっかりと染め上げられていた。

そういうわけで、胡座《あぐら》をかくたびにユーノスが不機嫌そうに私から視線を外す、というような事態がようやく収束を迎えたわけだ。

それと、妖狐セレナにも当然だが協力してもらった。

キリナが私にべったりだったのはさておき、セレナとて引くに引けないラインまで来ているのだ。辺境の守護者でいたいのならキリナが掠われても無視しなければならなかった。それをせず狼族に捕らえられ、私に助けを求めた時点で手遅れだ。

そのくらいのことは、セレナも自覚していた。

もはや傍観者でもなければ無関係の第三者でもない。

岩塩床の在処《ありか》を教えてもらい、何人かを派遣して岩塩の採取。平行して魔境では森林伐採と野生動物の狩猟。ゲットした岩塩を使って燻製《くんせい》肉の作成。

冬はまだ先だが、今はとにかく食料の確保が優先。

獣人連合がどれくらいやるつもりなのかは判らないが、場合によっては兵糧問題が持ち上がるだろう。ポロ族の来訪は、たぶん呼び水だ。

「クラリス様っ！　お肉っ、お肉が美味しいです！　ここはスゴイところです！」

燻製にしない分の肉をみんなで焼いて食べている最中、イオタが顔を輝かせて言った。

ふさふわの尻尾が左右に激しく揺れ、ポロ族の面々が全く同感とばかりに尻尾を振りながら肉にかぶりつく。その様を見て温かな心持ちになったのは、たぶん私だけじゃない。

「そうだろう、そうだろう。でも、こんなものじゃないぞ、イオタ。これからもっとスゴイことが起きる。善いことも、悪いことも。きっとな」

うんうん頷きながら私は言った。

無論、私には未来など見えないので、いいかげんな科白を口から吐き散らかしたに過ぎない。これから善いことも悪いことも起きるだなんて、誰が言っても当たるに決まっている。悪化の一途を辿るのは、既に手遅れな者だけだ。まあ、ひょっとしたら我々はとっくに手遅れなのかも知れないが、それこそ、私の知ったことではない。

――そういうのは、もういいのだ。

二　情報と併合

「クラリス殿。行商人が来たらしい」

数日経った朝っぱら。オークの家で小麦を挽いて小麦粉をつくっていると、曲剣使いのジェイドがやって来てそんなことを言った。

「行商人？」

ハンドルつきの石臼《いしうす》をぐるぐる回していた手を止め、思いっきり首を傾げる。挽いた小麦粉を集めて壺や麻袋に入れていたカタリナとキリナも、私と同じようにした。

「もしかすっと、猫の獣人だべか？」

家主であるオークのおっさんも首を傾げたが、さすがに可愛くはなかった。そしてジェイドは私たちの可愛らしさには全く頓着しなかった。

「そうだ。まだ俺たちの姿は見られていない。モンテゴが対応しているが、どうする？」

「んー……それじゃ、ひとまず魔人種の姿は見せないでおこう。私だけ行く。カタリナとキリナは、このまま小麦粉をつくってろ」

「はい。そうします、クラリス様」

「判りました、クラリス様」

神妙に頷いてから石臼をごりごり回す少女二人を尻目に、オークのおっさんを従えて小麦畑へ。

村を歩いている限り、狼族の襲撃前後で村の様子はさほど変わっていないはずだ。村長の家は全焼して私の家になっているが、他の家と似たようなものだから、さほど違和感もないだろう。

変わったのは――変えたのは、というべきか――丘のこちら側ではなく、あちら側だ。

用水路を引き、畑の区画を決め、オークたちが土を掘り起こしている。しかし、あちら側をわざわざ見に行く余所者はいない。何故なら、あちらには魔境しかないから。例外を挙げるとすれば、妖狐セレナに会いたい者だろうか。

そして、セレナの居場所を知っている者は非常に限られるはずだ。

……というようなことを考えながら小麦畑に辿り着けば、そこには二頭立ての馬車の御者台に乗った猫獣人がいた。狐人や狼族と同じような、人に近いタイプの獣人だ。

行商人らしく旅慣れた雰囲気で、しっかりした縫製の衣類を身に纏っている。やや暗い赤毛と、茶色の獣耳、同じ色の尻尾。顔立ちは整っており、ぱっと見た感じでは線の細いイケメンといったふうだが、よく見れば胸のあたりに膨らみがあった。

なんというか、女子校で後輩にモテそうな雰囲気。

「にゃ!? 人族が、なんでオークの村にいるにゃ!? しかも女の子にゃ!」

のんびり歩いて来る美少女に気づいたようで、行商人は頭部の猫耳をピンと立てて言った。

「やあやあ、私はクラリス・グローリア。猫の行商人は、なんて名だ?」

「うえ!? ああ、これはどうもにゃ。あーしはリーフ・リーザといいますにゃ。見ての通りの行商人……え? あれ? もしかして、オークの村のお客さんにゃ? なんでオークの村にいるにゃ?」

「今は私が村長代理なのだ」

えっへん、と胸を張ってみるも、リーフは顔中に疑問符を貼りつけたまま、さっきまで対応していたらしいモンテゴへ視線を向けた。

「んだ。おでらのことは、クラリス様に任せたんだぁよ」

「なんでまた、そんなことになったにゃ？」

「おっと、世間話をするなら私も混ぜろ」

モンテゴがあれこれ喋り出す前に、わざとらしく遮《さえぎ》っておく。ほんの一瞬だけ、リーフ・リーザは割り込んだ私に対して嫌そうに目を細めた。

もちろんそんな猫獣人の態度など、私は気にしない。

「行商人のリーフちゃん。獣人の領域で行商人っていうのは、どういう商売なんだ？ そもそも通貨が存在するのか？」

実際、気になる問いではあったのだ。

「通貨？ お金のことかにゃ？ ないない。あるわけないにゃ。誰もお金なんか造らないし、造っても、お金のことなんて知らないやつらばっかりにゃ」

にゃはは、と笑いながら手を振るリーフ。

なんとなく知性に欠けた話し方をしているが、この会話だけでリーフが莫迦でないのは理解できた。彼女は通貨の概念を知っているし、その本質を知っている。

「では、物々交換か？」

「そうなるにゃ。スーティン村には、布とか釘とかを持ってきたにゃ、小麦と交換にゃ！ そんで、その小麦を他の村に持って行って、いろんなものと交換にゃ」

「なるほど」

わらしべ長者方式で儲けている……いや、厳密に言うなら通貨がないので『儲け』という言葉はそぐわないのだろうが、とにかく、物々交換で利益を出しているわけだ。おそらくだが、それでリーフが『儲け』を出しても、ほとんど誰も気づかないし怒らない。行商人は必要だからだ。

「えーっと……それで、クラリスちゃん、だったかにゃ？　あーしはオークたちと取引して、小麦と交換したいんにゃけど……」

「あ、すまんが小麦は駄目だ」

兵糧は死守である。

現状、我々とコボルトが増えた分を考慮しても十分な余裕はあるが、もしかすると他の獣人も助けを求めてくるかも知れない。

「ええっ！　それは困るにゃ！　クラリスちゃんは知らないだろうけど、獣人の領域は今、かなり大変なことになってるにゃ！」

「獣人連合による武力蜂起だろ」

「ブリョクホーキ？」

「暴力を使って現状を変えようとする連中が現れたんだろ？」

「それにゃ！　だから――」

あっ、とリーフは言葉を途中で切った。

それを眺めていたモンテゴが不思議そうに首を傾げるが、クラリス・それなりに察しはいい方・グローリアには、言葉を切った理由が理解できる。

「だから小麦はやれない。理解《わか》るだろ、リーフ・リーザ」

獣人の領域はかなり大変なことになっているから――オークの村の食糧を、他所にくれてやるわけにはいかない。私たちが『大変なことになっている』のを知っているなら、当然そう考える。そのことにリーフは気づいたわけだ。これに関しては議論の余地などない、と。

やはり頭がいい。

「うふふ。なるほど、なるほど。私はリーフのことが気に入ってきたぞ。確かに小麦はやれないが、他のモノとなら交換してもいい。しかも格安で」

「あう……でも、小麦はくれないんにゃ？」

「やらない」

「じゃあ、なにをくれるにゃ？」

「情報」

と、私は言った。

◇　◇　◇

そんなわけで、布や釘、その他の小物をゲット。

バターやチーズまで用意してきたのには驚かされたが、どうやら以前からスーティン村には乳製品を持ってきていたそうだ。穀物庫に保存されていたチーズも、リーフが持ってきたものだという。食うに困らない生き方なのにゃ、とリーフは言った。

せっかくなので手ずからピザをつくって食わせてやり、保存食として試作した乾パンを持たせてやった。それともちろん、とびっきりのクラリスマイルも。

「また来るにゃ！　ピッツァ美味かったにゃ！　絶対来るにゃ！」

などと上機嫌で村を辞した猫獣人のリーフだったが、しかしどうだろう。

私はリーフを気に入ったが、彼女からの信用を獲得したと考えるほど楽観主義でも間抜けでもない。むしろ警戒されているだろう、とすら思う。

何故なら、リーフは私のことをほとんど訊かなかったからだ。

どうしてスーティン村の村長代理なのか、どうして人族がこんな場所にいるのか。まあ、最初は混乱して口走っていたのだろうが、冷静になった後はこちらの事情に突っ込んでこなかった。踏み込むのを避けたのだろう。

逆にリーフの方も自分の情報をほとんど話さなかった。オークたちが知っていて当然のような話は簡単に開示したが、他のことは適当に流すか話題を変えてしまった。

ともあれ、断片的に渡した情報をどう使うかはリーフ・リーザ次第である。

私としては彼女が善意に従って行動することを祈るのみだが、仮にリーフが獣人連合の手先だったとしても、実はさほど困らない。魔人種という手札は晒していないからだ。まともな武装勢力であれば全軍をこんな辺境に向かわせるということはない。それに『獣人の領域は今、大変なことになっている』のだから、獣人連合はひとつにまとまって行動していないのが判る。

せっかく連合を組んだのに、戦力を分散して各地の村を襲っているのだろう。

これを愚かと捉えるか、なにかの戦略と考えるべきかは、情報が少なすぎるので判らない。ザンバ・ブロードを目の当たりにした後では、どちらかといえば前者のような気もするし、もしかすると軍師的なポジションの有能がいて、ザンバあたりがいいように使われているのかも知れない。幹部的な人物が人族と交渉していたとかいうし、なにも断定できはしない。

……というようなことを、オークのおっさんの家に戻って石臼を回す少女二人に語って聞かせていると、またジェイドがやって来て、また別の来客を告げた。

「クラリス殿。今度は代官が来たぞ。狸の獣人だ。馬車を二十台ぐらい引き連れて来ている。オークによると『まだ納税の時期じゃない』らしい」

「なるほど。おまえたち魔人種の姿は、まだ見られていないな？」

「ああ。とりあえずはモンテゴが対応している」

「じゃあ、私が行こう。おまえたちは配置についておけ。合図があったら——判っているな？」

「無論だ」

静かに頷く曲剣使いのジェイドに私もまた首肯《しゅこう》を返し、立ち上がった。

◇◇◇

と、スペクタクルの始まりみたいに区切ったものの、経過は省略する。

語るまでもなかったので。

結論から言うと狸獣人の代官はやっぱり小麦を獅子王に納めていなかったし、オーク族のことは舐めくさっていたし、今回の『獣人連合による反乱』に際して小麦が必要になったからという勝手な判断でスーティン村にやって来た。

そんなわけで、遠慮は無用。

さっくりと代官の死体をひとつ生産し、荷馬車を二十台、馬車を牽《ひ》く馬を四十頭、そして人足として使われていた犬獣人が——狼族ではなく、コボルトとも違う、犬の獣人だ——二十人。

難なくまとめてゲットである。

犬の獣人たちは、ザンバやセレナほど人に近くないが、ポロ族のコボルトたちほど獣寄りでもない、くらいの獣度合いだった。狼男と化したザンバを小さくして大人しくさせたような連中で、だいたい柴犬っぽい雰囲気の種族だ。

「おれたち、獅子王に滅ぼされた村の生き残りで、働き手として使われてたんです。だから別に、あの狸のおっさんの部下っていうか……そういうの、どうでもいいっていうか……おっさんが死んでるのに村に戻っても怒られるだけだし、もしかしたら殺されるだろうし……」

というような事情があるらしかった。

そんなわけで彼らもまた『私たち』の内側へ温かく迎えてやることに。ちょうど荷馬車も無傷でゲットできたし、我々は馬の扱いにあまり詳しくもなかったのもある。

ちなみに彼らは個人名こそ有していたが、種族名も氏族名も持っていなかったので、私がいいかげんに「ヤマト」と名づけてやった。

運送業のヤマト。犬だけど。

馬の世話、馬車の管理、そして実際の運送。ヤマト族のリーダーというか、まとめ役の青年はなかなか聡明で、やる気満々というタイプでもなく、無難に仕事をこなし、周囲に無理をさせないという上司にしたい系男子だったので、私としてはかなり高評価。

「えっ……いや、おれ、あの狸のおっさんにはすごい怒られてましたよ。もっとたくさん働けとか言われて。でも仕事の量なんて決まってるし、決まってる量なら、なるべく楽にやりたいですし」

名をアルトという。アルト・ヤマトだ。

低燃費系の男だが仕事はできるやつで、他のヤマト族からの信頼も厚い。

はっきり言って『拾いモノ』である。この手の、やる気を出さない部下を嫌う上司もいるが、私は部下のやる気それ自体は特に評価しない。やる気はないけど仕事のできるやつ、やる気は普通だけど仕事のできないやつ、そんなものは人それぞれだ。仕事という観点にフォーカスするのであれば、仕事をこなせるか否か、評価ポイントはそこだけだ。

もちろん物事というのはそう単純じゃないので、モチベの低いそいつだけが仕事のできる状態を維持し、チームのモチベを下げて全体の仕事量を著しく損なうようであれば、そいつはやはり『使えない』という評価にもなるだろうが——それは今回関係ないので、横に置いておく。

とにかく、ヤマト族だ。

彼らは馬の世話が好きらしく、丘のあっち側、増反した田畑よりさらに向こうへ新たに厩舎《きゅうしゃ》と放牧地を設けることになったのだが、アルトが馬と並んでのんびり歩いている姿は、なんだか平和の象徴みたいに見えたものだ。

「あいつはいいな。必要なことをして、必要じゃないことはしない。必要なことがなにかを理解しているからだ。武術をやらせても、ああいうのは強くなる」

ユーノスがそんなことを言って愛弟子のカタリナを嫉妬させたりしていたが、たぶんアルトよりカタリナの方が強いだろう。十歳そこそこの少女とはいえ、さすがは魔人種である。

ちなみにというか、カタリナの妹弟子としてキリナもまたユーノス大先生の教えを受けているが、こちらも才能があるらしい。こうなってくるとセレナも黙ってはいられず、少女二人に妖狐の魔法、妖術を教えていたが、どちらも才能があるという。

「私たち、クラリス様の役に立ちますから！」

「絶対に、クラリス様の役に立ちますっ！」

目をきらきら輝かせて言うカタリナとキリナだった。

ロイス王国の学園で『無才のクラリス』として名を馳《は》せていた私としては、少女二人の眼差しはちょっぴり眩《まぶ》しかったのだが、そこまで悪い気はしなかった。

いや、まあ、ちょっとは悪い気もしていたのだが。

◇ ◇ ◇

ところで。

狸の代官を殺す前に引き出した情報によると、獣人連合の蜂起《ほうき》はそれなりに獅子王ランドールを困らせているらしい。まあ獣王当人が困り果てているかといえばたぶん違うのだろうが、少なくともランドールの政府組織は、ちょっと困っているそうだ。

なんというか、勝手に『アラビアンナイトみたいな宮殿と、そこに住まう王族』っぽいイメージを持っていたのだが、どちらかといえば室町時代の豪族の方が近いのかも知れない。私だって別に室町時代の豪族に詳しいわけではないので、本当になんとなくの印象だが。

とにかく、獅子王ランドールを中心とした『王政府』があり、それに従ういくつもの氏族があり、その大きな集団に対してふんわりと恭順《きょうじゅん》しているさまざまな部族や種族がいる……というような理解で、たぶんいいはずだ。たとえば代官になっていた狸獣人は獅子王へ明確に恭順しており、スーティン村のオークや、ポロ族なんかは「ふわっと恭順」の方に属する。

で——獣人連合は、直属でない方を襲ったり従わせたりしている。そうなると納税が少なくなるので、獅子王たちが困る。だから狸の代官は、納税の時期でもないのにオークの村に小麦を要求しに来た。ランドールに追加の税を納めることで点数稼ぎを狙ったのだ。

であるなら、そういう代官が狸のおっさんだけとは限らない。

「……となると、どうなる？」

集会場に雁首《がんくび》並べて会議を踊らせてみるも、残念ながら華麗なステップを刻めるやつは私を含めて誰もいなかった。人は増えてきたが、やはり政治だの戦略だのは専門知識だ。

私だって偉そうに踏ん反り返ってはいるものの、別に専門家ではない。

さておき。

「現状がさらに続いて……そうすると、その先がどうなるかっていう話ですよね？」

自分自身の思考を整理するように、カタリナが言った。

後ろに座っていた槍使いのマイアなんかは「おおっ」とばかりに眉を上げていたが、私はマイアが話を途中で聞き流しているのをチェックしていたので、胸の内でマイアを頭脳労働候補者から除外しておく。人には適材適所というものがあるのだ。

「今、起きていること――この村に、他の獣人たちがやって来ること？」

キリナが補足を呟き、カタリナも首を縦に振って続ける。

「獣人連合に襲われた村の生き残りがスーティン村にやって来る。それが続くと……村の人口が増えて、食べ物が足りなくなるかも知れない……？」

「畑も増やしてるけども、収穫はまんず先のことになるべ」

「馬の方は平原があるから、余裕です。おれたちの方も、いつでも動けます」

「魔境の方も、開拓は順調です。ぼくらもお手伝いしてます。保存食はつくり続けてて、今のところ、魔物と動物がいなくなる心配もないっていう話です」

オークのモンテゴ、犬獣人のアルト、コボルトのイオタがそれぞれ見解を示す。

どうでもいいがチワワのぬいぐるみに似たイオタが真面目な話をしていると、なんだか微笑ましくなる。本人は真剣なので茶化したりはしないが、後で頭とか撫でておこうと私は思った。

「次に起こること……か」

ふむ、と腕組みしたユーノスが眉を寄せて頷く。

「ユーノスは、どうなると思う？」

「獣人の流入は、まだ少し続くだろうな。物理的に距離が遠すぎるやつらは、たぶんここまで辿り着けない。あるいは猫の行商人がさりげなく情報を撒いているのだとすれば、思っているより獣人たちは来るかも知れない」

「ふむふむ。それで、その先は？」

「二種類――いや、三種類考えられる。ひとつは、獣人連合がザンバの未帰還に気づいて、軍を差し向けてくる展開。これは以前から懸念《けねん》していた展開で、たぶんかなり確率が高い」

ユーノスは指を三本立てて見せ、それから指を一本折り曲げる。

「次に、狸の代官を殺したのが響いて、獅子王の兵が差し向けられる可能性が考えられる。こちらの場合は状況が少し厄介《やっかい》だ」

「あの狸は小麦をちょろまかしてたから、この村から獅子王に納税はしていないことになってる。だから『納税が滞っている』みたいな話ではやって来ない」

という私の補足にも、ユーノスはすんなり頷く。

きちんと考察しているということだ。

「来るとすれば、狸が出発前に『オークの村へ向かうことを誰かに知らせていた場合』だな。狸の未帰還を不審に思って、ということになるだろう。もし調査のために来たのであれば、しらばっくれればいいが……実際どうなるかは判らん。獅子王の配下がどういう連中なのかを知らんからだ」

二本目の指が折りたたまれる。残るは一本。

「特になにも起こらない――この可能性は、無視できないと俺は思うぞ。獣人連合は獅子王を、獅子王は獣人連合を相手にしなければならないからだ。俺たちの状況は、かなり特殊だ」

「なるほど。それで、私たちはどうすればいいと考える？」

問いに、ユーノスは指を全て折り曲げて握り拳をつくり、答える。

「決まっている。最悪の状況を想定して動くべきだ」

「最悪に備える。そうだな、私もそう思う。可能性としての最悪を想定するのは当然だな。それじゃあ、カタリナとキリナ、我々はなにをするべきだ？」

この問いに対する回答は、ほとんど即答だった。

「大軍に対する備えと――」

「――魔境の開拓です」

私は子供二人にクラリスマイルを進呈した。

◇◇◇

それから数日後、トーラス族が四十人ほど、牛を四十頭も引き連れてやって来た。

ちなみに彼らは牛の獣人だった。牛飼いのトーラス族、である。

猫獣人の行商人リーフにここの噂を聞いており、その後、獣人連合の襲撃に遭ったとか。逃げ出す準備をしていたから、犠牲は少なかったという。

男も女もいたが、女性のトーラス族は実に豊かな胸部の持ち主で、そこに例外というものは存在しなかった。繰り返すが、彼ら彼女らは牛の獣人である。

……べ、別に悔しくなんて、ないんだからね！

いや、本当に。

三　変容と変革

「オレらがオークに従うのって、なーんか変じゃね？ オレらの牛を使わせてやるんだから、おまえらの方がオレらに従えばいいじゃん。畑でも肥やしてさ、収穫してさ、女衆が飯くらいつくってやっからよ。……あ？ なんだその顔。やんのか？ つーかその豚面、マジで笑えるんだけど」

カタリナが聞いたトーラス族代表者の科白は、まずそれだった。

狼族に住処を追われて家畜ごと逃げ出し、スーティン村に辿り着いて自分たちの居場所と安全を確保してもらおうと考えた。その上で――彼らはオークの下に回ることを不服だと宣った。

ちぐはぐだ、と思った。

なんというべきか、不快感を伴う違和感だ。

カタリナは珍しくクラリス・グローリアのそばから離れてモンテゴの手伝いをしていたので、トーラス族の態度が最初から「逃亡者」のそれでないことには気づいていた。

彼らの代表は自分たちがオークよりも上の立場にいるのだと信じて疑っていないのだ。どういうわけかは知らないが、牛獣人にとって、豚獣人は見下して当然の相手ということなのだろう。

よく判らないが、それはカタリナにとってひどく不快だった。

まだ短い間だが、共に過ごしたオークたちは一方的に蔑んでいいような種族ではない――というのが、まずひとつ。親しい者が軽んじられる不快感。

ふたつめは……カタリナには上手く言語化できない。

汚いとか、醜いとか、そういう生理的嫌悪に近いような気がする。

自分たちより強い者に追いやられた彼らが、逃げた先で弱者と見下した相手に、同じことをしている。その在り様と振る舞いは、強さを共通言語とする魔族と同じだ。強い者にはなにをされても仕方がないという、以前の自分たちと同じ、身近な価値観だ。

それが——ひどく不快だった。

「なんだかよぐ判んねども、おめら、住んでるところを襲われて逃げて来たんだべ？　それとも、おめらが獣人連合ってやつだべか？」

いつの間にやらオークたちの代表みたいな立ち位置になっているモンテゴは、トーラス族の態度に腹を立てるでもなく、太い指先でぽりぽりと頬を掻きながら、間延びした口調で言った。

「あ？　なに言ってんだか意味不明。逃げたんじゃねーし。つーか、あいつらみたいなの、相手してらんねーし。つーか、おまえらの方だよ。どうすんのか、こっちが訊いてんだよ。オレらに従うか、痛い目みるか……」

そいつが最後まで喋ることはできなかった。

いつの間にかやって来たユーノスが、トーラス族の男を殴りつけたからだ。

とっ、とっ、とっ——みたいに軽い足音が聞こえたと思ったときには既に接近が完了していて、気づけば右の拳がトーラス族の男を打ち抜いている。

明らかに手加減しているな、と判った。

ここ最近、カタリナはキリナと共に剣術の——戦闘の、というべきか——訓練をしている。教師はユーノスと妖狐セレナだ。トーラス族の男を殴りつけた動作は、カタリナを相手にしているときよりもずっと遅く、力強さも感じられない。

そもそも本気だったら首を斬り落としているはずだ。

証拠とばかりに、ユーノスは殴り倒したトーラス族の男へ馬乗りになって、無言のまま追撃を加えていた。もはや拳など使わず、掌底で小突いている。大した威力ではなさそうだが、それだけに『殴られていること』は明確に理解できるだろう。

半ば義務的に暴行を加え続けるユーノスを、周囲のトーラス族の誰も止めようとしない。彼らは唐突かつあまりに具体的な暴力に対して、明確に怯えていた。

「やめてくれぇ！」

十二発くらい殴られたあたりで、トーラス族の男が叫び始めた。正確に表現するなら「やべべぐべぇ！」くらいの発音だったけれど。

「やめる？　やめるとはなにをだ？　おまえがこの村を襲うことか？　俺がおまえを攻撃することをか？　どうして攻撃されているか、判るか？」

なんの温度も感じさせない言い方をユーノスはした。

「勘弁してくれ！　オレが悪かった！」

「なにを勘弁すればいい？　おまえはなにが悪かった？　そうだな、判りやすく言ってやるか。『つーか、おまえの方だ。どうするのかは訊いてるのはこっちの方』……こんな感じだったか？」

と、そのあたりで、クラリスがやって来た。

騒ぎが始まったときにはオークの誰かが報せに走っていたのだろう。腰まで届く金髪をなびかせ、不安というものを一欠片も内在させない不敵な笑みでこちらへ向かって来る。

歩みの堂々たるはさながら王者のようで、けれど彼女の美しさはガラス細工みたいに繊細だ。触れるだけで崩れてしまいそうな儚《はかな》さがある。

カタリナはクラリス・グローリアを見るといつだって胸の内側が熱くなる。

ひどく甘く、わずかな苦さを伴う高温だ。

ユーノフェリザ氏族だった頃、両親は魔王への忠誠をたびたび口にしていたけれど――その話には少し辟易《へきえき》させられていたのだが――今なら、両親の気持ちも理解できる気がする。

クラリス・グローリア。

どん詰まりだった自分たちの人生を変えてくれた人。

そのクラリスは、並んで突っ立っているトーラス族を珍しそうに眺めながら、近くにいたオークに事情を聞いているようだった。ふむふむ、と鷹揚《おうよう》に頷くクラリスの仕草がカタリナは好きだ。

ややあって、クラリスが一歩前に出た。

「話は聞かせてもらったぞ。獣人連合に追い立てられて、こんなところまでやって来たわけだな。そこで無様に殴られて泣いてるのが、トーラス族の代表ということでいいのか？」

特に大声でもないのに、よく通る声。

トーラス族の誰かが遠慮がちに頷いたのをクラリスは見逃さず、満足そうに頷いてから腰に手をやり、楽しげに胸を張って続ける。

「おまえたちは他人の場所にやって来て、他人の居場所にずかずか踏み込んで来て、そこの主権を寄越せと言い放った。これは我々から見れば、侵略者だな」

その言葉に、トーラス族がざわめき始める。

代表の男が好き勝手なことをほざいている間は黙って見ていたくせに、おまえたちが悪いと言われて初めて動揺するだなんて……カタリナからすれば、彼らの態度はあまりにも無様だった。

物事というものは、待ってくれない。

こちらの都合なんてものは、誰も考慮してくれない。

ただぼんやりと流されていては、いつの間にか死の際に立たされてしまう。そんなことは、まだ十二歳のカタリナにだって理解できる。

いや――理解してしまった、というべきか。

ついこの間まで、カタリナだってそんなことは知らなかった。けれど知ってしまった。もう知る前には戻れないし、もし戻れるとしても、たぶんカタリナは戻らないだろう。

「おやおや、なにか言いたげな様子だが、残念ながら、私には誰がなにを言っているか全然判らないぞ。私たちの代表である私に、一体誰が意見を伝えるんだ？　なあ、代表者くん、代表者らしく言うべきことがあるだろう？　それとも最初の態度を貫いて、我々と戦争でもするか？」

「勘弁してください!!」

謝罪は迅速《じんそく》だった。未だユーノスに馬乗りにされたまま、これ以上は殴らないでくれとばかりに両腕で顔面を守った状態で、それでも大声を出した。

けれどクラリスは、とても綺麗に微笑んで首を傾げる。

「勘弁してくれとは、どういう意味だ？　なあ、私たちは一体なにをどうすればいいんだ？　どうして欲しい？　そこのところをハッキリしてもらわないと、こっちも困るな。もしかしたら『自分たちはこの村を占領するけど恨んだりしないで許してくださいね』って意味合いかも知れない」

いやぁ全然判らないなぁ――なんて楽しそうに言いながら、しかしクラリスは殴られ続けたトーラス族の代表など見ていなかった。

クラリスが見ているのは、残りの三十九人と、彼らが連れて来た牛の群だ。

「調子こいててすみませんでした！　オレたちを助けてください！　あんたらの下でいい！　オレたちはあんたらの下につきます！　つかせてください！」

「ふぅん？　まあ、私は上とか下とか、別に興味ないからな。どうでもいいことだ。それより、自分たちの代表が殴られてるっていうのに誰も助けに来ないじゃないか。おまえ、ひょっとして代表じゃないんじゃないか？　私を騙してないか？」

「え――……？」

　一体なにを言われているのか判らない、とトーラス族の代表が殴られた痛みすら忘れてクラリスを見るが、クラリスはにやにや笑いながら、そちらを見ない。

「だってそうだろ。どうしてこいつらは揃いも揃って『自分は関係ありません』みたいな顔をしてるんだ？　代表がアホなことを言ったりやったりしたら困るのは自分たちのはずだ。なのにどいつもこいつも間抜け面でぽかんと口を開けてるだけじゃないか。そんな有様を見たら、私はこんなふうに思うぞ。『こいつらを受け入れて仕事を頼んでも、同じ顔をしてなにもしないかも知れない』――なあ、私が言ってることは、理解できるか？　そこのおまえだ」

　不意にクラリスはトーラス族の女を一人、指差した。

「謝るなら許してやるが、どうする？」

「え？」

　ぽかんと口を開けるトーラス族の女に、クラリスは大仰に肩を竦める。

「なぁんだ、別に許されたくないのか。おいユーノス、こいつらの意思は決まったみたいだぞ。いつまでも遊んでないで――」

「ご、ごめんなさい！　許して……許してください！」

　ようやく事態の重さに気づいたのか、トーラス族の女は顔色をなくしてその場に膝を突き、謝罪の言葉を口にする。クラリスは――腰に両手を当てて胸を張り、むっと眉を寄せた。

「違う。そうじゃない。全くそうじゃない」

「え……？」

というトーラス族の女の問い返しは、先程とは意味合いが異なっている。それはカタリナにも明瞭に理解できた。ただの戸惑い。他人事のような無責任から――絶望へ。

全てが手遅れだったことを知った者の、感情。

クラリスは同じ姿勢を維持したまま、トーラス族の女をじっくりと眺め、それから盛大な溜息を洩《も》らし、続けた。

「おっぱいが大きくてごめんなさいと言え」

「……は？」

「『おっぱいが大きくてごめんなさい』だ。それで許してやる」

「…………」

「…………」

「…………」

トーラス族とは、牛の獣人である。

それ以上を説明する必要はないだろう。

◇◇◇

コボルトのイオタ・ポロは、クラリス・グローリアの元に身を寄せて以降、スーティン村ではなく魔境の開拓地であれこれしている時間の方が長い。

というのも、イオタの器用さを発揮するには小麦畑のあるスーティン村よりも開拓地にいる方が都合がいいからだ。植物の繊維を綯って糸をつくり、それを編んで服を仕上げるような仕事も、切り出された木材から接合部品をつくるような仕事も、開拓地でやっている方が利便性がよかった。

クラリス・グローリアは大抵スーティン村に滞在していたのでイオタは残念ながらあまり接する機会がなかったけれど、こちらはこちらで、かなり面白い場所だ。

たとえば、異常な速度で進む開拓。

魔人種の半数はスーティン村に、残った半数の内さらに半分はドワーフの鍛冶士であるドゥビルの元へ出向していたり、開拓地とスーティン村を行ったり来たりしており、実のところ魔境に駐在している魔人種は多くないが、それでも魔人種が何人かいるのだ。

彼らは斧を数十回は叩き込まねばならないはずの樹木を、武器の一振りだけで切り倒してしまう。誰もが簡単な魔法なら行使できるので、水にも火にも困らない。

「魔境の開拓は、なかなか楽しいぞ」

というのはクラリス・グローリアの言だったが、確かに見る見るうちに開拓されていく森というものは、不思議な高揚感をイオタに与えてくれた。

故郷を追われ、飢えを恐れながら辿り着いた先に、未来しか存在しないような場所があるだなんて考えられなかった。たぶんポロ族の誰も、そんなことは思いもよらなかったはずだ。

そんな開拓地を取り仕切っているのは、ビアンテという魔人種の女性だ。

外見は二十代そこそこ――もちろんイオタは人族や魔人種に詳しくないのだけれど――くらいに見えるが、自己申告によれば御年七十八歳だという。長い髪を首の後ろで素っ気なく括っており、マイアよりも少し背が低く、目つきが鋭い。

女傑、という言葉が相応《ふさわ》しい人。

少なくともポロ族にはいない類いの性格だ、とイオタは思う。

ビアンテは精力的で行動的、声は大きく、責任感が強く、様々な判断が早い。おそらく開拓地のあらゆる仕事に関わっているはずだ。

たとえば、ドゥビル・ガノンの鍛冶場でつくられた金属部品。これは開拓地に運ばれ、イオタと他数人が滞在している小屋で加工や組み立てを行い、川辺までオークに運んでもらうことになる。その荷物は先日仲間になったヤマト族という犬獣人が馬でスーティン村まで運搬するのだが、ビアンテはそれらの全てを自分の目で確認している。

他にも様々な仕事が開拓地で行われているが、ビアンテが関わらない仕事などほとんど存在しないだろう。魔境においてはクラリスよりも影響力が強いかも知れない。

「よーしよし、よくやったね。やっぱりあんたたちの仕事はいい」

吊り上がっている目尻をわずかに下げて笑みながら、ビアンテはイオタの頭を撫でる。

コボルト族は他種族からそうやって撫でられることが多いので、それに関しては特にどうという感慨もない。ただ、頭を撫でるその手つきに人格が出るなぁ、と思う。

スーティン村の代表みたいになっているモンテゴなんかは、恐る恐るといった様子で慎重にイオタの頭にそっと手を乗せる。妖狐セレナは高価な陶器を愛でるように耳のつけ根あたりを指先で撫でてくる。とてもくすぐったいので、嫌ではないのだが、少し困る。

あるいはクラリス・グローリアは、全く遠慮なしにイオタの顔中をべたべたと触りまくり、最後に毛並みを整えるみたいにさっと撫でた。彼女に触られたのは、それきりだ。クラリスの場合は、むしろモンテゴの肩に乗って彼の頭をぺちぺち叩いている場面の方が多いのではないだろうか。

さておき。

ビアンテの場合は、遠慮なくがしがしとイオタの頭を撫でてくる。あと少しでも力が強かったら痛いはずなのに、その際《きわ》だけは心得ている、そんな手つき。

彼女たちの事情は、ぽつりぽつりと断片的に聞かされていた。

元々は魔族の国の氏族で、いろいろあって人間の国に攻めなければならなくなった。でもそれは不可能な任務で、ようは死んでこいという命令だった。

そして――クラリス・グローリアに出会った。

彼女に出会って、変えられてしまった。

「あたしも本当は行こうと思ってたんだよ。でもね、誰かはあいつらのことを見てやらなくちゃって話にもなった。あたしらは魔王様の民であり、ユーノフェリザ氏族でもあったから……」

イオタもまた失った故郷のことを考えたけれど……ビアンテが抱いている感傷のようなものは、自分の内側には見つからなかった。

自分たちは、襲われ、奪われ、逃げ出しただけだ。

ビアンテたちは、誇り高く死ぬことを選ばなかった。

ポロ族は、ポロ族をやめていない。

ビアンテたちは、ユーノフェリザ氏族をやめてしまった。

ひとつ言えるとするなら、そのままだったら、絶対にこうはなっていなかったということだ。ビアンテたちだって、そのままだったら全員で人族の領域に攻め入って全滅していただろう。イオタたちだって、こんなふうに自分たちを受け入れてくれる場所なんてあるはずがなかった。ただ逃げ惑い、いつかどこかで力尽きて、ポロ族全員が野垂れ死んでいたに違いない。

クラリス・グローリアがいなければ。

きっと、そうなっていたはずだ。

「ねえ、イオタ。あんたはどう思う? あの金髪のお嬢ちゃんに、もしかしたらあたしたちは騙されてるんじゃないか――って、たまに思うんだよ。もしかして、あのきらきらした笑顔に騙されて、とんでもないところを歩いているんじゃないかって……そう思ったりもするんだよ」

しゃがみ込んでイオタと視線の高さを合わせ、独り言みたいにビアンテは呟いた。頭を撫でる手の動きが、少しやわらかくなる。

「マイアに聞いた。ユーノスのやつ、ここに来る前よりずっと強くなってるんだってね。それはたぶんクラリス・グローリアのせいだろうさ。在り方が変わったんだ。見ているモノが変わったんだ。実際、あたしだって毎日が楽しいんだよ」

ふわり、ビアンテの指先が動きを変える。

宙に舞う羽毛みたいな覚束《おぼつか》なさで、イオタの毛並みをなぞっていく。

「……楽しいんだ。死んでいったあいつらのことを忘れて、目の前のことが楽しくて、見えもしない先のことが楽しみで……あたしは、なんて薄情なんだって気もする。ははっ、みんなには内緒だよ、イオタ。これはただの弱音さ。ただの怯えでしかないのさ」

でもね、と。

消えてしまいそうな声音でビアンテは呟いた。

「――あたしたちは、どこに向かって進んでるんだい?」

答えなんて、イオタに判るわけもなかった。

◇　◇　◇

魔人種たちが切り出した材木をオークたちが工具を使って大雑把に整え、これをポロ族の手で『材料』から『部品』へ加工していく。

もちろん他にも狩りや保存食の作成も平行していたし、やるべきことは山積みだったが、優先順位の高い仕事が終わったのである。

イオタたちが加工した物をオークたちが森の入口まで台車で運んでくれる。森の入口にはもっと様々な荷物が運ばれており、ヤマト族が馬車に荷を乗せていく。

「どうも。今回はイオタさんも村まで行くんすよね」

ヤマト族のアルトが、眠たげな眼差しで言った。種族は違えど、犬獣人という括りでは近しいものがあり、お互いなんだか共感のようなものを覚えていた。

「久しぶりですー。組み立てがあるみたいなので、現地までお願いします」

「馬車全部持って来たから、最初の一台に乗ってくれればいいすよ。そっちの調子はどうすか？」

「順調ですねー。ごはんも美味しいですよ。ヤマトさんの方は？」

「こっちもそうですね。前までと比べれば楽だし、いちいち文句も言われないし、むしろなんか褒めてくれるし、飯も美味いし。よくしてもらってます」

少し照れたふうに笑って、アルトはこりこりと馬の耳のあたりを掻いた。

気持ちは、イオタにも判るような気がする。

自分たちは――ビアンテたちとは違い、流されるままここへ流れ着き、居場所を与えられたに過ぎないのだ。ここにいることをただ許された。できることをすればいい、なんて優しい取引で。

今のところ、なんの苦もない。

クラリス・グローリアの元に集まった面々の『できること』が違いすぎるから、結果的に『できないこと』へ注力する必要がなくなっている。

故郷の村では、肉が食べたければ罠を使うしかなかった。それだって成功率は高くない。そもそも村の位置が野生動物を狩れるような場所ではなかった。ポロ族の加工品は物々交換の役に立ったが、自分たちで交換しなければならず、あまり上手な取引はできていなかったように思う。

たぶん、ほとんどの獣人が似たようなものだろう。

自分たちだけで集まることを当然と思っていて、生活での苦労だって当たり前だと考えている。そこに疑問を挟む余地はなく、改善なんて発想に至らない。

「もしかしたら、ぼくらは……なにか特別な分かれ道の上にいるのかも知れないです。今までと違ったなにかが、これから起こるような……いろんなものを巻き込んで、いろんな人を巻き込んで……」

——あたしたちは、どこに向かって進んでるんだい？

脳裏に浮かぶビアンテの言葉。

イオタには、答えの持ち合わせなんてない。

それはアルトも同様らしかった。

「かも知れないっすね。ここは不思議なところだ。なにより、クラリス様が不思議な人だ。偉い人って、もっとなんでもかんでも欲しがるものだと思ってた」

確かに、それはそうだ。

今はポロ族の代表となっているイオタだが、故郷ではただの若者でしかなかった。そして故郷の村では、長老が実権を握っていた。別に長老は強欲でもなんでもなかったが、自分たちが持っていないナニカをずっと探していた気がする。知識か、道具か、あるいは人材か――。

今がキツくて辛いから、それを解消するナニカがないか。

不満や不安を解消したくて、自分たちはもがいていたように思う。

でも、クラリスは違う。

彼女はいつだって楽しそうだ。イオタ自身はそこまで接点はなく、開拓地で作業をしてばかりだったけれど、そのことは判る。

だって、みんなが楽しそうだった。

ビアンテもそれは認めていた。

楽しいから――だから、もっと。

もっと、もっと、もっと、ずっと……そして、その先は？

この流れは自分たちをどこへ運ぶのだろう？

「でも……まあ、今は目先のことをやりましょ。おれたち、もう一往復しなきゃならないし」

ふっ、と未来から視線を切るように、アルトは荷台へ荷を乗せている仲間たちを見回して言った。

イオタも同じようにして、頷いた。

丘の上に荷を下ろし、ヤマト族がまた森へ引き返し、今度はドゥビルの岩山近くに行って、その間にスーティン村の面々と協力して『部品』の組み立てを終え、また馬車が戻る。

――そして、とうとう獣人連合がやって来た。

四　覚悟と奇策

「おおーっ！　これは、なかなか壮観だな。獣人たちの『軍』じゃないか！」

　丘から見下ろせば、小麦畑の向こうに獣人たちの群。

　軍隊だ。隊伍《たいご》を成した獣人たちの。

　群体であるかどうかは、まだ判らないが。

「狼族が五十、蜥蜴族《リザードマン》が六十……それに狒々《ひひ》族もいる。二十かそこらじゃな。コボルトが三十、犬獣人が五十ほど……後は、細かくて判らん。おおよそ三百じゃな。二百五十よりは間違いなく多い」

　妖狐セレナが眼下の獣人連合を見据え、言った。

「予測と違うな。これほどの数を揃えてきたということは、やつらは多かれ少なかれ、こちらの情報を掴んでいるということだ」

　同じように小麦畑の向こうを眺めながら、ユーノスが眉根を寄せる。

「あの猫獣人……リーフ・リーザでしょうか」

「彼女が私たちの状況を、やつらに洩らした？」

　キリナとカタリナが呟き、私へ視線を向けた。

　しかし私は人間離れした視力の持ち主ではないので、獣人連合のどこかにいるらしいリーフ・リーザの姿を確認できない。それにいたとしても、積極的にやつらに協力しているのか、仕方なく従わされているのか、そのあたりだって判断不能だ。

　ふぅむ、と私は腕組みをして頭の角度をちょっとだけ傾けた。

「どうかなぁ。その線が濃厚だと私も思うが、リーフ・リーザが最初から獣人連合の手先だったとは考え難いぞ。トーラス族はリーフからこの場所を聞いて逃げて来たわけだからな。逃げ先なんか教えなければ、獣人連合の面倒は少なかったはずだ……が、そのあたりは考えるだけ無意味だな」

もはや眼前に敵が進軍している以上、話はそういう段階を超えている。

「あ――あいつらです！　オレらの村を襲ったの、あの蜥蜴野郎っす！　アニキ、ヤバいっすよ！　マジあいつらヤバいっす！」

いつの間にやらユーノスを「アニキ」呼びしているトーラス族の代表――スパーキ・リンターという名だ――が、顔を青くして言う。

「あっちの狼族は、ぼくらの村を襲ったやつらです。後ろのコボルトは、たぶんシャマル族ですね。従わされてる、っていうことでしょうか」

つけ加えたのは、ポロ族の代表であるイオタ・ポロ。

私は改めて丘の上をぐるりと眺め回す。

魔人種はカタリナを含めて全員出動しており、皆がそれぞれの武器を手にしている。オーク族は半数以上を魔境に移動させ、残りのほとんどは丘のあちら側で待機。ポロ族も似たような感じだが、丘の上に待機させている数が少し多い。ヤマト族は二人と馬車二台を丘の上、残りは今もせっせと運送業。牛獣人のトーラス族は、代表のスパーキ以下数名を丘の上に、残りは丘のあっち側。完全に普段通りなのは、ドワーフのドゥビルと岩山に出向してる連中だけ。

準備は、それなりにやってきた。

あとはもう運次第だ。

敵の中にバケモノがいれば、たぶんそれで終わり。

無論、そのバケモノ度合いにもよるだろう。人族の貴族みたいな戦術兵器であれば――どうにかできる。逆に魔族のような万能型で、かつユーノスよりも強い敵がいれば、かなり拙い。

しかし、今更それらを考えても手遅れだ。

とっくにそんな段階は超えている。

「クラリス様……そのぅ、クラリス様からよ、みんなになんか言ってくれねぇべか？　おでらも腹は括ってるども、やっぱりよ、不安なんだべ」

困ったように顔をくしゃりと歪ませて、モンテゴが言う。

それは狼族の襲撃に遭っていたときには見せなかった表情だ。

しかし――なるほど『不安』か。

「どうして不安なのか、判るか？」

私は両手を腰にやって胸を張り、にんまりと笑ってみせる。

モンテゴは少しの間だけ己の内側に理由を問うていたようだが、すぐに解答の持ち合わせがないことを悟り、その場の面々を見回したが、誰もなにも言わない。

言えないのではなく、私の言葉を待っていた。

「持っているからだ」

と、私は言った。

もちろんこれでは言葉足らずなので、一呼吸だけ置いてから続ける。

「持っていない者は、失わない。こんなものは単純な理屈だ。失うことを恐れるのは、持っているからだ。今、私たちは『失いたくないモノ』を持っている。以前の私にはなかったものだ。以前のおまえたちが、諦めたものだ。そして――」

逃げ出せばいい。

あの魔境で、ヤヌス・ユーノフェリザに言った。

けれどヤヌスは逃げなかった。失ってはならないものを持っていたからだ。譲れないモノを抱えていたからだ。死んでも手放せないナニカが、あったからだ。

だからユーノフェリザたちは、死んでも譲らないことを選んだ。

そのことを、私は否定しない。

そして彼らが抱えていたモノがなんなのかなんて、私には判らない。

あのときは――もういいや、と思った。

足の裏から肉が焦げる感触を味わいながら前世の記憶を思い出し、私自身の人生を思い返し、『私』と重なった私は、思ったのだ。

このままだと、そうなる。

普通に考えれば、こうなってしまう。

理屈を持ち出せば、そうならざるをえない。

物事には因果があり、生まれた流れは変えられない。

――知ったことか。

私は私がどうしてこんな有様になったのかを知らない。肉体の損傷が復元される理由なんて見当もつかないし、これに関して回数制限があるのか、あるいは時間制限があるのか、そういうことも判らない。だが、別にいい。そんなもの、知ったことか。

そういうのは、もういいのだ。

私はその場の全員へ順番に視線を向け、言う。

「──おまえたちも、私も、今は諦めるつもりがない。奪われることはあるかも知れないな。敗北する場面も来るかも知れない。だが、だからどうした？　そんなことでは、戦うことを放棄しない。なにもせずに奪われることを、ただ失うことを、もう許せない」

不安か？　恐ろしいか？　そんなもの、当然だ。

目の前のこいつら全員が皆殺しにされて、私だけが死ねずに焼け野原でむくりと起き上がるなんて、それこそ死ぬより嫌なことだ。

「奪われたくないなら、やることはひとつだ。おまえたちは既にそれをやっている。準備だ。できることはやった。あとは握り締めた拳を振り下ろすだけ。任せろとは言わないぞ。なにせ私は可愛らしいだけの、非力な、ただの女の子だからな」

にたり、と──口角が吊り上がっていくのが自分でも判る。

モンテゴの顔には、もう不安の色はない。トーラス族のスパーキなんかは頬を紅潮させている。セレナは微苦笑を、カタリナとキリナは瞳を輝かせている。

ユーノスは──満足そうに頷いていた。

私は笑って先を続ける。

「さあ、戦うぞ。おまえたちに任せてやる」

◇　◇　◇

と、盛り上がったところで奇襲作戦には出ない。

ユーノスとセレナだけを伴って、てくてくと丘を下る。

獣人連合の目的が判らないからだ。通信手段がないので、こういうふうに軍勢を寄せられても武力応戦していいものか判別がつかないのだ。

これがロイス王国の貴族間戦争なら、まずは使者を送ってこれこれこういう理由でおまえらを攻める、みたいな声明を出し、応じる側はその理由に誤解があるなら弁解したり、あるいはさっさと降伏したり、理由になっている原因を差し出して矛《ほこ》を収めてもらったり……まあいろいろあるのだが、今回スーティン村に押し寄せてきた軍勢がそのような作法を知っているわけがない。

しかし現状、略奪劇も起こっていないのだ。

どっかの世紀末みたいにヒャッハーと叫びながら殺して奪っていく様子が、今のところない。であれば、なにかしら要求してくるかも知れない。対話が可能なのであれば、最終的には武力応戦するにしても、ひとまず情報は欲しいところだ。

「なあ、クラリス。連中との交渉は俺にやらせろ」

隣を歩くユーノスが、ぽつりと言った。

世間話のついでみたいな口調で、一瞬なにを言われているのか判らなかったくらいだ。

「別に構わないが……気になったことがあれば、横から口を挟むぞ」

「ああ。それはそれでいい」

「なんでまた、前に出るつもりになった？」

「いくつか理由はあるが、クラリス・グローリアを前に出したままにしておくのは、俺たちにとって少しよくないと思ったからだな」

「……ふむ？」

首を傾げる私に、ユーノスは肩を竦めて答える。

「オーク族だとかポロ族だとか、カタリナやキリナ、ヤマト族もトーラス族もだな。身内に対しては、おまえが前に出ればいい。あるいは、これから身内になるかも知れない相手に対しては、な」

「今回は違う、と？」

「猫の獣人がおったじゃろ。行商人の」

私の問いに答えたのは、セレナだ。

「リーフ・リーザだろ。それがどうした？」

「敵軍の後方にそれらしい姿が見えたのは言った通りじゃが……かなりズタボロにされておったわ。どこかでこの村の情報を流していたところで獣人連合と鉢合わせたか、襲われた村の誰かが猫商人の情報を喋って、それで連中に捕らえられたか」

「ふむ」

可能性としては、わりと高いように思う。わざわざ拷問したリーフを引き連れているということは、あるいは連中にとっては『人質』のつもりなのかも知れない。

「穏便《おんびん》に済みそうにはない、じゃろ？」

「まあそうだな」

しかしそれとこれがどう繋がるのか。だから、だからユーノスが前に出る、という理屈がよく判らず、私は首を傾げながら歩くという難しい芸当をこなさねばならなかった。

「これは、俺たちの問題だ」

どこか楽しげにユーノスは言うが……しかし、やはり判らない。

「おまえの言う『これ』とは、どれだ？」

魔境に住み始めたことか、オーク族に関わったことか、狼族を殺したことか。

あるいは獣人連合と戦うことなのか。それとも、エスカード辺境領から逃げたことか。

「流されていることだ」

答えは端的で、やっぱり私には意味が判らない。

「流されている？　おまえたちが？」

「心当たりがない、などと言うんじゃないだろうな」

「……もしかして、『私に』か？」

「おい、まさか自覚がなかったのか？　呆れた女だな。しかし、まあ、その通りだ。俺たちはおまえに流されたまま、こんな場所にいる。それは俺たちにとって、あまりよくないことだ。おまえに流されるまま戦って、敵を殺し、仲間を増やし、土地に根を下ろし、自分たちの居場所をつくっていくのは、俺たちにとって、あまりいいことじゃない」

「……ふむ」

「そういう意味では、モンテゴたちは賢明だったな。自分たちの命運をクラリス・グローリアに預けると自分たちで決めた。流されるのではなく、おまえの生み出すわけの判らない流れに乗ることを選択した。俺たちは違う。おまえに流されないこともできたのだから」

「…………」

「なあ、クラリス。おまえはこれからどうする？」

「……知るものか」

楽しげなユーノスの問いに、私はむっとして答えるしかない。

そしてその回答は、ユーノスにとって嬉しいもののようだった。

「まったく、ろくでもない連中じゃな」

呟く妖狐の声音も、どこか楽しげで――だから、まあいいかと思った。

「判った。じゃあ、任せる」

と、私は言って、

「――ああ、任せろ」

と、ユーノスは頷いた。

獣人連合軍、総数三百ほど。

対する我々は――さて、なんだろう?

◇◇◇

アストラ・イーグニアはリザードマンの戦士である。

イーグニア族は戦士の一族で、アストラは中でも最も強い戦士だ。それは虚しい自称ではなく、族長から認められた『イーグニア最強』なのだ。

求められ、対価が妥当であるなら赴く。それが戦士だ。

少なくともイーグニア族にとっての戦士とは、そういうものだ。

イーグニア族の集落は獣人の領域のかなり端にあり、だから獅子王ランドールに対してどうという感情もない。庇護下にあるわけでもなく、当然だが税も納めていない。無論というべきかは判らないが、そもそもランドールに興味がない。

だから獣王に刃向かうという仕事も、別に構わなかった。

戦士に必要なのは、戦場だ。

対価と戦場。そのふたつがあれば、他のことは構わない。

それがイーグニア族である。

……そのはずだった。

◇　◇　◇

獣人連合『反獅子連《はんじしれん》』の仕事は、つまらないものだった。

せっかく獅子王に剣を向けるという話なのに、手始めにやったことといえば弱い種族を襲うこと。

そんなもの、失敗する方が難しい仕事だ。

雑魚《ざこ》を襲い、雑魚を引き連れ、次の雑魚へ。

その繰り返し。

今回もそうだと思っていた。

これまでの『反獅子連』の作戦で取りこぼした、取り逃がした連中がオークの村に集まっているという。なるほど、農耕に長けたオークの村であれば大人数を受け入れられる余裕があるだろう。

ならば奪おう。そして『反獅子連』は、より大きくなり、また退屈な仕事を繰り返し、繰り返す。いずれは獅子王が後悔するほどに巨大化するだろう。

そのはずだった――のに。

オークの村に辿り着いたアストラたちを迎えたのは、魔族と狐人と人族だった。

三百からの軍勢に押し寄せられて、あろうことか彼らは呑気にお喋りをしながら歩いて来るではないか。そこには恐れも、戸惑いも、闘争心さえない。

むしろ困惑したのはこちらの方だ。アストラはイーグニア族三十名の部下を任されている。残りの半分は族長が自ら指揮しており、指揮系統としてはそのアストラと族長は同列、上に狼族のギャラン・トゥボスという男がいる。ギャランが、この隊の長だ。

が――その隊長は、奇妙な三人組が間近に来るまで困惑を処理しきれなかったようだ。

事実、待機命令が出たままそれに変更はなく、アストラたちは三人組が十分に近づいてくるまで間抜けのように黙って突っ立っているしかなかった。仕事である以上は仕方ないが……こういうところも、今回の仕事の不満点だ。指揮官が愚図。敵が雑魚であれば問題ない。

しかし、今回は違う。そのことだけは理解できた。

「ここはオークが暮らすスーティン村だ。おまえらは一体どこのどいつだ？　武装集団が村に押し寄せて、オークたちは怯えている。用向きを訊こう」

魔族の男が一歩前へ出て言った。

アストラは魔族というものを生まれて初めて見たが――それをいうなら人族を見るのも初めてだが――なるほど、薄紫色の肌は見た目がいかにも不吉で、同族以外に忌避されるのもよく判る。

だが、その不吉さはアストラにはあまり気にならなかった。

もっと気にすべきことがあったからだ。

すらりとした長身の魔族から漂う、強者の風格。

腰に提げた剣はまだ抜かれておらず、ただ一歩前へ出て問いを発したに過ぎない。

なのに、物理的に空気が重くなったような気がした。

たったの三人が、三百人を向こうに回して圧しているという倒錯。

――駄目だ。

――話をするな。

――呑まれてしまう。

思考というよりは反射とでもいうような直感を、しかしアストラは口から吐き出さなかった。戦士の感性よりも、戦士としての規律を選んでしまった。

この場で対応するのはギャランの役割だ。指揮系統を乱すわけにはいかない。

「こちらの用を言う前に――」ギャランが魔族の男と同様、一歩前に出て言う。「――貴様らは、なんなんだ？　我々はオークたちに用がある。どうして獣人の領域に魔族と人族がいる？　そして……そこの狐人、これは一体どういうことだ？」

問われた狐人の女は、単に無言で魔族へ視線を向けた。

それを合図に、魔族の男がまた一歩前へ。

ギャランが半歩だけ後退りしたのを、アストラは見逃さなかった。

覇気《はき》で負けている。

これは……拙い。

「我々は代理だ。オークたちから全権を委任されている。判りやすく言えば、俺の受け答えはオークの受け答えだ。そういうものとして、おまえらの前に立っている」

「そんなもん、信じられると思うか？」

「そちらが信じるかどうかは、こちらの知ったことではない。おまえたちが信じないのだとすれば、それはオークたちの意思を蔑ろにしたということだ。この問答に関しては時間の浪費になるぞ」

「……何故、魔族がここにいる？」

「問うているのはこちらだぞ、狼の獣人。この地になんの用だ？」

これに対する返答には、わずかな間が必要だった。

もしも犬獣人やトーラス族が相手であれば、ギャランは迷わず突撃を指揮しただろう。最初に蹂躪し、そして支配する。あまりにも簡単な話だ。そうしなかったのは、魔族を警戒したから。指揮官としてさほど有能でないギャランをして警戒させてしまうほど、魔族の男には風格があったのだ。

息を吸って、吐き出す。

緊張からか尻尾をぴんと伸ばし、ギャランは言った。

「ザンバ・ブロードという狼族が、この村に来たはずだ。ザンバだけではない、ブロード族の連中も一緒に来ていたはずだ。やつらは俺たちの仲間だ」

「ああ、あの犬っころか」

ごく自然に、なんの気負いも見せず――魔族の男は、その言葉を口にした。

ギャランとその直属の部下たちが総毛立つのがアストラにも判った。狼族を犬扱いすれば当然だ。次の瞬間にギャランが魔族の男へ突撃しても不思議ではなく、そうなったとしても、おそらく仲間の誰も文句は言わなかっただろう。

存在を侮辱されたのだ。アストラだって自分たちを「カナヘビ」呼ばわりされれば激怒する。種族に誇りを持つ者ならば当然だ。

が、それもギャランはどうにか呑み込んだ。

怒気に身の毛を立たせながら、それでも手ではなく口を出す。

「ザンバを知っているんだな?」

「ああ。ついでにブロード族とかいう負け犬たちも存じている。あの連中を探しに来たのか?」

「やつらを知っているなら――こちらの目的は判っているだろう」

「侵略と徴発か」

やはりいっさいの動揺を見せず、魔族の男は簡単に答える。

そんなのは大したことではない、とでもいうふうに。

「理解していて、その態度か。だったら――」

「小麦の用意はしてあるぞ」

まさに進撃の指示を下そうとした出鼻に、そんな言葉がぶつけられる。

「……どういう意味だ?」

「意味もなにも、おまえたちはオークのつくる小麦が欲しいのだろう。とりあえず、おまえらに必要そうな量の小麦は用意してある。それでも侵略がしたい、オークを奴隷にしたいなら、死ぬまで抵抗するし小麦は燃やす。おまえたちはなにも手に入れられない」

淡々と――あまりにも平坦な口調。

こちらの目的は知っているし、対応も決めている。

とっくに覚悟など決まりきっている、そういう態度だ。

が、魔族の男はふと思い出したように、わずかだけ眉を上げた。

「そういえばザンバ・ブロードの話だったな。小麦と一緒に用意してあるぞ。無論、おまえたちの行動次第で小麦と一緒に燃やすことになるが……おい、そろそろ名乗るくらいはしたらどうだ?」

「ギャランだ。『反獅子連《はんじしれん》』のギャラン・トゥボス」

「そうか。では、ついて来い」

名乗らせておいて自分は名乗らず、魔族の男はあっさりと踵を返し、村の中心部へ歩を進める。そして人族の少女と狐人の女も、当然のように歩いて行く。

これは……どう捉えるべきか。

状況から考えるなら、彼らがオークたちに入れ知恵をして「生き残る道」を示唆《しさ》した、とでもいうところか。実際、オークたちに命懸けで反抗された上に小麦まで燃やされたのでは、なんのためにここに来たのか判らなくなる。

軍事行動とは、ただそれだけで消耗するものだ。

単純な話、軍を維持しているだけで食糧がみるみる目減りしていく。だから武力を動かすのであれば『発生しそうな損害を減らす』か『利益を生む』必要がある。

徒労が一番拙いのだ。こんなところまで来て、収穫なしでは話にならない。

そもそもスーティン村は『反獅子連』の目的にはそれほど関わりのない立地なのだ。獅子王ランドールの都は、ここからではあまりにも遠すぎる。ならば、この提案は考えるまでもない。

受けざるをえない。

だから——なにか拙い気がする。

けれど——受けないわけにはいかなかった。

「行くぞ。各自警戒は怠るな。不審な動きがあれば、俺の命令がなくとも部隊長の号令で動け」

簡潔な指示を下し、ギャランが先頭を歩き始める。

煮えた泥の中を進むような一歩だった。

◇　◇　◇

オークの村は、とにかく様々なものが大きい。

小麦畑の脇を行軍しているときにも思ったことだが、いざ村を歩いてみれば、その縮尺感覚にアストラ・イーグニアは戸惑いを覚えないわけにはいかなかった。

道は不必要なほど広く、三百からの軍勢が行進するのにさほど苦もない。これがコボルトの村であれば部隊行動も困難なほど道が狭かったのだが、それにしてもオークの村は無駄に大きすぎる。

いや、無駄ではないのか。

妙に重い一歩を重ねながら、アストラは思考を巡らせる。

オークという種族は獣人の中では珍しくない、有名な種族だ。昔は乱暴者が多かったというが、時を経て彼らは自然淘汰された。狼族、蜥蜴族、獅子族、そういったより強い種族に敵わなかった。だから現在生き残っているオークの大多数は農耕を営んでいる。川や森から少し離れた位置に農地を築き、その巨体を生かした大規模な農場を少人数でつくるのが生存戦略なのだ。自活自営というわけではないが、彼らの生産した農作物は物々交換においてかなり有利でもあった。

食べ物を必要としない者はいない。

だから――だから、道が広いのか？　収穫物を運ぶための道、なのだろうか。アストラには……農耕種族でないリザードマンには、よく判らない。

判るのは、なんだか嫌な感じがすること。

鱗の表面をざらついた氷が撫でていくような。

アストラの部下たちも程度の差はあれ似たようなことを感じているようで、進む足取りは重く、表情は――蜥蜴族の表情は同種以外には読み難いと言われるが――硬かった。

だいたいにして、あいつらはなんなんだ？

先を行く三人――魔族の男、人族の少女、狐人の女。

魔族だけでもわけが判らないのに、どうしてオークの村に人族の少女がいるのか。しかも当然のような顔をして魔族と狐人に挟まれていた。そこに恐怖など微塵も見えず、むしろ楽しそうにすら見えた。狐人の女に関しては……これもやはり、よく判らない。確か獅子王に解散させられた狐人の一族があったというが、アストラはそのあたりの事情には詳しくない。

思考はそこまで。

縮尺の感覚は違えど、小規模な村であることに変わりはない。

少し歩いただけで、先を行く三人が足を止めた。目的地に着いたからだ。

広い――奇妙に広い場所だった。草も生えていない更地があり、他のなにもない。広さは、アストラたち『反獅子連』を三百人収めてもまだ余裕がある。注意深く地面を見れば、どうやら最近まで大きな建物が建っていた場所らしいことが判った。

「ここは集会所だった場所だ。ザンバ・ブロードとその一味が襲撃して来た際、ひどい有様になったから解体した。どうせおまえらが来るだろうと思っていたから、既に小麦は運んである」

よく通る声で魔族が言って、少し向こうを指差した。

「あちらを見ろ。あそこにあるのが穀物庫だ。そこの中身を全部持って行っていい。必要な分は別に確保してあるから心配するな」

別に誰もオークたちの心配などしていない。

が、わざわざ言っても詮《せん》のないことだ。魔族の指差した方向には、確かに穀物庫らしき木造の建物があり、どうやら長年使われている場所だということが建物の朽ち方から判別できる。

「確認するぞ。おまえらの用意した小麦をいただいていく。量に文句がなければ、俺たちはそのままここを去る。十分な量を用意しているんだな？」

部隊長のギャランが言った。

「そのつもりだ」魔族の男は、ただ普通に頷いた。「おまえたちが千人を一年食わせたいなら話は別だが、この規模の村で収穫できる小麦であれば妥当だという量は用意したぞ。先程も言ったが、これが妥協点だ。ここから交渉するつもりはない。文句があるなら俺たちとオークを皆殺しにするんだな。もちろん小麦は燃やすし、家財道具も根こそぎに焼き払う」

「……それをさせる間もなく略奪する、という手もあるぞ」

「ならそうすればいい」

他愛もない脅し文句には、やはり全く動じなかった。

まあ、それはそうだろう。向こうには考える時間があったのだ。『反獅子連』がいずれ村に来ることを知っていた。だから準備していた。

こちらが欲しいものを理解しており、そうしなければ絶対に損をするという方策を用意した。そして、こちらは『そうすれば損はしない』のだ。

嫌な感じ――とても嫌な感じがする。

「……はんっ！　気に食わないが、おまえらにかかずらっている暇がないのも事実だ。ブロードの連中と小麦を回収して、俺たちは引き上げる。おまえたちは無事を獲得できる。それでいいな？」

「次はないぞ」

「……あぁ？」

「おかわりはないぞ、という意味だ。犬っころに何度も恵んでやるほど、こちらも別に裕福というわけではない。おまえらはおまえらの目的通り、獅子王を討ち倒して、王族が溜め込んでいる金銀財宝や食糧を奪えばいい」

「言われるまでもない。こんなド田舎に軍を向けるなんて、わざわざやりたいことじゃねぇ。邪魔しないなら放っておいてやる。俺たちの食い残しにも、そう言っておけ。尻尾巻いて逃げた先で、誇りもなにもなくして、楽しく暮らせばいいさ」

俺たちは違う。

ギャランのそれは、己に言い聞かせるための言葉だった。

獅子王なんぞにいつまでも君臨されてたまるか。

安っぽく、薄っぺらい――しかし紛れもなく、それは彼らの矜持なのだ。

誇りも持たずに生きてはいけない。

泥を啜って生きながらえるのは、屈辱だ。

「――うふふ」

不意に。

人族の少女が微笑んだような……。

背筋がぞっとするような、全身の鱗が一斉に引き剥がされたような、そんな笑い方……だったような気がする。アストラが怖気を感じて少女を見直したときには、そんな笑みなど消えていたから、あるいは見間違いかも知れない。

「そうと決まれば、獲るモン獲って撤収だ！　狒々族とコボルトは馬車を穀物庫に寄せろ！　俺が中を検《あらた》める。残りはそいつらを見張っておけ。おかしな動きがあれば、躊躇するなよ。それから――」

大雑把だが判りやすい指示を出し、ギャランは人族の少女を指差した。

「――おまえだ。そこの娘っ子。おまえが穀物庫を案内しろ。判っているだろうが、なにかあったらこいつを殺す。黙って見てろよ、魔族野郎」

「ああ、構わんぞ。最初からその娘に案内をさせようと思っていた」

さっさと行け、とばかりに魔族は手をひらひらと振る。

金髪の少女がにこりとキレイな――先程のそれとは全く異なる、本当にキレイな――笑みを見せ、こちらへどうぞ、とばかりに穀物庫へ歩いて行く。

嫌な予感……だが、一体なにが起こるというのか。

判らない……なのに、焦燥《しょうそう》感だけが強まっていく。

金髪の少女が歩いて行く。その後をギャランが追う。狒々族とコボルトたちが馬車を動かし、さらに後を追う。一連の流れは非常に滑らかで、寄せ集め部隊の軍事行動も練度が上がったものだ。

それにしてもブロード族とやらは、あの魔族たちにどうやって撃退されたのだろうか。穀物庫に身柄を拘束されているということは、まだ生きているということだが、敵を捕らえるのは殺すよりはるかに難しいことだ。とすれば、やはりあの魔族はそれほど強力なのか。

少女が穀物庫に入ろうとする。

が、どうやら扉が重かったようで、結局はギャランが扉を開けた。そこでなにやら遣り取りがあったようだったが、距離のせいでアストラには聞こえなかった。

そのまま二人が穀物庫に入って行き、少しの時間が経った。

狒々族とコボルトたちは、小麦の搬送をしやすいように馬車を並べている。

一呼吸、二呼吸。

無意識に胸中で呼吸の数を数える。

ひとつ増える度に、意味不明のナニカが高まっていく。
五、六、七……。

十を数える、その寸前、

――穀物庫が爆発した。


絵に描いたような爆発だった。

急激かつ強烈な燃焼と、それにともなう爆圧と熱風。

穀物庫の内側から、外側へ。轟音と共に、離れた位置のアストラへ届くほどの熱風。

当然だが直近に控えていた狒々族とコボルトたちは、まともに爆圧を受けて吹っ飛ばされた。爆心地にいたギャランがどうなったかなど、言うまでもない。

というか……あの少女こそ、爆散しているはずだ。

穀物庫への案内を引き受けたときの、あのキレイな微笑みから、こんな結末が想像できるわけがない。これから爆死する生物があんなふうに微笑するのであれば、もうアストラにはこの世の全てが信じられなくなる。どうして。どうしてあんなふうに。

あまりの出来事に、誰もなにも反応できなかった。アストラたち待機勢が爆心地からやや離れていたのもあっただろう。本当に危険な距離で爆発していたら、逆に身体の方が意思より先に反応していたはずだ。先程からの『嫌な予感』の正体が、これなのか……。

――否、違う。

はっとしてアストラは魔族と狐人を見る。

二人はもうとっくに駆け出していた。村の奥側へ。丘の方へ。

そして――視界の端に見えたモノに、また意識を奪われる。

なにがどうなっているのか、全く判らない。

どうして空から大量の岩が降ってくるのかなんて。

「投石だ——‼」

誰かが言った。だが、一体どこから、どのように？

空を覆うほどの岩々が降り注ぐ中、その疑問について考えている暇はなかった。頭に当たれば即死は免れない、しかしどうにか武器で軌道を逸らすことはできそうな岩が、今まさに落下中なのだ。

ひとつ弾いたからといって、だからなんだというのか。

ふたつ防いだとしても全く足りやしない。

意味不明で、理解不能。

ただ、自分たちが罠に嵌まったことだけは、十二分に理解できた。

五　計略と制圧

「こちらへどうぞ」

ファミレスの店員みたいに畏まりながら、私はひどく久々に感じられるお嬢さまスタイルで微笑を浮かべ、穀物庫の扉に手をかけたら開かなかった。

「…………」

オークの建物は大きすぎて、扉も大きすぎて、私の力では動きやしないのだ。

なにしろ私はクラリス・箸より重いものを持たない・グローリアだ。

「ごめんなさい、開けてくださるかしら？」

さすがに本心の混じった苦笑を浮かべながら私は言った。

部隊の長らしき狼獣人は、そんな私を何秒か訝しげに眺めてから無言で穀物庫の扉に手をかけた。

雰囲気からしてザンバ・ブロードよりは強そうに見えるが……知能の方は、たぶんどっこいどっこいではないか。名は、ギャランとかいったか。

三日経ったら忘れてしまいそうだが、別にそれほど困らないだろう。

穀物庫は薄暗く、横長の構造をしている。

この場合の横長とは、扉を開けたら左側にスペースがある、という意味だ。正面方向にスペースがあるなら縦長とでも表現しただろうが、まあそんなことはどうでもいい。扉を開けただけでは穀物庫の内側を一望できない、というのが重要だ。

「ほう、なかなか広いみたいだな。ザンバたちは奥にいるのか？」

「オークの穀物庫ですから、狭くては話になりませんわ。どうぞ確認ください」

うふふ、と笑んでギャランを促す。

疑うでもなく当然のように奥へ入って行くその背を眺め、私は微妙な気持ちになっている自分に気づく。肩透かし――というのが、たぶん近い。

もちろん、こうなるように仕組んでいたし準備もしていた。しかしなんの苦もなくこうなってしまえば、やはり少々の空虚さは感じてしまう。

「おい、娘っ子。誰もいないぞ。ブロード族の連中はどうした？」

あまりにも呑気な問いに、私は思いっきり溜息を吐いてやった。

「はぁ……まったく、度し難い間抜けだな。妥協点のない負け犬を、わざわざ生かしておく必要があると思うか？　全員殺して、焼いて、埋めてやったぞ」

「――あ？」

たった今まで可憐なお嬢さまだった麗しの美少女が、可愛らしさと麗しさはそのまま、口調だけ雑になるという変化に、ギャランは困惑を隠せなかった。

ぽかん、と口を半開きにして私を見ている。

本当なら一刻も早く壁をぶち抜いて脱出すべきだ。まともな頭脳の持ち主であればブロード族の生存など疑う以外の選択肢などないし、穀物庫に大量の穀物なんて存在しないと気づいたはずだ。

丘の向こう側に新しい穀物庫を建て、そちらに小麦やなんかは移した。

だから、この建物は厳密に言うなら旧穀物庫である。

ここにあるのは、天井に張りつけた袋だ。中身は石臼でごりごり挽いて作成した、それなりの量の小麦粉。そしてその袋は、紐をちょいと引っ張れば裂けるようになっている。

コボルト――ポロ族のイオタが、そういう細工をしてくれたのだ。

「実験してないからどうなるか判らないが、一度やってみたかったんだ」

「……は？」

ひょい、と紐を引く。

天井に張りつけられた袋が裂け、中身が床にぶち撒けられる。事前に実験はしていたものの、本番できちんと細工が機能したのはやはり嬉しいものだ。イオタたちの顔を思い出し、にんまりしてしまう。当然だが濛々《もうもう》たる白煙が立ちこめ、前は見えないし息もできない。

たったの一呼吸で小麦粉が喉に張りつき、激しく咳き込む羽目になるだろう。

なので、続く科白は胸の内で呟いた。

そう、本当にただの好奇心。一度はやってみたかったのだ――粉塵爆発。

◇　◇　◇

上空十メートルくらいの位置までぶっ飛ばされているのに気づき、そのまま為す術もなく落下してまた死んだ。宙で身を捻って怪我を避けたりする連中は、正直どうかしていると思う。勢いよく吹っ飛ばされたら、なんだかよく判らないうちにどこかへ激突するに決まっているではないか。

で、私はまた生き返る。

表現として正しいのかは判らないが、そうとしか言いようがない。

「やれやれ……こうして素っ裸になるのも久しぶりだな」

別に露出狂というわけではないが、派手な死に方をしたときはどうしても衣服ごと破壊されることが多いので仕方ない。いや、まあ、今回に限っては私がわざわざ粉塵爆発をやりたくてやったことなので、ひょっとすると露出趣味かも知れない。

ともかく。

私は爆発によって崩壊した——本当に景気よくぶっ壊れている——旧穀物庫を眺め、それから、広場となっている集会所跡の地獄絵図に目をやった。

丘の上のカタパルトから、一斉投射。

投石機というものは、地球でもかなり古くから使われていた兵器だ。木材のみで造ることもできるが、今回はドワーフのドゥビルに金属部品をつくらせ、コボルトのポロ族に部材の仕上げと組み立てを任せた。あとは部品と『弾』を丘の上に運び、狙った場所に着弾するよう調整するだけ。

肝心の『弾』は、ドゥビルの住む岩山地帯に腐るほどあったし、鉱石を採掘するために人員を投入していたおかげで、わざわざ掘る必要もなかった。

樹皮で編んだ袋に手頃な岩をごっそり詰め、投石器で発射し、空中で袋が破れる。そうすることで、いうなれば散弾が上空から降り注ぐわけだ。

正直、奇計奇策の類いである。

集会場跡地に敵を集めなければならないし、防御的な技や魔法を使える者がいれば通じないし、敵が斥候《せっこう》を出してこちらの地形を把握していれば空振りしていたに違いない。

成功率は三割に満たないと思っていた。

が、とにかく成功した。

旧穀物庫の爆発に巻き込まれた狒々族やコボルトは三分の一くらいが死んでいるし、投石の一斉射を喰らった敵の部隊は半壊滅状態になっている。

辛うじて生き残っている者、投石に耐えるか回避するかして戦闘可能な者もいるようだが、状況は決したと評していい。この状態から、やつらに打つ手はない。

「クラリス様！」

私の着替えを抱えたカタリナが慌てて走って来る。日頃の訓練の賜物《たまもの》か、たぶんオリンピック選手並みの駆け足だ。後ろには槍を掴んだマイアもついて来ているようだったが、彼女の方は特に私に対する心配などなさそうだった。

「悪魔みたいな女ね。さすがにあたしたちだけじゃキツいかなって数だったのが、もう鼻歌交じりで済むくらいまで減ってる」

「さすがはクラリス様です」

「……まあ、いろいろ思うところはあるが、敵が阿呆だったのが最大の勝因だな。これまでずっと力押しでやって来たから、それ以外の方法を知らなかったんだろ」

カタリナから受け取った衣服をいそいそと身に着けながら所感を述べる。

「こんなの、戦じゃないわよ」

苦虫を噛み潰したような顔をするマイアに、私は鼻で笑っておく。

「はんっ、他人の住処にやって来て他人の全てを力で奪おうって連中が、なにをどうされようが仕方ないはずだ。こうされたくなければ他人を襲うべきじゃない」

あまり詳しくないが、地球の戦争においては非人道的な武器や行いは禁じられているとかなんとか。たとえば捕虜の虐待や拷問《ごうもん》、大量破壊兵器による虐殺、必要以上に人体を苦しめる武器の使用、あとは毒ガスなんかもそうだ。それらは「こちらも使われたら困る」から「お互い使わないようにしましょう」という約束だった……と、思う。たぶんそうだ。

そしてそんなものは、この世界にはない。

地球にだって、本当にあるかと問われれば怪しいものだ。

「……た、……たすけ、て……」

と、弱々しい声音がわりと近くから聞こえてきた。

見れば旧穀物庫の跡地、そのすぐそばの瓦礫《がれき》の下に、コボルトが半分くらい埋まっていた。

もう少し注意して周囲を見回せば、狒々族やコボルト、犬獣人や蜥蜴獣人の死体と死にかけが……それなりの数、そこいらに散らばっている。

「莫迦共が弁えもせずクラリス様に牙を剥いておいて、我々から奪おうとしておいて、いざ自分たちが死にかけたら『助けてくれ』だなんて……？」

穢らわしい、とばかりにカタリナが吐き捨てたが、やっぱり少女だから潔癖なのかも知れないなぁ、なんてことを私は思った。

思ったついでに、ぺちっ、とデコピンしておく。

「あぅ……」

なんで？　とカタリナは額を手で押さえて私を見る。

まったく、可愛らしい連中だ。

「自分がそうじゃないからって、他人にまでそれを求めていると、どんどん狭苦しい世界になるぞ。どうせこいつらのうち半分くらいは力で従わされていたような連中だろ。もうひとつ言うなら、敵だからってわざわざ憎まなくてもいい」

敵は、敵だ。

怨敵だったり仇敵だったり宿敵だったり不倶戴天《ふぐたいてん》の敵だったり、それはいろんな敵がいるだろう。しかし今回の場合は、単なる敵である。憎むほどの思い入れなど、ありはしない。

夏場の夜に耳元で羽音を立てる蚊の方がよっぽど憎いくらいだ。

私はまた視線を集会所跡へ向け、戦闘可能だった敵がユーノスたちに討ち倒されるのを確認し、やれやれと息を吐く。一人だけ元気そうな蜥蜴人が斧槍を振っていたが、時間の問題だろう。

「マイア、片がついたと判断したら、丘の上からトーラス族とヤマト族を連れて来い。まだ戦意を見せてるやつは殺していいが、そうでないやつは回収して治療してやれ。死にそうなやつに関しては、判断は任せる。トドメを刺してやるのでも、仲間に最期を看取らせるのでも」

「……厭な役回りを押しつけてくれるじゃない」

「そう思うなら、その役回りを違う誰かに押しつければいいじゃないか」

にんまり笑って返してやれば、マイアはぐっと悔しそうに歯噛みしてくれるものだから、ついつい嬉しくなってしまう。

まったく――本当に、可愛らしい連中だ。

きっとこいつらは、自分の娘を自分の娘ではなかったと主張したり、息子の婚約者よりも優良な物件が現れたからといって婚約者を貴族のニセモノだったと言い張ったりしないのだろう。

そしてきっと――そういう連中の食い物にされてしまう。

実際、そうだったではないか。

「さて、あっちもそろそろ終幕だな。ほら、マイアはさっさと動け、怪我人が可哀想だろ。そんで、カタリナは私についいて来い」

言って、歩き出す。

わざとらしい溜息と気持ちのいい返事が、同時に響いた。

六『名』

ユーノスは自分がユーノフェリザだった最後の日、別れの夜、父であり族長であるヤヌス・ユーノフェリザに「誇りを持って死ね」と言ったのを覚えている。

忘れることなどないだろう。

あれがユーノスにとって、ユーノフェリザ氏族としての、最後の言葉だった。

ユーノフェリザ氏族は、強く、理性的で、剛胆にして冷静。

ならば、今の自分は？

魔境を逃げ惑い、獣人の領域に辿り着き、魔境を拓き、オークたちを助け、そして――現在に至るまで、ユーノスは答えを出さずにいた。

カタリナがクラリス・グローリアに心酔しているのは、判っている。

自分もまた影響されている……それも理解している。仲間たちが少しずつ変化しているのも。当然だ。何者でもなくなって、変わらずにいられることなどできはしない。変化しないということは、結局はユーノフェリザであるということだ。そういう者たちは誇りを持ったまま死んだのだ。

強く、理性的で、剛胆にして冷静なユーノフェリザ氏族として、自分たちは死ねなかった。

では——眼前のこいつは？

迫り来る斧槍を黒い魔剣で捌きながら、ユーノスは独り残されそれでも戦い続ける蜥蜴人の胸中を考えるが、もちろん判るはずもなかった。

同じ魔人種の、ユーノスにとって幼馴染みであるマイアのことですら厳密には理解できないのだ。種族そのものが違う相手の、それも蜥蜴人の考えなど想像もつかない。

判るのは、かなり強い相手であること。

そして——それでもユーノスの方が強いこと。

縦に振り下ろされる斧槍を横に逸れて避け、同時に一歩だけ間合いを詰める。斧槍が描く斬閃の内側へ、するりと身を入れる。剣では間に合わないが、拳なら最短距離で撃ち込める。そういう間合いであり、互いの体勢。拳が蜥蜴人の顎を捉えるまで、一呼吸の半分も必要ない。

が、蜥蜴獣人は尻尾を使って姿勢を変えた。

びたんっ！と音を立てる勢いで尾先を地面に叩きつけ、身体を浮かせることで武器を振り回す空間を強引に確保したのだ。

前進することで避けた斧槍が瞬時に引き戻され、ユーノスの背に斧部分がぶち当たる——ので、撃ち込むはずだった拳を出さず、後ろに流したままの黒剣で斧槍の柄を払う。

ぐるぅり、と。

複雑怪奇な力の動きが発生し、宙で斧槍を操っていた蜥蜴人の身体が泳いだ後、勢いよく地面に叩きつけられる。土埃が舞い上がるほどの衝撃だ。

しかしそれでは終わらない。

蜥蜴人は地に張りついたまま、ぎゅるりと異様な速度で回転した。身体構造が人族とは明確に異なるのだろう、ユーノスにはそれがどういう体捌きなのか、どういった技術なのかはまるで把握できなかったが、動作の狙いそのものは理解できた。

頑丈な尻尾による薙ぎ払いだ。

そこらの岩なら簡単に破砕しかねない――そう感じさせるだけの速度と質量。

それをひょいと軽く飛んで避け、そのまま蜥蜴人の背を踏みつける。

「ギ――っ！」

鱗があるせいか皮膚が硬く、さほど効いていない。半瞬でそう判断し、踏みつけた蜥蜴人の背を足場にもう一度跳躍して間合いを離した。

蜥蜴人はゆっくりと立ち上がり、斧槍を構え直す――いや、構えなかった。

「……オマエ、強イ……」

言って、握っていた斧槍を手放し、ぺたりと腹這いになってユーノスを見上げてきた。

爬虫類のそれと同様の、感情が読み取り難い瞳。

「降参スル。勝テナイ、理解シタ。コレ以上、意味ナイ」

「なるほど」

潔い。表情も感情も読めない相手だが、剣を交えれば見えてくるものもある。

おそらく、この蜥蜴人はまだ十分に戦えるはずだ。一連の攻防で怪我も疲弊もしていない。武器も失っておらず、憶病風に吹かれたようにも見えない。

当人の言うとおり――ただの判断だ。

そして、その判断は正しい。

「名を訊こう」

「アストラ・イーグニア。イーグニア最強ノ戦士。オマエニ負ケタ」

地べたに這いつくばったまま、アストラはゆらゆらと尾を動かした。犬や猫とは全く異なる、感情に連動していない尾の動かし方だ。

「それで、降参してどうする？ 俺たちは捕虜を取らない。おまえが獣人連合の戦士であることを選ぶのなら、殺すしかないぞ」

「俺、オマエタチ従ウ。要ラナイ言ウナラ、殺セ、俺ヲ」

「……ふむ？」

「戦士ガ負ケル。ソレ、従ウカ、死ヌコト。俺、オマエ認メル」

「……なるほど」

そういう価値観の持ち主なのだろう。最初から支配欲だとか権力欲だとか、そういう感情とは無縁なのだ。彼らは戦士であり、戦士だから戦う。そういう種族ということだ。まあ、たぶん。

彼らなりの規律や軌範があり、アストラはそれに真摯《しんし》なのだ。

そういう印象があった。

「いいだろう。こちらに下るということだな」

「ソウダ。オマエタチノ戦士ニナル」

蜥蜴人が頷いた、次の瞬間、

「――ざけんじゃねぇぞゴラァァァア‼」

耳を塞ぎたくなるような大声が響いた。

そちらへ視線をやれば、穀物庫の爆発に巻き込まれたはずの敵指揮官ギャランが、全身血塗れのまま起き上がっているところだった。ザンバ・ブロードが追い込まれてそうしたように、その全身をめきめきと変形させ、人よりも獣に近い姿形へ変わっていく。

「奥の手、か」

変身する際に肉体をつくり変える、その変化を利用して骨折を無理矢理に治しているのだ。裂傷や重大な火傷なども、あるいは修復されるのかも知れない。

「オオオォォォァァァア‼」

咆哮を上げて突っ込んで来るギャラン。

その、狼が突進する一歩目に割り込むような形で、蜥蜴獣人が斧槍を振った。ユーノスしか視界に入れていなかったギャランの腹に、斧槍の一撃が叩き込まれる。

がちり、と。

確かに腹に突き立てられた斧槍の柄を、ギャラン・トゥボスが握り締めて――引っこ抜いた。

「――ッ⁉」

瞬間、アストラの身体がわずかに浮き上がる。『変身』を終えていないギャランの、確かに損傷しているどてっ腹が、形容し難い醜怪さで塞がっていく。

アストラが斧槍から手を離した。そのまま掴んでいると斧槍ごとどこかへ吹っ飛ばされるという判断からだが、結果はさして変わらなかった。

一回り大きくなった狼男の蹴りが、アストラの身体を弾き飛ばしたからだ。

どぅ、と低い音がしたと思えば蜥蜴獣人が地面と平行に吹っ飛んでいる。ギャランが身に纏っている魔力の密度が明らかに濃くなっており、一回り大きくなった体躯以上の怪力を生んでいるのだ。

「ぶち殺してやルァ！」

狂気の込められた怒声を上げ、今度こそギャランが地を蹴り、突進した。

当然、向かう先はユーノスだ。

「よく吠える犬だ」

苦笑しながら独りごち、ユーノスは眼前に迫った狼男の豪腕を、さしたる苦もなく一歩だけ後退して避けた。濃密な魔力を纏った一撃が空間上に光る斬閃を描き、空振りした一撃が地面を叩いて土埃を撒き散らすが、ユーノスは焦りというものを感じない。

後退した動きの流れのまま、背中から倒れるようにぐるりと回転し――その動作のついでのようにギャランの顎を爪先で蹴り上げる。

動作は止めず、一度地面に手を突いてさらに宙返り。

わずかに、距離が開く。

ユーノスは抜いたままの黒い魔剣をゆらゆら揺らしながら、蹴撃の痛みすら感じていない様子のギャランを見る。既に『変身』は完了しており、肉体の変化も止まっている。予想通り、変身前の損傷はなかったことになっているようだ。

「――――ッ!!」

もはやギャランは叫ぶことすらせず、ほんのわずかに腰を落としてから、また地を蹴った。

迅《はや》い。そう、確かに速い。

しかし恐れるほどではない。狼男が全身に魔力を漲《みなぎ》らせているというなら、ユーノスは最初から総身に魔力を循環させている。足の爪先から、骨という骨、肉という肉、血という血、その全てを意識して、制御して、魔力を流動させていた。

きっかけは、魔境を歩き続けた日々の中。

おまえたちは魔力の扱いが上手い、とクラリスは言った。人族のように破壊のためだけに魔力を魔法へひたすらに変換するのではなく、身体に巡らせることで強靱《きょうじん》さを実現している。人族と同じような体躯の魔人種が、人族を圧倒できる理屈がそれだ。同様に、稀に存在する人族の中の強者が、魔人種に拮抗《きっこう》できる理由でもある。

決定的だったのは、妖狐セレナとの初対峙か。

妖狐の妖術によって見ている景色がおかしくなった。クラリスが言うには、精神に作用する魔法ではないか、とのこと。それが魔法であるなら、最初から魔力を身体に巡らせておけばいいのだ。きちんと臨戦態勢を取っていれば、あんなまやかしに撹乱されることもなかった。

だから——ユーノスはあれからずっと、魔力を意識して操り続けている。

歩く、座る、屈む、走る、跳ぶ、寝転がる、起き上がる、剣を抜く——意識してみれば、あらゆる動作に魔力が伴っているのが判った。それに自分たちは、あまりにも無自覚だった。

もっとずっと精密に、魔力を操れる。

もっとずっと厳密に、魔力を動かせる。

あれからは、呼吸ひとつですらユーノスにとっては訓練だった。

どれほどの魔力を無駄にしていたというのか。

どれだけの無為に無自覚だったのか。

狼男が、瞬きひとつの時間で眼前に迫る。

振り下ろされる右腕。振り上げられる左腕。巨大な顎《あぎと》が喰い千切るかのごとき攻撃を、半歩だけ身を逸らして、魔剣を滑らせる。魔力は、柄を通して剣先まで。


——斬《ザン》、と。


キレイに切断された狼男の右脚が、なまじ前進する勢いがあっただけに、ぐるぐると勢いよく回転しながら宙を舞い、わずかな間をおいて、ぼとりと地面に落ちた。

「…………ハ？」

意味が判らない、とギャランはすれ違うようにして移動したユーノスを振り返る。

もちろん敵の当惑につき合う理由などない。動作の流れのまま、もう一度魔剣を振って胴を断てば終わり——だが、ユーノスはそのまま魔剣を腰の鞘に納め、とんっ、と地を蹴って再びギャランとの距離を取った。軽い動きだが、数歩分以上の跳躍だ。

致命の隙を見逃されたギャランがさらに困惑を見せるが、無論、それにも構わない。

「ガァ——ッ！」

と、いつの間にか斧槍を手にしたアストラ・イーグニアが、斧槍の石突き部位でギャランの頭を殴りつけた。蹴り飛ばされたままではおらず、きちんと着地して速やかに武器を拾い直し、するすると滑るようにギャランへ接近していたのだ。

だんっ、と狼男が地へ打ち倒される。

アストラは油断なく斧槍を構えたまま、右脚を失った狼男を見下ろしていた。

「て、めぇ……このクソトカゲが……！　誇りはねぇのか⁉　ランドールの王座を奪うまでがてめぇらの仕事だろうが！　ゴミクソトカゲ野郎！」

地面に倒れて呪詛《じゅそ》を撒き散らすギャランに対し、アストラは無言を貫いた。というより、そもそもギャランの言葉など聞いていないようだった。

爬虫類の眼差しを、真っ直ぐにユーノスへ向けている。

「なんなんだ⁉　おまえらはなんなんだ⁉　ここはオークの村だろうが！　どうして魔族だの人族だの……クソ！　クソクソクソ！　俺たちは『反獅子連』だ！　これは獣人の問題だ！　てめぇらなんぞが出しゃばるんじゃねぇ！」

獣化した指で地を掻きながら、ギャランが叫ぶ。

それが紛れもない本心であることは、ユーノスにも判った。腹立ちに任せて口から呪詛を吐き散らしているだけでないことも、また理解できる。

人に近い獣人が、より獣に近づくための変身。

魔人種が魔力の扱いに長け、人族が魔力を破壊に注ぎ込んだというのであれば——狼族は『変身』という手段で魔力を使っているのだ。

おそらくは魔人種のように魔力を扱えず、人族のように魔法へ変換することもできない。だから、全力を出すための手段を持っている。そしてその『全力』には、繊細な制御がない。制御が下手だから変身しているのであれば、そういうことになる。

それでも——訓練次第では、もっと手強かったはずだ。

けれども――日常の総てを訓練としたユーノスには届かなかっただろう。

「アストラ。そいつの左脚を斬れ」

と、ユーノスは言った。

これにアストラは『頷く』という意思表明すらせず、即座に斧槍を振り下ろし、残り一本となっていたギャランの脚を断ち切った。

獣化の影響で右脚の切断面が急速に塞がりかけていたから念には念を入れたのだが――ついでにアストラの有用さを試してみたのだが――正解だった。

再びギャランの悲鳴が響く。

だが、その悲痛さとは裏腹に、あっという間に左足の切断面も塞がり始めた。出血が止まるまで呼吸三回分の時間しか必要なかったほどだ。そしてどうやらそれでギャランの内在魔力は尽きかけたようで、獣化が解け、元の狼族の姿に戻ってしまう。

それで、終わりだった。

「クソ……クソがよぉ……こんなところで……おまえらは、なんなんだ？」

漏れ出た言葉に、もう呪詛は薄かった。

もはや地を掻いていた指の動きも止まり、力ない眼差しでユーノスを見上げている。

ふぅ、と息を吐き、ユーノスは周囲をぐるりと見回した。

既に戦いそのものは終わっており、仲間たちが敵の負傷者を回収しているのが見えた。

生き残っている敵の中、それでもまだこちらへの敵意が強い者は、単に放置されるか、もしくはトドメを刺されている。比較的軽傷で、かつ戦意を喪失している者は、その場に座り込んだままユーノスの方を見ている。中にはアストラと同じような蜥蜴人もいた。

そして――クラリス・グローリア。

悪徳の女神が、金色の髪を風に踊らせながら歩いて来るのも。

怪我人を搬送するヤマト族。ポロ族の者が、同じコボルトのシャマル族の生き残りに話しかけているのが見えた。トーラス族の女が重傷者へ応急手当をしている。オーク族は丘の上に待機したまま。魔人種の仲間たちは、それらに対する護衛。

抜いたままだった魔剣を一振りしてから鞘へ収め、ユーノスはのんびりと歩いて来るクラリス・グローリアを見る。そこいらに広がる地獄絵図を意に介さず、晴れた昼下がりに機嫌よく散歩でもしているような、あまりにも場違いな――自分たちの恩人。

きらきらと輝く少女。

逃げてしまえばいい、と彼女は言った。

そして自分たちは、ユーノフェリザ氏族でなくなった。

強く、理性的で、剛胆にして冷静。

それが、ユーノフェリザ氏族だった。

――おまえたちは、なんなんだ？

今の自分を表す言葉を、ユーノスは知っていた。

現在の自分たちが名乗る名を、ユーノスは持っている。

強く、理性的で、剛胆にして冷静？

そんな脆いモノは、必要ない。

「どうやらそっちも片づいたみたいだな。私の麗しき作戦と、準備したおまえたちと、実際に戦ったおまえたちの功績だ。私が誇った倍くらいは誇っていいぞ」

ニヤニヤと、あるいはニタニタと笑いながらクラリスは言う。

底意地の悪い――けれどあまりにも眩しい笑みに、思わず小さく笑ってしまう。

以前よりも自分は強くなった。確かにそう思う。しかしそれでも、やはり人族へ突っ込んでいれば全滅していただろう。人族は策を練る。狼たちはただの蹂躙を選んだ。彼我の戦力差でまともにぶつかっていたなら、策を練らない獣人たちとはいえ、あるいは危うかったかも知れない。

なればこそ、クラリスもまた策を練った。

奪わせないために。失うことを、拒否するために。

だからユーノスは、晴れ晴れとした気分で口を開いた。


「俺の名は、ユーノス・グロリアス。獅子王だろうが『反獅子連』だろうが知ったことか。我々こそが――『栄光《グロリアス》』だ。俺たちは、栄光の氏族だ！」


誰にというよりは、ただ自分に対して。

ひたすら大声で、けれど怒鳴らずに。

高々と宣誓してやった。

からりとした晴天。地に這いつくばる狼族。爆散した集会所の跡からわずかに煙が燻《くすぶ》っている。忙しく動き回る仲間たち。もう二度と動かないたくさんの死体。宣誓を聞いて目を輝かせているカタリナと、その隣でぽかんと口を開けているクラリス・グローリア。

ああ――そんな間抜け面でも、おまえは綺麗なんだな。

そう思うと、本当に清々しい気持ちになった。

「『栄光』だと……？　獅子王も、俺たち『反獅子連』も……おまえたちが、おまえらみたいにちっぽけな連中が、呑み込むっていうのか……？」

信じ難い、と呟くギャラン。

ユーノスは口端を思いっきり持ち上げて笑ってやった。

「呑み込む？　どうしてそんな必要がある？　なにを勘違いしているか知らんが、俺たちは栄光を掴む者ではない。俺たちが『栄光《グロリアス》』だ。もし仮に、この小さな村で慎ましく寿命を迎えようが、俺たちの栄光を陰らせることはできない」

流されるのは、もう終わりだ。

うだうだと言い訳するのも、迷う振りだってもう必要ない。

白状しよう――俺たちは、楽しかった。

クラリス・グローリアに流されて、楽しかったのだ。

だったら流れを生んで、流れに乗って、流れて行こう。

それは、きっと楽しいことだ。

きらきら光る未来が待っている。

それだけあれば、もうなにも必要ない。

栄光の象徴たる金髪の少女は、間抜け面から呆れ顔に変わっている。周りを見渡せば、いつの間にか仲間たちが楽しげに頷いている。もちろんユーノスもそうした。

嬉しくて楽しくて、先のことなどひとつも判らなくて。

だから、笑ってしまう。

そうすれば――ほら、『栄光《グローリア》』が微笑んだ。

間章　癒やしの聖女

一　村の癒やし手

「ありがとうね。おかげで随分とよくなってきたよ」

祖母がくれたその言葉が、運命を決めたのかも知れない。

ミゼッタは時折そんなふうに思う。

最初は腰が痛いと横になっている祖母の患部に手を当てて「治れ、治れ」と祈っていた。誰に祈ったのかと問われても困る。五歳かそこらの子供の、それはひたすら単純な祈りだったのだ。

ミゼッタの祈りは、叶《かな》った。

叶ってしまった――というべきかも知れない。

何度も祖母の腰痛を和らげていると、今度は父や母の痛みも癒やすことになった。さして裕福でもない農民の生活には些細《ささい》な痛みがつきものだ。筋肉痛、指先の擦り切れ、あるいは足の豆が潰れたり、他にも枚挙に暇がない。自分たちは、小さな無数の痛みの中で生きていた。

「ありがとう、ミゼッタ。あんたは本当にいい子だねぇ」

褒められたり、感謝されたり……確かにそれも嬉しかった。

でも一番嬉しかったのは、癒やした人の笑顔だった。

本当に嬉しそうに笑ってくれるのが、ミゼッタには嬉しかった。

そのうちに治癒の対象は家族の枠を超え、いつの頃からかミゼッタは村の診療所で働くようになっていた。外の町から来たという医師のお爺さんに学び、回復魔法を自分の中で系統立てていった。

曖昧で単純な祈りだったものが、正確で複雑な魔法へ。

骨折には骨折の、病気には病気の、それぞれ適した魔法の使い方があった。

医師のお爺さんは魔法が使えるわけではなかったが、治療については専門家だった。人間の身体というものをよく知っており、人間がどんなふうに病むのか、怪我をするのか、どのようにすれば治るのかを知っていた。そしてなにより——自分の無知をこそ、知っている人だった。

あるとき、お爺さんの手に負えない患者が運ばれたことがあった。

村の近くの森で蛇に噛まれたという、同い年の少年。お爺さんは「薬がない」と言った。毒には解毒薬が必要で、診療所には蛇毒への解毒薬はなかった。

その少年を解毒したのは、ミゼッタだ。

その件があって、いよいよミゼッタは有名になった。小さな村の小さな癒やし手だったのが、隣の村まで、その隣の町まで——そうしていつの間にか、ミュラー伯爵家にまで。

——『癒やしの聖女』なんていう、恥ずかしい二つ名が。

◇　◇　◇

ミゼッタがエックハルト・ミュラーとの結婚を承諾した理由は、極めて単純。

そもそもが小さな村の、農民の娘である。伯爵の使いがやってきて「来い」と言われれば行くしかなかったし、伯爵の息子が真剣な顔で「結婚して欲しい」と言うのであれば、頷くしかない。

拒否なんてできなかった。

それは農民の娘であるミゼッタにとって、当たり前の感覚だった。

家族や村のみんなと別れることになるのは悲しいけれど、実際に面会したエックハルトは家族や村のことを「任せろ」と言ってくれた。ミゼッタのことを妾《めかけ》ではなく、第一夫人として扱うとも。

もちろん頭から全てを信じたわけではない。というより、ミゼッタを第一夫人にするだなんて話は、正直全く信じられなかった。そんなことがあるはずがない、としか思えなかった。

けれど、エックハルトという伯爵家次男のことは、ある程度は信じてもいい気がした。

真面目で、誠実で、少し不器用そうな人。

だから――知らなかったのだ。

エックハルトに婚約者がいたなんて。

婚約者と自分を天秤に乗せて、ミゼッタに秤が振れたなんて。

婚約者が、あろうことか火刑に処されることになったなんて。

……知っていたとしても、きっとなにも変わらなかっただろうけれど。

◇◇◇

ミュラー家に『発見』されたミゼッタは、まず伯爵家が有する別荘に住まわされた。そこでエックハルトと出会い、婚約することになり、貴族としての教育を受けることになった。

ただの村娘でしかないミゼッタは貴族社会の礼儀作法など全く知らなかったし、急にエックハルトの婚約者として振る舞えと言われても不可能だ。

ミュラー家の執事に礼節を叩き込まれ、貴族としての振るまいを教え込まれた。ミゼッタにとって最も難解だったのは「無駄に謙《へりくだ》るな」という教えだった。

別荘で働く全ての人たちは、どう考えてもミゼッタの村の人たちよりもずっと偉そうだったし、おそらく実際に偉い。たとえばミュラー家の使用人とミゼッタの父が喧嘩をしたとすれば、どちらに非があろうともミゼッタの父が罰せられる。

それがミゼッタの知る世界だったし、どこでも似たようなものだろう。

別に、世界の形は変わっていない。

自分の立ち位置が変わっただけ。

たったそれだけで、エックハルトの第一夫人となる自分はミュラー家で働くほとんど全ての者に謙譲《けんじょう》される者になってしまった。ミゼッタ自身はなにも変わっていないのに、ただ立場が変わっただけ――その『立場』というものに、人は態度を変えねばならない。

正直言えば、意味不明だった。

だって偉い人に頭を下げなきゃいけないのは、その人が偉いからだと思っていた。でも違う。頭を垂れるのは、その人が偉いからではなく、偉いということになっているからなのだ……そんなの道理がおかしいではないか。本当に偉いかどうかなど、どうでもいいことだなんて。

けれども――だとすれば。

急に変わってしまうような立場なんて、また急に変わったっておかしくないだろう。ミゼッタはそう思ったし、そのことだけは、胸に刻んでおくべきだとも、思った。

慣れるしかない、というのがミゼッタの結論だ。

ミュラー家に求められているのだから、そうするしかない。

そうして婚約者としての修練——まさに修練というしかない——を重ね、どうにか村娘らしさが抜けてきた頃だろうか。

青白い顔をしたエックハルトがやって来て、ミュラー伯爵の死を告げた。

そうしてようやく、ミゼッタは知ったのだ。

クラリス・グローリアという存在を。

◇　◇　◇

それから先は、怒濤のような日々だった。

ミュラー家の家督《かとく》を継いだのはエックハルトの兄、ミュラー家の長男。この際に親族との揉め事が起こったらしいが、詳しいことは知らされなかった。

ミゼッタに判ることは自分に関わることくらいだ。貴族社会の諸々なんて、理解することを求められていなかった。とりあえず、今のところは。

そう、自分自身に関わる物事。

たとえば、ミゼッタを大々的にエックハルトの婚約者だと発表するわけにはいかなくなった。

当初ミュラー家が描いていた筋書きはこうだ。貴族を騙るクラリス・グローリアを火刑に処し、彼女よりもずっとエックハルトの婚約者に相応しい『癒やしの聖女』を貴族たちへ紹介し、グローリア家との問題はゆっくりと解決していく。

無実の少女を勝手な都合で殺して、自分たちだけが丸く収まるつもりだったわけだが……ミゼッタにしてみれば、貴族なんてそんなものだ。

性格の悪い代官が徴税に向かったついでに村娘を拐《かどわ》かす、なんて話も聞いたことがある。そういう代官が罰せられた話なんて聞いたこともない。

だからクラリス・グローリアが火刑に処されることになった経緯を聞いても、貴族同士でもそういうことがあるのだなと思ったくらいで、そこまで衝撃は受けなかった。けれどクラリスが火刑の炎に燃えることなく、ミュラー伯爵を殺害してどこかへ消えたという話には衝撃を受けた。

貴族の令嬢とはいえ、貴族の当主を殺すことがあるなんて――。

ともあれ、当初の予定通りに事態は運ばなくなった。

家督の相続やそれにまつわる物事に忙しないミュラー家の中、ミゼッタはエックハルトの話し相手を務めることが多くなった。愚痴を言える相手が限られていたからだろう。

特に、クラリス・グローリアに関する真実は――見る者が見れば真相など丸わかりであったとしても――口にできるものではない。

弱さを見せるエックハルトに、ミゼッタは別に落胆したりしなかった。

貴族って大変なんだなぁ、と他人事のような感想を抱いただけだ。エックハルトがミゼッタに意見を求めなかったのもあるだろう。愚痴なんてそんなものだ。診療所に通い詰める老人が腰の痛みをぼやくのと、たぶんあまり変わらない。

「俺は彼女のなにを知っていたのだろうか……」

皮肉げにぼやくエックハルトの横顔は、やや滑稽《こっけい》だった。

だって、勝手な都合で殺そうとした相手に反撃されただけではないか。なのに今更になってクラリスという女の子を慮《おもんぱか》ったところで意味がない。そういう配慮ができるなら、最初から火刑になんて処さなければよかったのだ。わざわざそんなことをエックハルトに言ったりしなかったけど。

さておき。

エックハルトはミゼッタに愚痴をこぼしながらミュラー家の問題に取り組んでいった。

家督相続のあれこれ、家督を継いだエックハルトの兄の補佐や、今後のこと。領内の諸問題。加えてエックハルトは王都の学園を卒業しなければならなかった。

そうして——あるとき、カマキリみたいな顔をした男が現れた。

レオポルド・イルリウス侯爵閣下である。

侯爵は、ぎょろりとした気持ちの悪い眼差しでミゼッタを睨み、言った。

「『癒やしの聖女』ミゼッタ。貴様の身柄はイルリウス家で一度引き受けることになった。名を売らねばならない。貴様も、エックハルトも」

決定づけられた未来を告げるような、こちらの意思など一顧《いっこ》だにしないような。

貴族の言うことに逆らえないという価値観で生きていたミゼッタは、生まれて初めて『本当に逆らうべきでない人物』というものを認識してしまった。

ああ——自分は遠いところに来たんだな、とミゼッタは思った。

人を癒やして笑顔を見せてくれるような場所には、自分はもういないのだ。

二　聖女と双子

レオポルド侯爵に命ぜられるまま、ミゼッタはイルリウス領へ向かうことになった。

その先でなにをすることになるのかなんて知らなかったけれど、やはりミゼッタには「拒否する」という選択肢がなかったのだ。

それは婚約者のエックハルトにしても同じことだった。

片や伯爵家の次男、片や侯爵家当主。ましてエックハルトは――というよりミュラー家は――弱味を握られている。クラリス・グローリアの火刑における顛末を、イルリウスは知っていたのだ。その上でイルリウスはエックハルトを利用するつもりでいた。

「彼の『利用』は、普通と少し違う。他人を使って自分の利を獲得する、それはそうなのだが……彼は利用した人間にも利を与えようとする。何故なら、結果的にその方が自分の利になるからだ」

だから決して、利用されるだけではない。

君のためにもなることを、レオポルド卿は提案しているんだ。

エックハルトはそんなふうに言って、出発するミゼッタを安心させようとした。そこにたぶん嘘はなかったし、ミゼッタに対する気遣いもあったように思う。ただ、不器用なのだ。

そんなふうに言って安心する女の子なんていないよ、と思ったけれど、貴族に対して物事を「教える」なんて発想もミゼッタにはなかったから、やはり頷くことしかできなかった。

イルリウス家が用意した馬車と、ミュラー家で手配した騎士を二人、メイドを二人、そしてイルリウス家で手配したと思しき騎士や兵士たちと共に出発することに。

まるでお姫様――というよりは、重犯罪者の護送のような。

そんな厳重体制での移動は滞りなく、特に語ることもなく、実に円滑だった。ミゼッタは黙って馬車に座っていればよかったし、むしろそれ以外のことはなにひとつとして許されなさそうな雰囲気だったし、だから正直言って非常に退屈だったけれど、そのことを愚痴る相手もいなかった。

名を売れ、とレオポルド侯爵は言った。

でも、それでなにがどうなるのかは、ミゼッタには判らなかった。

◇　◇　◇

イルリウス領に到着し、ミゼッタはまずレオポルドが所有している別荘らしき屋敷へ案内された。

別荘といっても侯爵家の所有する別荘だ、ミュラー家の本邸よりはいくらか見劣りするものの、外観を単純に評するなら「城」と言ってしまって差し支えない、そういう屋敷だった。

部屋を宛がわれ、屋敷の使用人をつけられ、ミュラー家のメイドたちが彼らの流儀を覚え、そしてミゼッタはやはり独りで放置された。

なにをしろとも言われなかったし、なにをするなとも言われなかった。

結局そのまま三日ほど、黙って部屋にいた。

四日目に、奇妙な双子が現れた。

ぞっとするほど整った顔をした、双子の姉弟だった。

姉をローラ・ギレット、弟をトレーノ・ギレットといった。

二人はまるで輪唱するかのような喋り方で、ミゼッタに話しかけてきた。

いや、それを『会話』と評するのは不適切かも知れない。むしろ彼女たちは本当に唱《うた》っていたのかも知れない。何故なら双子は自分たちの発言でミゼッタがどのように心を動かすのかなんて、いっさい気にしていなかったからだ。そんなものを、会話とはいわない。

「貴女がクラリス・グローリアの替わりなの？」

「きみが『無才のクラリス』をエックハルトに捨てさせたのかい？」

「確か、そう、貴女は――」「――『癒やしの聖女』だったね」

「そう、そんな名前だった」「そうね、そんな名前だった」

そんな名前じゃない。

と、ミゼッタは思ったが、どう見てもこの双子は他人の話を聞きそうになかったので、沈黙するしかなかった。実際、彼女らとまともな会話なんて成立しなかったようにミゼッタは思う。

「あの……あなたたちは？」

という当然の問いにも、双子はまともな返答をしなかった。

「ぼくらはギレット」

「『双子のギレット』とも呼ばれるわ」「『異才のギレット』とも呼ばれるね」

「今日はきみを試しに来た」「別に私たちあまり興味なかったのだけれど」

「仕事なのだから」「仕事ですもの」

「じゃあ、こちらへおいで」「どうぞ、こちらへ」

彼女たちの話し方は、聞いていて頭が痛くなるものだった。

が、仕事というならミゼッタもそうだ。拒否できぬまま流されてしまった以上、その流れに逆らうわけにもいかない。可能な限り、流れに乗り続けるしかない。

双子に案内されたのは、屋敷の地下。

城のような場所の地下室に連れて行かれて楽しいことが起こるとは思えなかったが、本当にその通りだとさすがに辟易とする気持ちを隠せなかった。

案内された地下室は絵に描いたような地下牢で、投獄されている男が一人、いた。

年の頃は成人したあたり、だろうか。虜囚《りょしゅう》にしてはやつれておらず、やけに健康的だ。両手首に枷を嵌められている他は拘束らしい拘束もなく、牢の前に現れたミゼッタたち三人を――そう、護衛もつけていないのだ――見て、軽く眉を上げただけで、騒ぐこともしなかった。

「やあ、元気そうだね」「なによりね」

「彼はとある容疑をかけられた男だ」「冤罪《えんざい》の可能性も十分にあるわね」

「というより、おそらく冤罪だな」「けれど犯人がいない」

「しかも一度捕らえてしまった」「貴族が、ただ冤罪でしたと解放するかしら？」

「しないね。考えられない」「だから彼とは取引をしたわ」

「そう、彼に仕事を頼んだ」「一度だけ実験につき合ってもらうこと」

「それが彼の仕事」「それが貴女の仕事」

途中からどちらが喋っているのか判らなくなりそうだったが、そもそも理解する必要もなさそうだと最後のあたりでミゼッタは気づいた。二人合わせてひとつのことを言っているのだから、わざわざ区別する必要がない。区別されたいとも思っていないだろう。

それよりも、考えなければならないのは——。

仕事の内容だ。

彼の。ミゼッタの。

手枷を嵌められたままの虜囚が、無言を維持したまま立ち上がって檻の前まで歩いて来た。ミゼッタには目もくれず、ギレット姉弟を睨むようにして、けれどもやはり無言は維持したまま。

これに双子は揃って全く同じ表情を浮かべた。

にやぁり、と背筋に無数の甲虫が這いずっているような怖気の走る笑み。

弟の方が動いた。どこからか取り出した鍵を使い、檻を開け、さあどうぞとばかりに姉のローラとミゼッタを中へ入れる。もちろん自分も檻の中へ。虜囚の男はそれを黙って見ているだけ。双子の笑みは変わらず、怖気だけがいや増していく。

「さあ」と、姉が言った。

「さあ」と、弟も言った。

次の瞬間――なにか、よく判らないナニカが光った。

そう思ったときには、べちゃり、という奇妙な音が響いた。水気を含んだなにかが、それなりの位置から落下した音だ。やや遅れて、金属質の重い物が落ちる音が続く。

一体なにが起こったのか。目の前の光景を理解するには、少しの時間が必要だった。

落ちたのは、手首――虜囚の手首から、先。

そして、彼の両手を拘束していた金属製の枷。

魔法で断ち切ったのだ。

彼の手を。

そう考えている間にも、どばどばと大量の血液が流れ出し、床を赤く染めている。虜囚はたぶん呼吸二回分くらいの時間を立ったまま耐えていて、しかし当然のように崩れ落ち、床に倒れてしまった。

「ほらほらほら！　なにやってるんだ、ミゼッタお嬢さま！」

双子のどちらかがせせら笑うように言って、輪唱が始まる。

「怪我人が目の前にいるわよ、『癒やしの聖女』さま！」

「どうして助けてあげないのかな？」「どうして癒やしてあげないのかしら？」

「まったく、困ったものだねぇ」「まったく、困ったものだわ」

どうかしている。

ミゼッタは双子の言葉を最後まで聞かず、倒れている虜囚に駆け寄った。

まずは転がっている手首を拾い――ぐにゃり、という人間の手を握った感触がとても気持ち悪かった――切断面同士を雑にくっつける。

「い、……っ、ぎ……――‼」

目も当てられないほどの出血量だというのに、虜囚は気を失わず、歯を食いしばって耐えていた。そのことに驚くより、ミゼッタは精神を集中させて魔法を使うことの方を優先する。

怪我人がいるのだから、治す。

それが自分の仕事だ。それができるから、こんなところまで流された。

「治します！　痛いと思いますけど、できるだけ動かないで！」

言って、手首を失った腕に、斬り落とされた手首を押し当てる。どう考えたって痛いどころの騒ぎじゃない。でも、こうしないと、ちゃんと繋がらない。

外傷へは、外傷に相応しい魔法。

ミゼッタの精神集中が魔法を呼び起こし、押し当てた切断面が淡い光に包まれる。後ろで双子がなにかを言っていたようだが、ミゼッタには聞こえなかった。

手首がくっついて、出血が止まって――元に、戻った。

失われた血液はさすがに戻らないが、ほとんど一瞬で、斬り落とされた手首は元の状態に戻った。

戻すことが、できた。

「まあ、いいだろう」「まあ、いいわね」

興味なさそうに双子が呟いた。

けれども、腹を立てるほどの余裕は、ミゼッタにはなかった。

なんてところに流されてしまったのだろう――。

そう思ったし、だから次には、こうも思った。

では、今度はどんな場所に流されてしまうのだろうか?

三　揺蕩の聖女

結局、ミゼッタには虜囚が誰だったのか、どうして彼が『双子のギレット』の実験につき合うことになったのか、そういうことはなにも判らなかった。

切断された手首を魔法で治した後は、これで用済みとばかりに部屋へ戻されることになったのだが、別れ際に姉のローラ・ギレットが気になることを言った。

「まったく、予想通りの物事ほどつまらないことはないわね。これならクラリス・グローリアと遊んでいる方がよっぽど面白かったわ」

本当につまらなそうな呟きで、おまけにミゼッタはこの時点で双子の話を聞き流しがちになっていたから、その言葉もうっかり流しそうになった。

が、これはさすがに聞き捨てならない。

「それは――どういう意味ですか?」

踵を返して歩き出していた双子の背中に問いかける。

「どういう意味、と言ったのかしら?」「どういう意味とは、どういう意味かな?」

「もしかして、気になったの?」

「クラリス・グローリアのことが?」

姉の方に話しかけたつもりだったのに、弟の方まで揃ってぐるりと身体ごと振り返り、姉弟は同時に唇の端を吊り上げる。どちらもひどく整っているのに、あまりに人間味に欠けているせいで、なんだか虫が笑っているような表情だと思った。

冷血な生き物がそれでも笑ったとしたら、きっとこうなる。

「婚約者を寝取ったミゼッタお嬢さまが、婚約者を寝取られたクラリス・グローリアのことが気になるだなんて」「まったく度し難いわね」

「常軌を逸している」「常識を疑うわ」

「とんでもない無神経さだ」「さすがは『癒やしの聖女』ね」

ひどく嬉しそうに――そして悪意たっぷりに――双子は嗤《わら》う。

そこに会話の糸口など見えず、ミゼッタは言葉を続けることができなかった。どうせなにを訊こうがまともな返答などない、それが判ってしまったから。

別れの言葉も告げずに歩み去る双子の背中を、ミゼッタは複雑な心境で眺めるしかなかった。

◇　◇　◇

数日後。

唐突にレオポルド・イルリウスがやって来て、ミゼッタを彼の城へと移動させた。

彼のぎょろりとした眼差しには否応なしの生理的嫌悪があり、しかし彼自身の人柄については不明すぎるのでミゼッタには判断のしようがなく、宙ぶらりんな気持ちのまま馬車に揺られ、彼の城へ到着し、案内されるまま城内を歩いた。

辿り着いたのは、城の三階の寝室だった。

「ギレット姉弟から報告は受けている。おまえの魔法の技術は確かなようだ。外傷に関してはな。病も治せるという話を聞いている。癒やしてみせろ」

淡々と告げ、寝室へとミゼッタを促すレオポルド卿。

ミュラー家で仕込まれた「貴族式の儀礼」を思い返してみるも、そもそもレオポルド卿の方がそれを無視している。相手が礼節を用いなかった場合の対応なんて教えられていない。

ミゼッタは促されるまま寝室の奥、寝台の方へ歩を進めるしかなかった。

寝台に横たわっているのは、ひどく痩せた女性だった。

やつれた、と表現した方が正確だろうか。どんなに脳天気な人物が見ても、彼女が病に冒されているのを察せられる——そういう痩せ方であり、やつれ方だ。

「妻だ」

なんの感情も窺えない声音でレオポルド卿が言った。

たとえばテーブルに並んでいる食器のひとつを指差して「これはフォークだ」と他人に説明するときと、きっと同じ口調だった。

◇　◇　◇

治療には五日を要した。

レオポルド侯爵夫人の体力が深刻に衰えていたのが大きな理由である。治癒や治療は体力を使う。極度に疲弊している人間に回復魔法を使うと、強制的に体力を消費してむしろ危険なのだ。

そういうわけで、まずは症状を緩和させる程度の弱い回復魔法を使い、食事と睡眠を摂らせて体力を回復させ、次の回復魔法に備えさせた。

あとはその繰り返しで、徐々に回復魔法を強めていき、治療に必要なだけの体力がついたところで病状を回復させた。そこで夫人は熱を出して寝込んだが、ミゼッタに対する非難はなかった。

「あなたが来てくれて、本当に感謝しているのよ」

侯爵夫人はそう言ってミゼッタの手を取り、十代の少女みたいな微笑を見せた。

「あの人ったら、見た目も態度もああでしょう? きっとあなたにも、嫌われるような態度をとっているはずよ。誰に対しても、そうなの。嫌われるように振る舞っている。だから、私くらいしか、あの人のことを愛してあげられないの」

聞いているミゼッタの頬が赤くなるような惚気《のろけ》だったが、あのぎょろりとした眼差しのレオポルド卿を思い出すと、やっぱりちぐはぐな気持ちになった。

もしかして、この人――騙されているのでは？

なんて失礼なことまで考えてしまったが、いずれにせよミゼッタには関係のない話だし、仮に関係があったとしてもどうしようもない話だった。

とにかく、仕事はした。

自分に与えられた役割をこなした。

「ねえ、ミゼッタさん。あの人のこと……嫌うなとも、疑うなとも言えないわ。だって本当にひどい人ですもの。だけど、他の貴族と比べたときに、ちょっとだけマシと思えるときが来るかも知れないわ。あの人の方がマシだったと……そんな日が来ないことを祈ってるけれど、あなたがここにいるということは、きっとそういう時が来ると思うの」

だから——、と彼女は言う。

けれども、続く言葉は出て来なかった。

「……おかしいわね。なにかを言いたいのに、あなたの役に立つ言葉なんて出て来ないのよ。ごめんなさい。とにかくね、感謝しているわ、ミゼッタさん」

夫人が浮かべたその笑みに、ミゼッタは心が軽くなったような気がした。

それが気のせいでもまあいいか、と思ってしまう程度には擦り切れかけていた心が。

◇◇◇

その後は、しばらくの間、ロイス王国をあちらこちらへ向かい、行く先々の病人を治して回ることになった。レオポルド卿が「夫人の病を魔法で治した『癒やしの聖女』」の話を貴族社会にそっと流し、ミゼッタへの依頼が引く手数多《あまた》になったという。

誰を治療するかはレオポルド卿が決め、ミゼッタは言われるまま馬車に乗り、メイドに傅かれ、騎士に守られ、案内役に従って知りもしない貴族の誰某を癒やした。

笑顔をもらうこともあったし、そうでないこともあった。

中にはミゼッタを自分の家臣であるかのように扱う貴族もいたが、そういう者に対しては案内役の男が治療を拒否し、その貴族家からは早々に辞すことになった。

曰《いわ》く——名を売りに来て貶められては話にならない。

他所の貴族家へ赴くのにレオポルド卿が同行しないのは、ミゼッタ当人の価値を高めるためだという。レオポルド卿がつき添えば、ミゼッタの治療はレオポルド卿の手柄になってしまう。

理屈は判らないが、そういうものなのだそうだ。

やはり貴族の価値観は判らない。

ミゼッタに判るのは、怪我や病気をどのように治すか。

そのことだけは、たぶん誰よりも判る。

そういう生活をしばらく続けるうちに、メイドともある程度は打ち解けたし、騎士たちとも話をするようになった。案内役の男――レオポルドの甥だと言っていた――だけはミゼッタとあまり距離を詰めないようにしていたが、それでも時間を共にすれば見えてくるものもある。否応なしに。

当然といえば当然だが、当初はミゼッタを取り囲む誰もが『癒やしの聖女』なんて信じていなかったし、敬ってもいなかった。

それが徐々に変わっていったのは、治療を繰り返したせいだ。『癒やしの聖女』が本物であり、確かに有用なのだと、誰もが認めざるをえなかったからだ。

価値を示した。

もちろん治療不能な重病人や重傷者なんかは『癒やす対象』から外されていたのだろうが、単純な事実として、他の貴族が抱えていた『回復魔法の使い手』には無理だった外傷も病状も、その全てをミゼッタは癒やしてみせたのだ。幸いというべきか、これは無理だな、と感じた患者は一人もいなかったし、その感覚は正しかった。治せると思った患者を、治していった。

「あなたはきっと、このために生まれてきたのね」

治療が済んだ後、ひどく化粧臭い老婆がにっこりと微笑んでそんなことを言ったけれど、それだけは絶対に違うだろうな、とミゼッタは思った。

あなたたちみたいな金持ちを治すために生まれてきた？

冗談じゃない――それだけは、まったく冗談ではない話だった。

◇ ◇ ◇

それからまたしばらく経ち、レオポルド卿からの要請でエスカード領へ赴くことになった。

魔族との戦争が行われているという。

その戦場で、本格的に『癒やしの聖女』を見せつけるのがレオポルド卿の狙いらしかったが、正直言えばミゼッタには、どうでもよかった。

価値を示さねばならないのは理解している。そうしなければミゼッタは『期待外れ』として処理されかねない。役立たずになったミゼッタを村に帰してくれるだなんて、さすがに思えなかった。もはや知りすぎているし、知られすぎている。

だったら、やることはひとつだ。

そもそも最初から、他にはなにもなかった。

治癒。

魔法で人を癒やすこと。

誰であろうが治してやる。

ほとんど投げ遣りな気分で、そんなことを思っていた。

ギレット姉弟の死体を見るまでは。

四　流離の少女

戦場はエスカード領の北端、魔境と呼ばれる深い森との境界にあった。

森からやって来る魔族を、丘の上に集まった人族の兵が迎え撃つ。

――いや、迎撃なんてものじゃなかった。兵士のほとんどは肉の盾であり、盾が潰されている間に魔法使いがぶっ放すというのが王国側の戦術だった。肉を切らせて肉を切る、だ。

こちらの肉が分厚いだけの話である。当然、被害が大きい。

だからというべきか、ミゼッタが到着したときには救護施設は怪我人であふれ返っていた。配備されていた治癒術士は疲弊しきっており、これ以上の魔法行使は彼らの生死に関わるような有様。なのに怪我人は次々と運ばれてくる。

地獄絵図だ。目の前に治癒術士がいるというのに彼らの魔力が足りず、治癒魔法を行使してくれないという絶望感。治すべき患者がいるというのに自らの力が及ばず救えないという絶望感。

彼らは死にたくて戦場に出ていたわけではないし、彼らは治したくて治癒術士になった――そのはずなのに、力が及ばない。ただそれだけで、目の前の命が救えない。

けれどミゼッタには関係なかった。

救護施設へ到着早々、片っ端から怪我人に回復魔法をかけていった。

「すごい……これほど連続で、こんなにも正確に、ここまでの癒やし手がいたなんて……！」

わざとらしすぎて嫌味じゃないのかと思うような賞賛が向けられたが、考えてみれば、この場所には冗談や嫌味を差し挟むような余裕などありはしない。

彼らにとっては、眼前の絶望が祓《はら》われた――その事実だけがあった。

救い主は『癒やしの聖女』だ。

これもレオポルド卿の思惑通り、か。

とはいえ、金持ちの腰痛を癒やしているよりは、ずっとまともな仕事だ、と思った。

◇◇◇

その日はミゼッタが魔法を使いまくったせいで、患者がいなくなった。

もちろん全員が『快復』したとは言えない――例の体力問題があるからだ――が、とりあえず、治癒術士たちの仕事は一段落した。ちょっと大袈裟じゃないかというほどの感謝を浴びつつ救護施設を辞し、護衛の騎士がミゼッタに用意された天幕へと案内してくれた。

どうやらミゼッタが仕事をしている間に、案内役の男やメイドたちがあれやこれやを調整していたらしい。ようするに、やること自体はなにも変わっていないのだ。

それしかできないので、ミゼッタとしても別に構わないけれど。

天幕に入り、メイドが淹れてくれた茶を啜り、それでようやく一息つけた。ぼんやりと先程までの『治療』を頭の中で反芻《はんすう》し、もっと上手くできなかったかどうかを考えてみるも、あの状況ではあれが精一杯だったとも思う。

「さすがですな、ミゼッタ殿」

案内役の男が言った。レオポルド卿の甥だという、ぎょろりとした目つきの――しかしレオポルド卿ほどには怖さのない、どこかしら愛嬌のある男だった。

「いえ、できることをしただけです」

謙遜というわけではなく正直な気持ちだったが、現場の術士たちがミゼッタを褒め称えていたのも事実だ。ミゼッタは普通の回復魔法の使い手であればとっくに衰弱死しているような質と量の魔法を使っていたらしい。そのあたりの感覚は、実はあまり判っていないミゼッタだった。

周囲に魔法使いなんて一人もいなかった。

普通はどのくらいできるのか、なんて知らない。

「そいつは重畳《ちょうじょう》。そういえばエックハルト殿が顔見せに来るそうですよ」

「え……?」

「ミゼッタ殿と同様、彼もまた名を売るために王国中をあちらこちらへ駆けずり回っておりますのでね。この戦場に来るのもまた必然でしょう」

「あぁ――なるほど」

なんて、そんな間抜けな反応くらいしかできなかった。

それから少しして、エックハルト・ミュラーが天幕にやって来た。

◇◇◇

実際逢うのは、たぶん三ヶ月ぶりくらいだろうか。

久しぶりに顔を合わせたエックハルトは、かなり様変わりしていた。

最後に見たときは、ミゼッタに対して少々とんちんかんな慰めの言葉を口にしていた。その少し前は、クラリス・グローリアの件で憔悴《しょうすい》していたはずだ。

今は、なんだか逞《たくま》しくなったような……。

「きみの活躍は聞いているよ。苦労をかけてすまない、ミゼッタ」

生真面目で、清潔感があり、少し不器用な貴族の次男。

それがエックハルトに対する曖昧な印象だった――正直なところ、そこまで真剣に観察していなかった――が、今のエックハルトは明らかに違っていた。

もっと、ふわっとした男だったような気がする。

「あ、いえ……」

と、ミゼッタは曖昧に首を横に振るしかなかった。エックハルトは小さく苦笑を洩らし、天幕の入口側へ視線を向ける。

「もっといろいろ話をしたいのだけど、先に顔合わせだけ済ませよう。二人とも入って来てくれ」

どういう意味か、と考える間もなく、天幕に男が二人入って来た。ミゼッタは咄嗟に案内役の表情を窺ったが、当然のような顔をしているだけだ。

ならばミゼッタに労《ねぎら》いを言いに来たわけではなく、こちらの方が本題なのだろう。

……残念、なのだろうか？　判らない。

ともあれ、天幕に入って来たのは、短い金髪の少年と――あの虜囚だった。

ギレット姉弟に手首を切り落とされ、ミゼッタが治療した、あの男。

「先日は世話になった。ノヴァという者だ。感謝が遅れてすまない」

生真面目に一礼する男の顔を、ミゼッタは初めて見たような気になった。

たぶんノヴァと名乗った人物を『言葉を交わす相手』としては認識していなかったからだ。あのときは双子の相手で精一杯だったのもあるし、彼の事情など知りたくなかったというのもある。

今だって、別に知りたくはない。

「いえ……するべきことをしただけですから」

曖昧に頷くミゼッタに、ノヴァもまた曖昧な首肯を見せた。

「なんだなんだ、聖女サマってのは随分と事務的なんだな」

代わりに――というわけでもないだろうが、ノヴァの隣に立っていた少年が、これ以上ないほど胸を張りながら前へ出た。あまり見たことのない感じの衣服の上に、簡易的な黒革の鎧を着込んでいる。なにより目立つのは、背中に担いだ身長ほどもある長剣だ。

「ジャック・フリゲートだ。エックハルトがトチらない限りは、長いつき合いになるだろうな。よろしくな、聖女サマ」

嘲るような口調だったのに、浮かべた笑みは天真爛漫だった。あまりの邪気のなさにミゼッタの毒気が抜かれてしまったほど。

「ミゼッタ。彼は僕が見つけた戦士だ。まだ少年だが、非常に強力なので徴用することにした。口と態度に見合った実力はある」

「へへっ、そういうあんたも、俺みたいなガキを使おうってんだから、なかなかだぜ」

「頼りにしてるよ、ジャック」

貴族に対してとんでもない不敬だというのに、エックハルトは笑ってそれを許した。けれど、エックハルトからジャックに対しては、そこまで親しさを感じない。

ああ――と、ミゼッタは思う。

これは、レオポルドだ。優れた人材を見つけだし、身分も出自を問わずに使う。非常に強力なので徴用することにした。きっと本当にそうなのだろう。

そこに貴族の誇りだのなんだの、レオポルド・イルリウスは挟んだりしない。そもそもあの男に誇りなどあるのか？　いや、あるのだろう。彼なりの矜持が。目的が。でなければ他人を使う必要がないからだ。なにかをさせるために他人を使っている。

そういう性質を——エックハルトは模倣しているのでは？

根拠もないのにそう思った。

「レオポルド閣下の口利きで、侵攻してくる魔族の首魁《しゅかい》を相手取ることになったんだ。もちろん僕ら三人でやるわけじゃないが、敵将首はジャックが取る」

「任せておけよ、エックハルト」

そうして名を売るのだ。

だけど、その後は？　ミゼッタの名を売り、エックハルトの名を売り、名の売れた二人が結婚することになって——それで、その先、どうするというのだろう？

判らない。

判りたいとも、あまり思わなかった。

◇　◇　◇

その日の夜、ミゼッタは護衛の騎士を伴って『戦場』を見てみることにした。

どうしてと言われても困るし、実際に訊かれて困ったのだが……なんとなく、治療することになる人たちが、どんな場所でどんなことをしているのか、知っておいた方がいいような気がしたのだ。

魔族たちは魔境と呼ばれる森の奥からやって来るという。

人族は森の際にある丘に陣を敷き、魔族を迎え撃つ。

基本的に、人族は魔族に敵わない。ただし例外的に強力な魔法使いの魔法であれば、魔族を打倒しうる。魔族との戦いとは、いかにして強力な魔法を当てるかという戦術に尽きる。

だから人族は丘の斜面にいくつもの小さな部隊をちりばめ、その中に魔法使いを紛れ込ませるのだという。魔族が『外れ』を相手にしている間に、強力な魔法を撃ち込む……そういうことらしかった。

つまりは、大半の兵は囮《おとり》役なのだ。

その中で運のない者が死に、わずかに運の強かった者は負傷しつつ生き延びる。ミゼッタは彼らを治し、彼らはまた運試しの戦場に立つ。自分たちがやられている間に魔法使いが魔族を殺す、そのためだけに、彼らは肉壁として戦場へ赴くのだ。

頭がおかしくなりそうだった。彼らがどんな気持ちで戦場に立っているのか、ミゼッタには理解不能だった。推測することもできない。使命感や義務感と呼ばれるようなナニカかも知れないが、考えてみればミゼッタはそのようなものを抱いたことがなかった。

今だって、半ば仕方なくこんな場所にいる。

だったら――もしかしたら、彼らも？

ひどく暗い気持ちになり、我知らず長い溜息を吐き出した。

ほとんど無意識に丘の下を眺めているのに気づき、ミゼッタは魔境の暗闇から視線を引き剥がすようにして天を仰ぐ。

やけに大きく見える月が夜空の雲に陰影をつくり、その陰影がそのまま地上へ落ちていた。夜の中の光と影が、丘の斜面を二色に切り分けている。

そこに――ふと、人影が見えた。

長い金髪の少女だ。

あまりにも場違いなモノが、散歩しているような気楽さで丘を降りている。

丘の中腹にはいくつかの部隊が待機しており、少女は兵たちの合間を縫うように歩いていた。戦場を縦断しているというのに、嘘みたいに足取りが軽い。

だからミゼッタは何度も目を擦って少女の実在を疑わねばならなかった。

護衛の騎士は、少女に気づいていない。けれど一度目を離してまた見直しても、少女は消えたりしない。じっと見ていても、姿は確かなまま。

月明かりを反射する金髪を揺らし、少女はそのまま丘を下りきり、魔境の暗闇に消えて行く。

ミゼッタは、そのまましばらく丘の下を見つめ続けていた。

◇　◇　◇

翌日。

目を覚ましてすぐに、ギレット姉弟の死を報された。

犯人はクラリス・グローリアである可能性が高く、そのクラリスは姿をくらませてしまったという。

なにがなにやら、ミゼッタにはわけが判らなかった。

ただ……丘を降りて行った金髪の少女がクラリス・グローリアだったのかも知れないな——というようなことを、ぼんやりと思った。

誰にも言わなかったけれど。

書籍版特典
ショートストーリー

IZUMI
いずみノベルズ

幕間　OURS

スパーキ・リンターはスーティン村に逃げ込んだ牛獣人の代表である。

が、トーラス族の誰にもさほど尊敬されていないし、そのことに自覚もあった。元の集落において族長の息子だったから、なんとなく代表になっていただけだ。

なのでスーティン村に来て即座に醜態をさらし、自分たちの代表という立場からなんとなく降りられたのはスパーキにとって幸いだった。

自分がさほど優れていないことをスパーキは知っていたからだ。無理して代表を続けていれば、いずれ綻《ほころ》びが出る。そもそも器じゃないのだ。

強いて己の美点を挙げるとするなら――と、スパーキは思う。

それは、調子がいいことだ。

この気質はクラリス・グローリアを中心に集まった『グロリアス』の中では、ちょっと珍しいのではないか。そう考えたスパーキは連れてきた牛の世話や魔境の開拓といった仕事を引き受けず、ユーノスを『アニキ』とする舎弟の位置を確保し、使いっ走りをすることにしたのだった。

計算や考察があったというより、なんとなくそうした方がいいだろうな、という直感みたいなものだったが、間違っていなかったように思う。

自分だけにできることだとは思っていないが、とりあえずスパーキにできることで、他の連中があまり得意でないことが『使いっ走り』なのだ。

この日も、そうだった。

◇　◇　◇

「ねえ、クラリス様を見かけなかった？　どこにいるか知らない？」

集会所でオークたちやトーラス族の女たちと朝の打ち合わせをしていると、魔人種の少女カタリナがやって来て言った。少し息が弾んでいるのは、朝の訓練を終えたからだろう。

「クラリス様っすか？　オレは見かけてないっすけど」

ひとまずスパーキが答えて集会所の面々を見回すも、誰も知らないようだった。

「ユーノスもキリナもセレナも知らないって言うのよね」

「魔境の方に行ったんすかね？」

「ビアンテがいるからあっちは任せられて楽だ、ってクラリス様は言ってたわよ。行って戻って一日かかるんだから、行くなら誰かに伝えておくと思う」

それもそうだ。スパーキは頷き、ふぅむと首を傾げる。

「だったらモンテゴっすかね。クラリスのお嬢さん、あいつの肩に乗ってあちこち歩き回るの、好きじゃないすか。今日はまだモンテゴも見かけてねぇから……」

あのオークについては、いつの間にやらオークたちの代表みたいになっているらしい。最初にクラリス・グローリアに接触し、彼女に自分たちの未来を託したのがモンテゴだったという。そこに関してはスパーキよりはるかに慧眼《けいがん》だったと言えよう。

「家にもモンテゴさんのところにもいなかったです」

ひょこり、と顔を出したのは妖狐セレナの娘、キリナだった。

月白色の獣耳と尻尾の持ち主で、やわらかな雰囲気は母親のセレナとあまり似ていない。

歳が近いカタリナと非常に仲良くしていて、彼女たちがクラリスにくっついて歩いているのをスパーキもよく見ていた。二人のクラリスに対する懐き方は、心酔に近いかも知れない。

「狒々族とか蜥蜴族とか、怪我してるコボルト……なに族だったか忘れたっすけど、あの連中のところにはいねーっすかね？」

「そっちはジェイドとマイアが面倒見てるわ。あんたのところの、メラルヴァって女もそうね」

「あー、メラルヴァね」

トーラス族の女たちの代表めいた人物だ。積極的にみんなをまとめるわけではないが、結果的にみんながメラルヴァの意見に従う、そういう求心力を持っていた。スパーキとは同い年の幼馴染みで、やや苦手意識がある相手だ。スパーキの性格に呆れているような気がするからだ。

「どこに行ったんでしょう？」

うーん、と首を傾げるキリナに、カタリナも同じような反応を見せた。

「クラリス様に、なんか用事すか？」

「別に用事はないけど……一緒にいたいだけ」

「クラリス様が忙しいのなら遠慮しますけど……」

といっても、そもそも誰も居場所を知らないし行き先も知らない。そういえばスパーキが知っている限りでも、クラリス・グローリアが誰かと一緒にいないのは非常に珍しいのではないか。

「あの人、独りになることってあるんすか？」

素朴な疑問だったが、これに答えられる者はいなかった。少なくともスパーキは一人でいるクラリスを見たことがなかったし、それはカタリナたちも同様のようだった。

「……ってことは、誰かのところにはいるんじゃゃねっーすか？」

◇◇◇

　そういうわけで、集会所を出てクラリスを探すことに。スパーキはクラリスに用事があるわけではなかったが、なんとなくカタリナとキリナにつき合う流れになった。

　現在のスーティン村は中央にある丘の『あっち側』と『こっち側』に分かれており、以前からあるスーティン村と田園があちら側。こちら側は新たに建設した集会所や食料庫、寄宿舎や増反《ぞうたん》した畑があり、さらに向こう側へ行くと犬獣人のヤマト族が管理している馬牧場、スパーキたちトーラス族が連れてきた牛を飼っている牧場へ続く。さらにずっと行けば魔境だ。

　ひとまずはこっち側ではなく、あっち側――元のスーティン村方面へ歩を進める。つい先日、投石機を配置していた丘の頂上を越え、少し下ったところに白い妖狐が座っていた。

「あっ、セレナ」

　キリナが獣耳をぴんと動かして言う。

「珍しい組み合わせじゃな。牛獣人の代表が、子供二人に連れられてどこへ行く？」

　スパーキが二人を連れているのではなく、二人にスパーキが連れられていると表現するのは、さすがの眼識というべきか。

「クラリス様を探してるっすよ。セレナの姐さんは、こんなところでなにしてんすか？」

「こんなところでやることとなんぞ、昼寝か日向ぼっこに決まっておるじゃろ」

　妖狐の口調は素っ気ないが、機嫌はよさそうだった。

「セレナも手持ちの仕事はないものね」カタリナが言って、やや首を傾げる。「そういえば、あなたって普段から担当してる仕事ってないわよね。いつもはなにをしてるの？」

「まあ、ユーノスと似たようなものじゃな。あやつも担当している作業などはないじゃろ。クラリスの意思や指示を他の者に伝えて、伝えた指示が上手く実行されているかを確認する。といっても、今のところ我の目が届く範囲はクラリスの目も届いておるがの」

「ふぅん……？」

いまいちよく判らない、と首を傾げるカタリナだが、スパーキには理解できた。何故ならそれは、スパーキがトーラス族に対して行っていることだからだ。

「それよりセレナ。クラリス様を見てない？」

話題を戻すキリナに、セレナはどうしてか少しだけ皮肉っぽく唇の端を持ち上げる。

「二人とも、今日の訓練はもう終えたのじゃろ？　ならば我から言うことはひとつ。あの小娘を見つけたかったら、よく視ることじゃ。それも訓練と思って探してみよ」

「よく判らないけど……？」

「とにかく、よく探してみろってことね？」

不思議そうに首を傾げるキリナとカタリナに、セレナは特になにも答えず、ふっと視線を空へ向けた。つられて空を仰げば、からりとした青の中で小さな雲がいくつか泳いでおり、そこから視線を下げればオークたちの麦畑が陽光を受けて輝いていた。まるでクラリスの髪みたいだ、とスパーキは反射的に思って、そんな自分に少しだけ驚いた。

これまでオークの畑になにかを見出したことなんてなかったからだ。まして人族の少女のことを自然と思い浮かべるなんて、不思議なものだ。

それから、三人で丘を降りて元のスーティン村の区画へ。オークたちの体格に合わせた道や建物のせいで、牛獣人であるスパーキからすると縮尺がおかしく感じるが、それも慣れてきた。

とりあえずは先の戦いで降伏した者たちを集めている旧集会所付近——投石の着弾地点となった広場に向かう。

が、降伏した獣人たちに用があるわけではない。監視をしているらしい魔人種のジェイドを見つけて、カタリナが声をかけた。

「おはよう、ジェイド。クラリス様を見なかった？」

「珍しい三人組だな。クラリス殿なら、今日は見ていない」

ジェイドの返答は端的だ。グロリアスの魔人種はジェイドだけでなく、そういう傾向がある。どちらかといえば寡黙で、応答が必要最小限。

「ええっと、ジェイドの兄さんは、降伏したやつらの監視っすか？」

「まあそうだ。といっても、ユーノスに降った蜥蜴人の連中が勝手に監視をしているから、俺のやることはないに等しいが……見ていないわけにもいかん」

それはそうだ。たぶんそうはならないだろうが、その蜥蜴人が反乱を起こせば、降伏した獣人たちが皆殺しにされることだってありうる。あくまで可能性の問題として。

「ちょっと落ち着くまで様子を見る、ってクラリス様が言ってたけど」

「あいつら、どーするんすかね？ 蜥蜴はユーノスのアニキに従うって話で、コボルト連中はポロ族とも知り合いみたいだから、オレらに合流すると思うっすけど」

「『反獅子連』として誇りを持ってるような連中は、そう多くないだろうな」

「誇り、っすか？」

思わず鼻で笑いそうになるスパーキだった。

「そういえば、あんたはユーノスにボコされて、すぐに態度を変えたものね」

くすくすと笑って混ぜっ返すカタリナだった。しかしスパーキは特に気分を害することなく、へらりと笑って頷いて見せた。

「そりゃもう、オレが必死こいて謝るだけでみんな助かるし、ユーノスのアニキの舎弟にしてもらえるなら、頭くらい何遍だって下げまくるっすよ」

「クラリス様に感謝なさいよね」

「もちろんっす。言われるまでもなく感謝感激大感動っす」

スパーキ自身はクラリス・グローリアと長く話をしたことはないが、それでも『グロリアス』の要《かなめ》が彼女であることは理解できる。この集団は、彼女なしには成立しない。

ちなみにというか、スパーキがカタリナに謙《へりくだ》るのは、少女たちの『訓練』を見学したことがあるからだ。まだ十二歳のカタリナにも、十一歳のキリナにも——絶対勝てない。

「ジェイドさん。モンテゴさんはなにをしてるか知ってます?」

獣耳をぴょこりと動かしてキリナが問う。

「畑の作業を見に行ってるはずだ。たぶんユーノスも一緒だな」

「それはそれで珍しい組み合わせですね」

同感だった。どちらもクラリスと一緒にいることは多いが、この二人が一緒にいてなにかをしているのは、あまり見たことがない。

「じゃあ、モンテゴのところに行ってみるわ。ありがと、ジェイド」

というカタリナの軽い感謝に、ジェイドは表情を変えずに首肯《しゅこう》を返した。慣れていなければ、不機嫌なのだろうかと訝《いぶか》るような素っ気なさ。

彼らに慣れたということが、スパーキには少し嬉しかった。

◇　◇　◇

オークたちの麦畑はとにかく広い。

元々の人口を考えると誰がどう考えてもつくりすぎている気がするのだが、スパーキは農業に明るくないので自分の直感が正しいのか否か判断できない。今はクラリスの指示で丘の向こう側にも増反していて、ならばあればあるだけいいのかも知れないが、やっぱりよく判らなかった。

やたらに幅広の畑道を歩いていると、農作業中のオークたちが手を振ってくる。スパーキはへらへらと愛想よく手を振り返し、キリナも笑顔でそうしていた。カタリナはちょっと照れくさそうにしていたが、無視はせずに手を振っていた。クラリスがそうするからだろう。

こうして関わりを持つまで、オークというのは間抜けな木偶《でく》の坊だという印象があった。共に暮らして言葉を交わし、ようやく彼らの気さくな善良さを知ったのだ。

柄にもなくそんなことを考えていると、畑道の向こうを歩くモンテゴとユーノスが見えた。

「アニキー！　なにしてるっすかぁ！」

思わず声を張ってしまい、少女二人に呆れたような視線を向けられるが、スパーキは気にすることなく少女たちの肩を叩き、小走りでユーノスたちの場所まで向かった。

「まんず珍しい組み合わせだべな。どうしたんだ？」

言葉以上の意味を持たせずに言ったのは、モンテゴだ。

「今日はみんな同じことを言うのね。まあ、確かに珍しいとは思うけど」

「暇なんでつき添いっすよ」ユーノスに訊かれる前に、スパーキは言った。「二人がクラリス様を探してるって言うんすけど、今のところ誰も行き先を知らないんすよね」

「行き先を知らない？」

意外そうに眉を寄せるユーノスだった。そんなわけがない、というような反応。

「そうなんです。集会所にいた人たちも知らなかったし、さっきジェイドさんにも訊いたんですけど、やっぱり知りませんでした。モンテゴさんは知ってますか？」

「クラリス様だべか？　おでは、今日は判んねぇな」

「ユーノスは知らないわよね？　だって、あたしたち、朝の訓練が終わってすぐに集会所に向かったんだもの。あの後はユーノスはどうしてた？」

「……降伏した怪我人の様子を確認して、ジェイドと少し話をしてから、モンテゴと畑の確認をしていた。俺は畑のことは判らんが、どのくらいの収穫を見込めるかとか、そういう話だな」

「で、結局クラリス様はどこにいるんすかね？」

と、スパーキは呟いた。こちら側にいないのであれば、もしかするとヤマト族の馬牧場か、あるいは魔境側へ足を伸ばしているのか――そこまで考えたところで、

「クラリスの居場所は知っているぞ」

ユーノスが言う。

ぽかん、と少女二人が口を開けてユーノスを見返す様はなかなか見応えがあったが、たぶんスパーキ自身も似たような顔になっていただろう。

「おまえたち、セレナに会わなかったか？」

「え……会ったけど……なんでユーノスがそんなことを知ってるわけ？」

「丘に登るセレナを見たからだな。おまえたちが集会所に向かってからだから、順番が前後してる。ところで、そのセレナはおまえたちになにか言ってなかったか？」

「あ――」思い当たる節があった。それも、もっともらしい言葉を。「――よく視ること……って、セレナの姐さんは言ってたっすね。でも、なんでアニキがそんなことを……」

「大方そんなところだろうと思ったからだ。どうせクラリスになにか用事があるわけじゃないのだろう？　大事な用事があるときでなくてよかったな。モンテゴ、俺はこいつらを連れて行くから、悪いがおまえはおまえでやることをやっててくれ」

「んだば、おでは見回りの続きに行くべよ」

話を聞いていたのかいないのか、モンテゴはこちらの事情をまるで気にすることなく、笑顔で手を振って歩いて行く。こういうところがオークたちの美点だ。

「では行くぞ」

言葉少なに告げて歩き出すユーノスに、スパーキたちは困惑しながらついて行くしかなかった。

◇　◇　◇

向かった先は、丘の中腹――先程と同じ位置でのんびりしている妖狐セレナの場所だった。

セレナはスパーキたちというよりはユーノスを見て皮肉っぽく肩をすくめ、カタリナとキリナへ視線を向けてから妖狐らしい妖艶《ようえん》さで唇の端を吊り上げた。

「珍しい組み合わせじゃな」

最初に会ったときと同じ科白《せりふ》で、しかし表情はまるで違う。そしてユーノスはそんなセレナの態度にはまるで構うことなく、カタリナとキリナを振り返って、

「よく視ろという話だっただろう。よく視てみろ」

と、そんなことを言った。

もちろんスパーキには意味が判らない。が、少女二人はなにか気づくことがあったようで、はっとしたふうに顔色を変え、目を見開いてセレナを睨みつけた。

「そういうことだな」

間を置かずにユーノスが言って、腰に提げた黒い剣を抜き払い、一閃した——ように思えた。きっとそうだ。スパーキには見えなかったが、いつの間にか鞘の中に剣が収まっていたので、たぶん剣を動かしたのだろう。しかし、だとすればなにを斬ったというのか。

答えは目の前にあった。

セレナの六本もある白い尾の、三本ほどが丘の斜面にぺたりと接地していて……その尾を枕に、クラリス・グローリアがすやすやと寝息を立てていた。

ある獣人が森に入ると妖精を見つけてしまった——昔話だったか御伽噺だったか、とにかくそんな話を思い出してしまうほど、妖狐の尾を枕に眠るクラリスの姿には現実感がなかった。

日の光をうけてきらきらと輝く金色の髪、無防備に投げ出された細い手足は磨かれた陶器みたいに白く、人族に対してなにひとつ感じるところのないスパーキでさえ少し気まずくなるくらいだ。なにか、とても神聖なモノを目にしてしまったような。自分みたいなやつが目にしてはいけないモノを見てしまったような、罪悪感に似た気持ちが胸の中から生えてくる。

それは少女二人も、似たようなものだったらしい。

いつもならクラリスを見つけたなら「クラリス様！」と、よく懐く犬みたいに寄っていくのに、眼前の光景になにか躊躇《ためら》いを覚えているのか、少女たちは一歩も動かない。

かわりにというべきか、ユーノスがなんの動揺も見せずに口を開いた。

「妖狐の妖術で姿を隠していたわけだ。こいつにはその手の術は効かないから、こいつの周辺の空間に対して妖術を使っていた――よく視れば判ったはず、そんなところか」

「まっ、そういうことじゃな。訓練と思えと言ったのに、素直に探しに行くものだから拍子抜けしてしまったわ。よく視る前に、よく考えるべきじゃったな」

からからと笑うセレナである。もちろんスパーキではよく見たところで気づけるわけもないが、たぶん『訓練』をしているカタリナとキリナなら、気づけたはずなのだろう。

事実、ユーノスはよく視ていたから、一瞬で気づいた。

妖狐の術で隠蔽《いんぺい》されている、と。

つまりユーノスが断ったのは、セレナが行使していた妖術だ。

「だ――けど、クラリス様が、どうして……？」

一瞬大きな声を出そうとしたカタリナは、けれど眠っているクラリスに気を遣ったのか咄嗟《とっさ》に声量を絞って問いを口にした。

「たまたまここを歩いていたら、こやつが呑気《のんき》に寝転がっておっただけの話じゃよ。声をかけてみれば枕を寄越せと言いよるから、戯れに提供してやったに過ぎん」

なんでもないことのように答えるセレナである。

しかし獣人にとって尻尾を触られるのは、頭を触られるのと感覚的には近い行為だ。よほど気を許していなければ間違いなく喧嘩になる。矜持《きょうじ》が強ければ殺し合いにだって発展しかねない。まして妖狐の尻尾。スパーキからすれば無数の刃物の上で目を瞑《つむ》るようなものだ。

それが――赤ん坊みたいに安心しきって、むにゃむにゃと寝息を洩らしている。

「セレナ。なんで言ってくれなかったの？」

「訓練みたいなものだと言ったじゃろ。それに、こやつがなにもせず、呑気に昼寝をしているところなぞ見たことがあるか？　我はなかったぞ。いつも誰かとなにかをしている。移動中くらいじゃな、図々しくもぐーすか眠っておるのは」

「それは……」

確かにそうだ、とキリナは唸った。カタリナも同様にしていたし、スパーキも思い出せる限りのクラリス・グローリアを脳裏に浮かべてみたが、やはりなにもしていないことがない。

なにしろ彼女の元にはここの全てが集まるのだ。その全てを把握し、選り分け、振り分けて進捗を確認する――ユーノスも手伝っているし、セレナだってそうだろう。スパーキ自身も、できる限りは身内の分くらいは肩代わりしているつもりではある。

それでも結局のところ、この少女が全てを背負っていることに違いはない。

獣人ではない、魔人種でもない、人族の少女に……背負わせている。なのに彼女は、思い出せる限りいつだって楽しそうだ。嬉しそうで、愉快そうで、きらきらと輝いている。

――オレたちの『栄光《グロリアス》』。

まったく、自分たちは本当に運がいい。流されるようにここへ来て、殴られて、即座に謝って、受け入れられて、なんて幸運だったのだろう。

我知らず笑みを浮かべてしまうスパーキに、ユーノスが珍しく満足げに頷いて見せた。普段は冷たくさえ感じる相貌《そうぼう》に、晴れ晴れとした自信が表れる。

ああ、きっとこんな日々が続くのだ――スパーキの内側で、そんな確信が満ちる。

そうこうしているうちに、気配や物音を察してか、クラリスがもぞもぞと身動ぎを繰り返し、枕にしていたセレナの尻尾に頭を擦《こす》るようにしてから、むくりと起き上がった。

「随分と寝心地のよさそうな枕だったな」

「ふわぁ……なんだ、羨《うらや》ましいならおまえも頼んでみればいいじゃないか、ユーノス。それにカタリナに、キリナに、スパーキか。珍しい組み合わせで一体どうしたんだ？」

欠伸《あくび》を洩らしてからユーノスに返答し、クラリスはスパーキたちを見て不思議そうに首を傾げた。枕にしていた妖狐の尻尾をさも当然とばかりに尻へ敷いているのは、さすがというべきか。

「いや、用事はないっす。姿が見えないから探してただけっすよ」

「ふぅん？」と、クラリスは先程とは逆方向に首を傾げ、続けた。「まあいいさ。穏やかないい天気で、良質の枕があって、惰眠《だみん》を貪《むさぼ》ったんだからな。最高の贅沢だった。いつまでも寝転んでいたいところではあるが、起きてしまったんだから動くとするか」

よっ、と口にして立ち上がる。

丘を撫《な》でる微風に晒《さら》された金色の髪が、きらきらと揺れていた。

「動く……って、なにをするんすか？」

本当に判らず口にした問いに、クラリス・グローリアはにんまりと微笑んだ。

堂々と胸を張って、自信たっぷりに。

「——そんなの決まってる。楽しいことを、私たちはするんだ」

あとがき

モです（挨拶）。

はじめましての方、既にＷｅｂ版を読んでくださっている方、物理書籍を手に取ってくださった方、電子書籍でお読みいただいた方、各々様々あるかと思いますが、とにかく本作を読んでくださってありがとうございます。もしも先にあとがきから読む方は、期待しててください。たぶん面白いです。


では改めまして、作者のモモンガです。

本作は『小説家になろう』という小説投稿サイトに投稿している作品を『第12回ネット小説大賞』に応募し、これをいずみノベルズが拾い上げ、Ｗｅｂ投稿版から加筆修正などを加えまして、こうして書籍として流通する運びになりました。

ネット小説の書籍化作品では、元のストーリー展開から大幅に変更したものがあったりなかったりするようですが、本作に関しては、今のところＷｅｂ投稿版と本筋は変わっていません。足したり削ったり整えたりで、小説としてのクオリティアップに重点を置きました。なかなか良い出来になっているのではないかと、自画自賛する次第です。


そもそも本作はモモンガが気の向くままに書いている（Ｗｅｂ版も現在完結していない）作品ですので、受賞狙いや商業ウケなんて一切考えていませんでした。本作で最も胸を張って言えることは、モモンガが読んで楽しいものを書いている、ということです。

そんなわけで、本作が「あなた」の手に届き、もしも受け入れられたのであれば、それは本作を拾い上げ商業に乗せようと考えたいずみノベルズ編集長の功績かと思います。

そうそう、功績というのであれば、本作のイラストを担当していただいた、よろづ先生。クラリスを始めとする本作のキャラクターに素晴らしい輪郭を与えてくださいました。この場を借りてお礼申し上げます。とっても素敵なイラスト、本当にありがとうございます。

そんなこんなで本作の続きですが、三巻までの書籍化が約束されているらしいので、ひとまずこの作品は続刊が出ます。モモンガもよろづ先生の描く新キャラを見ることができるので非常に楽しみにしています。この巻の続きは『小説家になろう』で読めるのですが、イラスト以外の面でも、クオリティの高い、楽しめるものをつくりたいと思っていますので、書籍版の続きも楽しみにしていてください。

それでは最後に謝辞を。ネット小説大賞運営の方々、いずみノベルズ編集長、イラスト担当よろづ先生、他にも本書に携わってくださるたくさんの方、本当にありがとうございます。皆様のおかげで本作が書籍になりました。あと、モモンガの知人友人たち、ホントありがとね。

そして本書を手に取ってくれたあなたに、心からの感謝を。

願わくば、次巻でお会いできますように。

二〇二五年二月　モモンガ・アイリス

著者紹介

モモンガ・アイリス

小説の書ける齧歯類ということでやらせていただいているバーチャルモモンガ。「モ！」「モです」という朝昼夜兼用の万能挨拶をもっている。北海道在住のエゾモモンガ。2018年あたりに「表に出るかぁ」と考え、もそもそと活動を始めた。

イラストレーター紹介

よろづ

ゲーム会社でキャラクターイラストレーターとして働きながらフリーランスでも活動中。

◎本書スタッフ
装丁/デザイン：浅子いずみ
編集協力：深川岳志
ディレクター：栗原 翔

●著者、イラストレーターへのメッセージについて

モモンガ・アイリス先生、よろづ先生への応援メッセージは、「いずみノベルズ」Webサイトの各作品ページよりお送りください。URLは https://izuminovels.jp/ です。ファンレターは、株式会社インプレス・NextPublishing推進室「いずみノベルズ」係宛にお送りください。

●本書のご感想をぜひお寄せください

https://book.impress.co.jp/books/3524170040
アンケート回答者の中から、抽選で図書カード（1,000円分）などを毎月プレゼント。
当選者の発表は賞品の発送をもって代えさせていただきます。
※プレゼントの賞品は変更になる場合があります。

●本書の内容についてのお問い合わせ先

株式会社インプレス
インプレス NextPublishing　メール窓口
np-info@impress.co.jp
お問い合わせの際は、書名、ISBN、お名前、お電話番号、メールアドレス に加えて、「該当するページ」と「具体的なご質問内容」「お使いの動作環境」を必ずご明記ください。なお、本書の範囲を超えるご質問にはお答えできないのでご了承ください。
電話やFAXでのご質問には対応しておりません。また、封書でのお問い合わせは回答までに日数をいただく場合があります。あらかじめご了承ください。
インプレスブックスの本書情報ページ https://book.impress.co.jp/books/3524170040 では、本書のサポート情報や正誤表・訂正情報などを提供しています。あわせてご確認ください。
本書の奥付に記載されている初版発行日から3年が経過した場合、もしくは本書で紹介している製品やサービスについて提供会社によるサポートが終了した場合はご質問にお答えできない場合があります。

●落丁・乱丁本はお手数ですが、インプレスカスタマーセンターまでお送りください。送料弊社負担にてお取り替えさせていただきます。但し、古書店で購入されたものについてはお取り替えできません。
■読者の窓口
インプレスカスタマーセンター
〒 101-0051
東京都千代田区神田神保町一丁目 105番地
info@impress.co.jp

いずみノベルズ
悪徳令嬢クラリス・グローリアの永久没落①

2025年2月21日　初版発行

著　者　モモンガ・アイリス
編集人　山城 敬
企画・編集　合同会社技術の泉出版
発行人　高橋 隆志
発行・販売　株式会社インプレス
〒101-0051
東京都千代田区神田神保町一丁目105番地

印刷・製本　株式会社暁印刷
Printed in Japan

ISBN978-4-295-02102-5　C0093